최강자 남주의 라이벌을 그만두었더니

II

최강자 남주의
라이벌을 그만두었더니

유나진 장편소설

✦ II ✦

블라썸

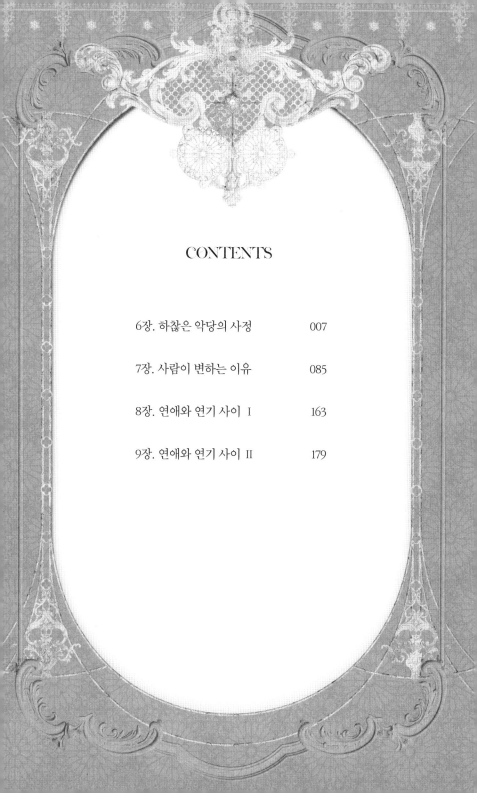

CONTENTS

6장

하찮은
악당의 사정

저 멀리 레인필드 의상실이 눈에 들어오자 나는 또 다른 의미로 긴장감을 느꼈다. 그동안 그들이 내 가족이라고 생각해 본 적이 없는데, 어떻게 대해야 할지 감이 잘 안 잡혔다. 쭈뼛쭈뼛하면서 의상실 안으로 들어갈 생각을 하니 벌써 머리가 하얘졌다.

'이럴 줄 알았으면 이안한테 첫마디라도 좀 물어보고 올걸.'

몹시 상식적이고 모범적인 이안은 정답을 말해 줬을 텐데 말이다.

의상실 문 앞에 서서 천천히 심호흡을 하며 망설이고 있을 때였다. 갑자기 문이 벌컥 열렸다.

"으앗, 깜짝이야!"

나 역시 심장 떨어질 정도로 놀랐지만, 상대도 화들짝 놀라 소리쳤다.

문을 열고 밖으로 나오려던 아론이 눈을 동그랗게 뜨며 말했다.

"아나벨 님…… 아니, 누님!"

나는 나와 똑같은 색의 짙은 푸른색 눈을 바라보았다. 누님이라니……. 어색하지만 이제 익숙해져야 할 호칭이었다.

그가 어색하게 웃으며 말했다.

"안 그래도 괜히 이안 님을 보냈나 싶어 찾으러 가려던 참이었습니다. 혹시라도 이안 님과 싸우고 계실까 봐요."

잠시 아무도 없는 내 뒤에 시선을 준 그가 살짝 한숨을 쉬며 덧붙였다.

"혼자 오신 걸 보니 싸우긴 싸우신 모양이군요. 사실 예상은 했습니다만 그런 것치고는 빨리 오셨네요."

"아, 아냐. 그냥 내가 혼자 오겠다고 했어."

나는 한숨을 쉬며 말했다.

"난 이제 범 무서운 줄 아는 하룻강아지가 되었다고."

"하룻강아지 말고, 하이에나 정도로 합시다. 그런데 그럼 왜 안 들어오고 여기서 미적거리고 계세요?"

"어…… 음."

나는 그의 눈을 피하며 머쓱하게 대답했다.

"무슨 말을 해야 할지…… 잘 모르겠어서 생각하느라……."

"그걸 왜 생각하세요!"

아론이 눈을 둥그렇게 뜨며 소리쳤다.

"그냥 마음속에 있는 말을 하면 되는데!"

마음속에 있는 말?

나는 다시 슬그머니 아론을 바라보았다.

처음으로 친하게 지낼 수 있을 것 같다고 생각했던 또래였다. 말하는 본새가 좀 재미있기도 하고, 검술이라는 공통분모도 있고, 은근히 오랜 시간 얼굴을 보아 왔고…….

"저기…… 음."

그래서 나는 정말로 내 진심을 털어놓았다.

"미안해, 나도 몰랐어. 마음 많이 상했지?"

"네? 제 마음이요?"

"응."

"제가 왜요?"

예전에 레인필드 레스토랑에서 로버트와 식사를 할 때 대표라며 허겁지겁 인사를 나온 그의 모습을 떠올린 나는 착잡한 어조로 말을 이었다.

"생각하지도 못하게 상속권을 나눠 갖게 되었잖아……. 그것도 나처럼 못된 애랑……."

아론의 입이 쩍 벌어졌다. 그러니까 나는 아론의 얼굴을 보자마자 바로 그런 생각이 떠오른 것이었다.

"……네가 뭘 했다고 상속권을 가져가."

공교롭게도 나와 아론은 엘번의 말을 함께 들었었다.

"같이 자란 것도 아니고, 우리 가족과 함께한 시간이 있었던 것도 아닌데 고작 피가 섞였다는 것 하나만으로 왜!"

그때 엘번이 말한 내용 자체는 아주 타당하다고 생각했다. 왜냐하면 그동안 내내 케이틀린과 리어드에게 교육받은 것이 그랬기 때문이다.

피가 섞였으니 상속권이 있다, 그들은 절대로 네게 돈을 빼앗기고 싶어 하지 않을 것이기 때문에 네 힘으로 작위를 얻어야 한다…….

그리고 그들 역시 똑같았다. 케이틀린은 내가 아주 어릴 때, 내게 '관리'의 명목으로 상속권 포기 각서를 쓰게 했었다. 그런 것에 초연해야 검술에 전념할 수 있다는 것이었다.

"아나벨, 지금 네가 상속에 관심 가질 시기는 아니잖아. 그런 것에 관심을 두기 시작하면 리어드와 네 사이에 금이 가게 될 거야. 우리끼리 똘똘 뭉쳐야 할 시기에 필요 없는 잡념이 생기는 거라고."

11

세상 물정 몰랐던 과거의 나는 케이틀린의 말에 반박을 하기가 어려웠다. 리어드 역시 옆에서 계속 부추겼다.

"네가 검술 대회 1등만 하면 이 모든 걸 아예 다 네게 넘겨줄게. 약속해. 이런 건 미리미리 정해 두고 가야 서로 의가 상하지 않아."

그래서 나는 지금껏 상속권은 당연히 사람의 빈정을 상하게 하는 것이라고 생각해 왔다. 레슬리 님과 셋이서 수다를 떨면 즐거울 것 같다는 생각도 했었는데, 이제 그런 날은 오지 않을 것 같았다. 생판 남이었던 내가 갑자기 나타났으니 당연히 기분이 나쁘지 않을까…….

"원래 다 네 것이라고 생각하면서 살았을 텐데……."

내 말에 의상실 안쪽에서 달려오던 메릴린, 그러니까 나의 어머니가 발걸음을 뚝 멈췄다.

"세상에."

아론 역시 당황했는지 눈만 껌뻑거리고 있는 와중에 그녀가 중얼거렸다.

"케이틀린이…… 애를 다 버려 놨어……. 어떻게 첫 인사에 상속권이라는 말을…….."

내가 글러 먹은 인간이라는 건 이미 잘 알고 있었지만 확인 사살을 당하는 기분이었다. 나는 새삼 다시 한번 더 깨닫고 말았다. 극악의 조건 속에서도 바르고 착하게 크는 사람이 있다지만 그게 나는 아니라는 것이었다.

"어…… 음…….."

22년 만에 찾은 친모에게서 '버려 놓은 아이' 발언을 들은 나는 면목이 없어서 두 손을 공손히 모았다.

"이따위로 커서 죄송합니다…….."

그렇게 우리의 가족 상봉의 첫 그림은 일단 망했다.

쓰러진 아버지는 아직 정신을 못 차리고 있었다. 잠시 정신이 들었다가 '내 딸이 냉동 이퍼 고기만 먹고…….' 같은 말을 하다가 다시 의식을 잃었다고 했다.

"원래 좀 심약하답니다."

어머니가 한숨을 쉬며 말했다. 물론 어머니는 화려한 의복을 입고 화장까지 짙게 해 절대 심약해 보이지 않았다.

"그래도 생긴 게 반반한 덕에 보육원에서 인기가 많았지요."

"그, 그렇군요……."

아버지를 빼놓고 나와 아론, 어머니는 셋이서 테이블에 둘러앉았다.

나는 조용히 눈을 굴리다가 말했다.

"말씀 편하게 하세요."

"지난번에 말했듯이, 사실 오랫동안 지켜봐 왔습니다. 수도의 사람들 중 아나벨 양을 모르는 이가 더 드물겠지요."

내 개차반 같은 지난 삶이 새삼 부끄러워지는 순간이었다. 나의 안하무인으로 인한 평판을 신경 써 본 적은 없었는데 이런 일이 벌어지다니. 그동안 분노에 휩싸여 떠올리지 못했던 생각들이 몰려들었다. 혹시나 내가 딸이어서 다들 부끄러워하지는 않을까. 선량하고 열심히 사는 사람들인데, 나는 전생이 기억나기 전까지는 범죄나 공모하던 악당이었다. 그렇다고 전생이 기억난 후에 딱히 엄청나게 좋은 일을 하면서 산 것도 아니고…… 겉으로 보기에는 이안이나 줄기차게 괴롭히는 망나니로 살았다.

'나 같은 딸이 생긴 게…… 싫으시지 않을까?'

잘 살고 있다가 어느 날 벼락같이 망나니 딸이 생겨서 낭패라고 내심 생각하시는 건 아닐까 걱정스러웠다.

그때 어머니가 친천히 말을 이었다.

"그때 고백했듯이 그동안 아나벨 양을 보면서 죽은 내 아이를 늘 생각했습니다. 같은 날 같은 병원에서 태어난 여자아이니까요."

"아……."

"그래서 잿빛 옷만 입고 다니는 게 안쓰러웠는데 못 알아보다니……. 그렇게 내내 의식하며 살아온 세월이 무색할 정도로……."

어머니는 아랫입술을 꾹 깨물며 눈물을 삼켰다.

"……나는 부모 자격이 없습니다."

"그럼 저는 자식 자격이 없어요. 제가 부끄러우시지요……. 아무래도 이따위로 큰걸요."

"자식에 자격이 어디 있어!"

씁쓸하게 말하던 나는 어머니가 버럭 소리를 지르는 바람에 숨을 삼켰다. 어머니는 가뜩이나 인상이 센데 소리까지 지르시니 몸이 확 움츠러들었다. 심지어 아까 눈물로 얼룩진 화장도 그대로여서 조금 무섭기까지 했다.

"좀 이상하게 큰 건 사실이지만 넌 내 자식이야. 어떻게 그런 소리를 하니."

그녀는 내 손을 붙잡고 바로 말을 편하게 했다. 갑자기 머리가 멍해지면서 몸이 붕 뜨는 기분이 들었다.

"어차피 아론도 좀 이상하다."

"예, 누님. 누님의 괴이한 행적이 마음에 걸리신다면 헛된 걱정이십니다."

아론이 재빨리 끼어들었다.

"저 역시 부모님의 무관심 속에서 유년기를 보내고 이대로는 비뚤어질 것이 뻔하다고 판단하여 웨이드로스 공작가에 기어 들어간걸요."

그가 눈을 동그랗게 뜨며 열심히 설명했다.

"덕분에 사람 구실은 하고 삽니다. 그 집안은 모든 게 상식적이잖아요."

솔직히 말하면 나는 레인필드 사람들을 잘 몰랐다. 워낙에 원작에서의 정보도 없거니와 레슬리 님 덕분에 살짝살짝 읽은 게 다였다. 그래서 당연히 서로 어색할 수도 있다고 생각했는데 이상하게 편안했다.

"그래, 아나벨. 나는 네가 자랑스럽다. 검술 대회 2등이라니."

어머니가 눈화장이 다 번진 얼굴로 살짝 웃었다.

"하지만 그런 게 아니었어도 자랑스러웠을 거다. 일단 숨을 쉬고 있잖니."

"그, 그게……."

"살아 있는 게 어디야. 존재한다는 것만으로도 나는 너에게 고맙다."

내 눈에도 눈물이 고이기 시작했다.

나는 그동안 한 번도 누군가에게 자랑스럽다는 말을 듣지 못했었다. 항상 케이틀린에게도, 아베데스 후작가에서도 모자란 자식이었다. 수도의 많은 사람들에게는 비웃음거리였고, 웨이드로스 기사단에게는 골칫거리였다. 심지어는 나 스스로도 내가 비겁하고 하찮은 악당이라는 걸 인정하고 있었다. 그런데 이렇게 만나자마자 존재 자체를 인정받다니.

"우리 소중한 아가, 그동안 나쁜 사람들 사이에서 헤매느라 고생 많았다."

심장이 죄어들듯 아파 왔다. 어머니의 손이 내 손과 볼, 어깨 등을 쓸어내릴 동안 눈물이 뚝뚝 떨어졌다.

"그동안 몰라봐서 너무 미안해. 부디 용서하렴."

어머니의 말들은 어쩌면 그동안 내가 간절히 원해 왔던 말들일 터였다. 케이틀린과 리어드에게 그 사랑을 기대했다는 것이 어이없었지만 말이다.

"너무 늦게 만났지만 앞으로 함께할 날이 더 많으니 다행으로 여겨야겠지."

그제야 나는 가족이라는 건 상속권이나 뭐 그런 것이 중요한 게 아니라는 걸 깨달았다. 원래 가족이 이런 건가, 붙잡힌 손에 느껴지는 체온이 든든했다.

"사실 네가 무대에서 바로 뛰쳐나가서 걱정했단다. 별 생각이 다 들었거든."

"네?"

"혹시 귀족의 딸이 아니어서 실망한 건가, 우리가 부모라서 좌절한 건가, 영영 다시 얼굴을 못 보는 건 아닐까……."

결국 눈물이 주룩주룩 흐르기 시작했다. 실망했을까 봐 마음 졸이던 건 나뿐만이 아니었던 것이다.

"아니, 아니에요……. 그럴 리가 없잖아요……."

"그때 이안 님께서 너를 데려오겠다고 하시더구나. 얼마나 감사하던지."

분노에 눈이 뒤집혀서 남겨진 어머니가 그런 생각을 할 줄은 몰랐다. 왜냐하면 나는 케이틀린과 살면서 한 번도 그런 걱정을 받아 본 적이 없었기 때문이다. 역시 이안의 말이 맞았다. 리어드를 살짝 늦게 뒤쫓더라도, 새로 만난 가족들과 간단한 대화라도 나누는 게 먼저였다. 소중한 사람들과 오해가 생기는 건 너무 마음 아픈 일이기 때문이었다.

"내가 바보였어, 아나벨. 라넬라를 믿다니. 걘 오랫동안 오스칼을 좋아하던 애였는데……."

어머니의 말이 이어졌다. 어머니는 보육원에서 함께 자랐던 라넬라를 믿고 공공 병원에서 아이를 낳았다. 하지만 난산에 힘겨워 정신을 잃었다가 깨어나 아이가 죽은 채로 태어났다는 말을 들었다고 한다. 일인실이 아니었기에 남자인 아버지는 출산할 때 병실에 들어오지도 못했다. 아마 케이틀린과 같은 병실을 쓰면서 비슷한 시기에 진통했기에 아이를 바꿔치기한 것 같다고 어머니는 추측했다.

"케이틀린은…… 후작의 아이라며 돈을 요구해야 하는데, 죽은 아이가 태어났으니 얼마나 아까웠겠니."

그 여자라면 죽은 자식을 보자마자 슬픔보다 아까움을 느낄 만도 했다.

"그러다 정신을 잃은 나와 연보랏빛 머리카락의 내 아이를 보고 라넬라와 일을 꾸민 것 아닐까 싶다."

"아마도 그렇겠죠."

나는 코를 훌쩍이며 대답했다.

"제가 케이틀린과 아베데스 후작의 딸이 아닌 걸 리어드도 알고 있었나 봐요. 모든 재산을 정리하고 튀었더라고요."

리어드의 이름을 말하고 나니 저절로 이가 갈렸다.

"언제나 천덕꾸러기 신세였던 제게 레인필드는 너무 과분한 가족이에요."

"정말이니? 낳자마자 너를 잃어버린, 죄 많은 부모인데……."

"죄라뇨. 그런 소리 마세요. 제가 많이 부족하지만…… 아직 서로 알아갈 것들이 많지만 그래도 잘 지내봐요."

나는 새삼 허리춤에 차고 있던 검을 꽉 쥐면서 말했다.

"하지만 일단 리어드는 붙잡아 오겠습니다. 그놈이 이대로 잠적해서 희희낙락 잘 사는 꼴은 못 볼 것 같아요."

그때 아론이 기겁하며 끼어들었다.

"누님, 다짜고짜 어디서 붙잡아 오시겠다는 겁니까? 제가 웨이드로스 공작가에 부탁할 테니, 체계적으로 추적하여……."

물론 나도 그 말에 기겁했다. 체계적인 추적이라니 절대로 안 될 말이었다.

"그럴 필요 없어!"

화들짝 놀란 나는 급히 고개를 저었다.

"어디 있는지 알아. 오늘 안에 결판을 낼 거야. 다녀올게."

내 말에 아론이 냉큼 대답했다.

"그럼 저도 같이 가겠습니다."

"안 돼, 위험한 곳이야."

오늘 밤 로버트와 이안 그리고 세시안느는 아마도 리어드가 몸을 숨기고 있을 노에 암시장에 급습하여 탈탈 털어 버릴 것이다. 당연히 엄청난 전투가 벌어질 예정이었고, 그 와중에 위험한 발생할 터였다.

"위험한 곳이라면 당연히 아론도 같이 가야지!"

어머니가 눈을 동그랗게 뜨고 끼어들었다.

"네가 가서 누나 좀 지켜라. 너도 검을 좀 쓰잖니?"

"어머니, 제가 아론보다 더 검을 잘 쓸 텐데요? 제가 2등이라고요."

내가 조심스럽게 말하자 어머니는 도끼눈을 뜨며 대꾸했다.

"2등이니까 보내 주는 줄 알아라. 위험한 곳에 혼자는 절대 못 보내. 거기가 대체 어딘데?"

아론이 재빨리 눈짓했다. 사실대로 말하지 말라는 무언의 압박이었다.

나는 본능적으로 느꼈다. 불법 노예 암시장이라고 말했다가는 복수고 뭐고 이대로 의상실에 갇힐 것 같았다. 그래서 나는 자리에서 일어서며 아무렇게나 둘러댔다.

"그, 그냥 잡화점인데…… 그래도 리어드는 비겁하니까 위험할 수도요."

"누님도 비겁하니까 괜찮을 겁니다. 물론 저도 얍삽하니까 괜찮을 거고요."

내가 대충 둘러댄 말에 아론은 진심으로 반응하며 씩 웃었다. 어쨌든 따라가겠다는 의지가 확고해 보였다. 물론 아론이 자기 몸 하나는 잘 지킬 수 있을 테니 큰 민폐는 안 되겠지만 정말 위험한 곳인데…….

"이참에 상속권에 대한 제 입장을 행동으로 보여 드리겠습니다."

저렇게까지 나오니 딱히 할 말이 없어졌다.

이런 따뜻한 가족들 앞에서 맨 처음 한 소리가 그 모양 그 꼴이었다니 새삼 또 부끄러웠다.

"언제 받을지도 모르는 유산보다는 아나벨 님이 제 누님이어서 너무 기쁘다는 제 진심이요."

"기, 기쁘다고? 안 부끄러워? 내가 웨이드로스 기사단에 한 짓이 얼마인데……."

"덕분에 아주 즐거웠죠. 요즈음 안 오셔서 저는 좀 서운했고, 이안 님은 좀 삐치셨습니다. 어제 늦게라도 얼굴을 비춰 주셔서 다행이었어요. 아나벨 님이가 버리신 이후에야 이안 님께서 훈련을 끝내셨거든요. 꼼짝 없이 몇 시간 더할 줄 알았는데."

"이안이 왜 삐쳐?"

"그것까지는 모르겠습니다. 뭐 우리는 이해 못 할 상식적인 이유가 있겠죠."

아론은 대수롭지 않다는 듯 어깨를 으쓱하고 나를 따라 벌떡 일어섰다.

"그럼 다녀오겠습니다, 어머니. 다녀오면 아버지께서 만찬을 준비해 두고 계시겠지요?"

"그래."

어머니는 연신 내 머리카락을 쓸면서 말했다.

"곁에 붙잡아 두고 밤새도록 안아 주고 싶지만…… 네 눈에 이미 복수심이 가득하구나."

"……네."

"해를 끼친 자에게는 무조건 최대한 빨리 되갚아 주고 싶은 모양이야."

뭔가 너무 악독해 보이나 싶어서 눈을 굴리는데 어머니가 덧붙였다.

"그런 점까지 나를 닮았구나."

"말도 안 돼요, 어머니."

나는 수줍게 볼을 붉히며 말했다.

"어머니처럼 교양 있으신 분과 저를 어떻게 비교……."

화장이 다 번진 얼굴의 어머니가 섬뜩하게 중얼거렸다.

"나도 가능하다면 라넬라를 찢어 죽이고 싶은 마음이거든. XX, 그 XX할 X이 허겁지겁 도망치다가 사기꾼한테 사기 당해서 온 재산 다 말아먹고 XX한 XX를 XX했으면……."

"……."

그동안 이안에게 찰지게 욕해 왔던 나날들이 생각나며 급격히 핏줄이 당기는 기분이었다. 아무래도 어머니는 의상실에서 손님을 맞는 자아와 원래 자아가 나뉘어 있는 사람 같았다.

그리고 이제 내가 후자에 적응해야 한다는 것이 기뻤다. 입은 험하고 인상은 더럽지만, 진심에는 숨기는 것이 없어야 한다며 속 깊은 치부를 스스로 드러낼 줄 아는 이 사람이 내 어머니라서 새삼 좋았다.

"어쨌든 그 마음을 당연히 이해한다는 이야기였단다."

그래서 나는 냉큼 내 진심을 털어놓았다.

"저는 그 쓰레기 자식과 스물두 해를 살았어요. 절대로 용서 못 해요. 더 멀리 도망가기 전에 얼른 붙잡아야 해요."

오늘 아주 큰 노예 경매가 있으니, 노예상이자 리어드의 가장 친한 친구라는 모리엇은 내일이 되어서야 본격적으로 리어드의 뒤를 봐줄 수 있을 것이다. 그 전에는 분명히 노예 암시장에 몸을 숨기고 있을 텐데 외국으로 튀기 전에 붙잡아야 했다.

"여섯 시간 안에 돌아올게요."

실제로 나는 오늘 자정을 넘기지 않을 예정이었다. 내 실력에 그 정도의 자신감은 있었다.

어머니는 또 한 번 한숨을 쉬며 대답했다.

"수도에서 가장 잘 입고 가장 잘 먹을 수 있었는데…… 내 딸이 그토록 못 입고 못 먹는 삶을 살았다니 여전히 믿기지가 않는구나."

이러다가 출발하지 못 할 것 같은지 아론이 인사하고 나를 잡아끌었다.

"다녀오겠습니다, 어머니. 누님을 잘 호위하고 올게요. 사실 짐만 안 돼도 좋겠다는 마음가짐이기는 하지만요."

의도치 않게 나는 갑자기 생긴 남동생과 동행하게 되었다. 의상실을 나서는데 이상하게 설렌다.

객관적으로 봐도 걱정할 상황이 아닌데 잔소리하는 어머니. 돌아오면 식사를 준비하고 계실 아버지. 자기 일도 아닌데 냉큼 따라나서는 남동생…….

정말 평범한 가족들에 둘러싸인 기분이 들었던 것이다.

아론과 함께 잡화점에 도착했을 때는 이미 어스름이 지고 있었다.

"그래서……"

아론은 신중한 목소리로 말했다.

"계획이 뭡니까?"

나 역시 진지하게 대답해 주었다.

"저기 지하가 불법 노예 암시장이야. 오늘 경매가 열릴 예정이고."

"예? 노예요? 그…… 흑마법으로 사람의 정신을 지배하는 그, 그거요?"

"아니."

"아, 다행이……"

"정확히 말하면 정신을 지배하는 게 아니고 자아를 없애 버리는 건데."

"……누님, 노예를 고용해서 리어드를 찾으시려고요? 안 됩니다! 아무리 인성이 글러 먹으셨더라도 그런 끔찍한 흑마법은……"

아론의 얼굴이 경악으로 물들었다. 나는 그의 말을 자르며 황당하다는 듯이 구시렁거렸다.

"아니, 아무리 내가 쓰레기들 사이에서 쓰레기로 컸어도 노예 암시장에서 노예를 살까 봐?"

"그렇다고 노예 경매장을 뒤엎어 고발하실 정도로 정의감 넘치시는 분은 아니잖아요? 그런 건 이안 님이나 하시는 일이죠!"

우리는 아직 함께한 시간은 적지만 사이좋은 남매가 될 가능성이 높은 것 같았다. 일단 서로에 대해 잘 알고 있었기 때문이다.

"여기 노예 암시장 주인이 리어드와 가장 친한 친구거든. 아마 여기 몸을 숨겼을 거야."

"아, 그렇군요! 그럼 저희는 몰래 들어가서 리어드만 찾으면 되는 건가요?"

아론은 미간을 찌푸리며 말했다.

그는 내가 여기를 어떻게 알고 있는지까지는 묻지 않았다. 아무래도 외부에서 보기에는 리어드와 사이가 좋아 보였을 테니 나도 비슷한 인간이라고 생각하고 있는 듯했다.

"알겠습니다. 그래서 그 인간을 찾을 계획은 뭡니까?"

"일단 노예를 사러 온 척해야 해. 어차피 이곳은 서로의 비밀 보장을 위해 가면을 써야 해서 진입에는 문제가 없을 거야."

"누님을 찾자마자 함께하는 것이 이런 불법적인 일이라니 정말 대단하군요."

아론은 신나서 대답했다.

"웨이드로스 공작가에서 자라지 않았다면 너무 재미있어서 금방 악에게…… 아니, 누님에게 물들었겠어요."

"그것참 다행이구나."

나는 한숨을 한 번 쉬고 말을 이었다.

"어쨌든 우리는 이곳의 주인을 붙잡을 거야. 그리고 리어드가 어디 있는지 말 안 하면 죽여 버린다고 해야지."

"평범한 납치와 협박이군요. 알겠습니다."

아론은 망설이다가 덧붙였다.

"하지만 여기는 명백한 불법의 현장인데 고발해야 하지 않을까요. 저는 명예로운 웨이드로스의 기사단원으로서 일말의 책임감을 느끼……."

"내일 고발해."

나는 명쾌하게 말했다.

어차피 오늘 밤 이안과 로버트 그리고 세시안느가 다 쳐부술 예정이니까. 우리는 독자적으로 행동하면 그만이었다. 뭐, 그러다가 마주칠 수도 있겠지만 내알 바 아니었다.

"그럼 가면은 어디서 구하죠?"

"여기 잡화점이잖아. 여기서 사."

"어…… 뭔가…… 상당히 허술한데요?"

"우리가 뭐 여기를 뒤엎는 것도 아니고…… 조용히 사람 하나만 처리하면 그만이니까 좀 허술해도 돼."

나와 아론은 그렇게 잡화점에서 가면을 샀다. 물론 내가 돈이 있을 리 없었다. 나는 계산대에서 아론의 옆구리를 쿡 찔렀고 아론이 지갑을 꺼내 계산했다. 우리는 가면을 쓴 뒤 잡화점 건물 뒤쪽의 비밀 문을 찾아내 노크했다.

"누구쇼?"

퉁명스러운 목소리와 함께 꼬질꼬질한 앞치마를 둘러맨 노파 하나가 문을 열었다. 나는 원작의 내용대로 재빨리 암호를 말했다.

"파란색!"

"들어오십시오."

노파는 갑자기 허리를 펴고 공손하게 손을 모았다.

비밀 통로로 들어가며 아론이 속삭였다.

"생각보다 암호가 간단하네요?"

"간단한 건 아니고……. 저 노파의 앞치마 색이라 그때그때 바뀌는 거야. 대충 엿들어서 올 수 있는 곳이 아니라는 뜻이지."

"오오."

아론은 감탄을 숨기지 못하며 말을 이었다.

"저 이런 나쁜 곳에 처음 와 봐서 좀 설렙니다. 숨겨진 개차반 누나가 있었다는 건 굉장한 일이었네요."

듣는 개차반 누나는 참 대답하기가 곤란한 감탄이었다.

"뭐랄까, 삶의 지평이 마구 넓어지는 느낌?"

사실 나도 처음 오는 것이었지만, 암호까지 알고 있는 마당에 굳이 변명해 봤자 믿을 것 같지는 않았다. 게다가 암호를 어떻게 알게 되었냐고 물었을 때

구구절절 전생 얘기를 한다면 아론이 대답할 말은 뻔했다.

'숨겨진 개차반 누나에게 정신적 질환이 있는 것 같지만 괜찮습니다. 이렇게 삶의 지평이 또 한 번 넓어지는 거죠.'

나는 원작이니 환생이니 하는 말들을 속으로 삼켰다.

'이 암호는…… 로버트가 오랜 추적으로 알아낼 수 있었지.'

오늘 남주인 이안과 여주인 세시안느가 처음으로 만난다. 막 견습 성녀가 된 세시안느는 로버트의 수하가 신전에 비밀리에 뿌린 메시지를 받는다.

[흑마법을 제지하려고 하는데 신력이 필요할지도 모른다. 도움이 되고자 하는 선한 신념이 있는 자를 모집한다.]

물론 로버트는 꼬리를 잡히지 않기 위해 자신의 정체를 드러내지 않았다.

"알 수 있어. 내 신력은 몹시 대단해. 그러니까 선한 곳에 반드시 도움이 되어야 해!"

세시안느는 선한 신념이 있었고 또 막 견습이 되어서 아주 순진했기 때문에 신전에서 유일하게 로버트의 수하에게 연락을 한다. 수하는 자신의 정체나 배후를 알려주지 않고 세시안느에게 향해야 할 곳과 들어갈 수 있는 방법까지 알려 준다. '가서 도움이 필요한 사람에게 도움이 되시오.'라는 밑도 끝도 없는 지시와 함께 말이다.

객관적으로 보자면 세시안느는 '선한 신념'이라는 단어에 꽂혀서 다소 무모한 선택을 한 것이었다. 로버트에게는 전혀 손해가 아닌, 밑져야 본전인 장치였고 말이다. 게다가 그는 오래 전부터 신전을 의심하고 있었기 때문에 칼론 황태자 쪽의 사람이 낚이면 더 좋다고 여긴 뒤 진행한 계획이었던 것이다.

이안과 로버트는 로노포디아 노예 암시장에 들어가자마자 분노를 참지 못해서 발각당할 위기에 처한다. 이안은 매니저 중 하나와 전투를 벌이다가 흑마법을 정통으로 맞는다. 그때 기적처럼 세시안느가 나타나 그를 구해 준다. 세시안느는 흑마법으로 인해 부상을 입은 이안을 보고 '흑마법을 제지하려고 하는 선한 이'라고 바로 추론한 것이다.

그렇게 이안과 로버트, 세시안느는 노예 경매장에 입성한다. 노예 경매는 몇 개의 비밀의 방에서 목적에 따라 이루어진다. 원래 이안과 로버트는 둘이 각각 흩어질 계획이었다. 그리고 이안을 추가로 치료해야 할 일이 생길 수 있다고 판단한 세시안느는 이안과 함께 경매의 방에 들어간다. 그들은 노예 경매장을 뒤엎지만 모리엇을 체포하는 데에는 실패한다. 다만 경매에서 둘이 붙어 있는 동안 급격하게 가까워져서 사랑 시작에는 성공한다.

'원작이 어찌되었든 나는 별 상관없다. 모리엇만 찾아서 족치면 돼.'

리어드가 말한 그의 가장 친한 친구는 모리엇일 테니 말이다.

그렇게 나는 아론과 비밀 통로를 걷기 시작했다. 안면을 튼 지는 오래됐지만, 오늘 생긴 남동생이 아직 익숙하지 않은 것은 사실이었다. 나는 어색해서 명절에 오랜만에 만난 친척들이나 할 법한 질문을 쏟아 내기 시작했다.

"어, 음. 취직은 했지?"

"웨이드로스 기사단에서 이미 부관까지 올랐으니, 비 맞은 낙엽처럼 아무리 쓸어도 쓸리지 않고 버텨서 정년퇴직하는 게 목표입니다."

"부모님 사업은 어쩌고."

"적성에 안 맞아서요. 부모님 일은 부모님 일이고 저는 제 일을 하려고요."

"큼큼, 애인은 있어?"

"아뇨."

"그런 데에 관심이 없나?"

"관심 많은데요. 다만 짝을 못 만났을 뿐이죠."

"어떤 여자가 좋은데?"

"글쎄요. 근데 워낙에 레인필드라는 성을 보면…… 다들 누님 같은 생각을 하는지라……."

"나 같은 생각이 뭔데?"

"저를 보면서 레인필드의 돈을 생각하는 거요? 그런 사람은 아니었으면 좋겠어요."

"합리적이네. 근데 원래 동족은 서로를 알아보는 법이거든?"

나는 아론이 나 같은 여자를 만나지 않았으면 하는 마음에 냉큼 말했다.

"만일 마음에 드는 여자가 있으면 나한테 말해. 내가 딱 알아봐 줄게."

남매간의 소소한 대화를 나누며 일방향으로 이어진 비밀 통로를 꽤 걸었을 때였다. 다른 세상으로 향하는 문처럼 호화로운 입구가 눈에 띄었다.

"안녕하십니까, 환영합니다. 매니저입니다."

가면을 쓴 키 큰 남자가 화려한 입구 앞에서 공손하게 인사했다. 이제부터 시작이었다.

"오늘 경매 입장료부터 부탁드립니다. 1인당 5골드입니다."

그리고 시작에서부터 돈이 들었다.

'그런 게 있었구나. 이런.'

당연히 처음 오니 모를 수밖에 없었다. 나는 뻔뻔하게 다시 한번 아론의 옆구리를 툭 쳤다.

"어…… 음……."

아론은 지갑을 뒤적거리며 난감한 듯 속삭였다.

"10골드까지는 없는데요. 무슨 입장료가 이렇게 세요?"

입장료 이야기는 원작에 나오지 않았었다. 노예를 살 생각이 아니었기 때문에 현금이 필요할 거라는 생각을 못 했다. 나 역시 당황해서 속삭였다.

"야, 무슨 레인필드의 아들이 10골드도 없어?"

"현금을 누가 그렇게 많이 들고 다녀요."

원작에 이런 내용이 없는 걸 봐서 로버트나 이안은 들고 다닌 듯했다.

아론은 눈을 굴리더니 세상 바보 같은 소리를 중얼거렸다.

"어음은…… 안 되겠죠?"

"멍청아, 레인필드에서 노예 쓴다는 소문을 퍼트리고 싶니? 집안 폭삭 망하게 할 일 있어?"

"그러면 최소한 누님께서 상속권 걱정을 할 일은 없겠군요. 역시 하나를 잃으면 하나를 얻게 되는 건 진리인가 봅니다."

나는 이안의 인내심에 다시 한번 감탄했다. 이런 자를 부관으로 두다니. 역시 그릇이 남다른 사람이었다. 물론 나 혼자만 혀를 차고 있는 건 아니었다.

"여기까지 들어오셨는데, 입장료가 없다……."

우리 앞에서 입장료를 요구했던 매니저가 느릿하게 말했다.

"평범한 고객님은 아닌 듯하군."

그가 천천히 손을 들어 올렸다. 그의 손바닥에 거뭇한 기운이 감도는 걸 발견한 나는 빠르게 전투태세를 갖추며 이론에게 말했다.

"아론, 저거 흑마법이야."

"이런……! 누님 하나 찾았다고 삶의 지평이 지나치게 넓어지는데요. 흑마법은 처음 보는군요."

사실 나도 처음 보는 거였다. 저걸 정통으로 맞으면 즉시 신력을 투입하는 것 외에는 치료법이 없었다. 알아서 날쌔게 피하는 수밖에.

'원작에서 이안도 당했으니까.'

흑마법은 불법이기 때문에 일반인에게 정보도 많이 없었다. 매니저의 손에서 검은 기운이 나를 향해 몰아치기 시작했다.

"꼴에 더 강한 상대는 알아보는군."

저 정도 상대야 한 번에 보낼 수 있었다. 내가 그대로 검은 기운을 피해 뛰어

올라 매니저의 급소를 쳐서 기절시켰을 때였다. 등 뒤를 돌아보니 한 번 피했던 검은 기운이 도로 내게 달려들고 있었다. 물론 예상하고 있던 바였다.

'이렇게 부메랑처럼 돌아오니까, 이안이 한 번 피하고 난 뒤 순간 방심해서 당하고 말았지.'

하지만 이 흑마법은 다시 돌아오는 것만 피하면 완전히 소멸된다. 그러니까 두 번째만 피하면 괜찮았다.

내가 자신만만하게 피하려던 찰나의 순간이었다.

"누님!"

그대로 아론이 나를 막아서며 정통으로 그 검은 기운을 맞았다. 날아오던 검은 기운이 아론이 휘두른 손에 그대로 흡수되었다.

"아론!"

아론이 그대로 무릎을 휘청거리며 균형을 잃고 쓰러졌다. 나는 머리가 멍해진 상태로 얼른 쓰러지는 아론을 받아 냈다.

"아론! 미쳤어?"

이건 내가 전혀 예상하지 못한 상황이었다. 그러니까 나를 대신해서 아론이 흑마법 공격을 막아 낸 것이었다. 나는 '아론이 나 대신에 다칠 수도 있다'라는 생각을 아예 못하고 있었다. 내가 지금까지 함께 지내 온 형제는 리어드 뿐이었기 때문에 그에 맞추어 생각하고 있었던 것이다.

'세상에……'

쓰러진 아론의 몸 자체가 현실감이 없었다. 지금껏 누군가 나 대신 희생해 주고 다칠 거라는 생각을 단 한 번도 해 본 적이 없었다. 그것도 그 사람이 오늘 처음으로 알게 된 동생이라니. 아직 제대로 된 것도 해 보지 못했는데. 이 문을 넘어가고 나서 위험하다고, 이제부터 긴장하라고 주의를 줄 생각이었는데.

내가 보통 사람처럼 생각하지를 못해서 이런 상황을 예측하지 못한 채 행동한 것이었다. 아론이 나의 싸움에 끼어들 것이라고는 상상조차 못해서 미리 주의도 주지 못했다.

가족들과 처음 만난 아까도 비슷한 일이 있었다. 22년 만에 찾은 친동생에게 상속권 때문에 미안하다고 사과한 것처럼, 나는 이번에도 상식에 어긋난 짓을 해 버린 것이다.

'나 정말 이상하게 자라버렸구나. 옆에 있는 형제가 내 위험을 좌시할 리가 없다는 것조차 몰랐어.'

내 엉망인 성장배경을 슬퍼할 겨를이 없었다. 급하게 아론의 몸을 살피니 막아 낸 손에 벌써부터 검은 기운이 퍼지고 있었다.

"이건 흑마법이야. 어지간한 신력으로는 치료도 못 한다고! 너보다는 내가 더 강한데 왜!"

"음……."

아론은 몸에 힘도 잘 안 들어가는 상태인데도 눈을 게슴츠레 뜨며 대답했다.

"저는 20년간…… 부모님과 살았으니까요? 나머지 20년을 부탁드립니다."

가슴이 철렁했다.

"먼저 자식을 보내는 일은…… 정말이지…… 여전히 극복이 안 되는군요."

어머니가 그 말을 할 때의 서글픈 표정이 아직도 생생했다. 죽은 줄 알았던 딸을 찾았는데 바로 아들을 잃는다고?

"무슨 소리야? 부탁하긴 뭘 부탁해."

나는 고개를 저으며 말했다.

"무조건 살릴 테니 더 이상 유언 같은 말 하지 마."

당장 나가서 신전으로 향할 생각이었다. 만일 아론이 이대로 죽는다고 상상하면 눈앞이 캄캄했다. 밑도 끝도 없이 위험한 곳인데도 당연하게 따라와 주었고, 심지어 내게 오는 흑마법까지 막아 준 내 진짜 형제.

나는 이런 무조건적인 희생을 받아 본 적이 없었다. 떨리는 손에 애써 힘을 주었다.

"어떻게든 살릴 거야. 아직 네 식구가 함께 식사도 못 해 봤잖아."

축 늘어진 그를 둘러업으며 나는 말을 이었다.

"너, 오늘의 보답으로 내가 평생……."

평생 정말 잘 해 주겠다는 말을 하려고 하는데 눈물이 왈칵 솟구칠 것 같아서 말꼬리가 점차 흐려졌다.

아론이 여전히 능글맞은 목소리로 말을 이었다.

"……평생 모든 식사에서 제 새우 껍데기 좀 까 주십시오. 저는 새우 까는 것이 언제나 귀찮았거든요."

말투는 장난스러웠지만 목소리에 힘이 없었다.

나는 눈물을 꾹 참으면서 대답했다.

"모든 갑각류로 범위를 넓혀 줄게."

그때였다. 누군가가 우리가 지나쳐 온 비밀 통로로 조심스럽게 다가오는 것이 느껴졌다. 입구를 지키고 있던 매니저는 이미 쓰러진 상태였다. 흑마법까지 쓸 수 있는 데다가 입구를 혼자 지키고 있었던 것을 보면 상당한 실력자였을 것이다. 손님이든 관계자든 이 광경을 들켰다가는 굉장히 피곤하게 될 것이 뻔했다. 조심스럽게 아론을 다시 내려놓고 검을 빼 들었을 때였다.

"아."

갈색 머리를 늘어뜨린 가냘픈 체구의 여자가 나를 보고 놀라서 입을 살짝 벌렸다. 나 역시 예상치 못한 인물의 등장에 눈을 깜빡였다. 가면을 쓰고 있었지만 풍기는 인기척이 친숙했다. 만난 지 얼마 안 되어 기억 속에 생생하게 남아 있는 기운. 그러니까 혼란을 제지할 이를 도와주라는 내용의 신탁을 받고 왔을 세시안느였다.

세시안느의 눈이 입구 앞에 쓰러져 있는 마스터와 아론의 손에 남은 흑마법의 상처를 재빨리 훑었다.

"이건……."

그녀가 마른침을 삼키며 중얼거렸다.

"여러분들은 이곳에 노예를 사러 온 것이 아니군요."

그게 틀린 말은 아니었기 때문에 나는 일단 고개를 끄덕였다.

"오히려…… 노예 경매장의 관계자와 전투를 벌이셨고……."

입장료가 없어서 걸렸다는 없어 보이는 말을 굳이 할 필요는 없었다. 대신 나는 허겁지겁 세시안느 앞에서 가면을 벗어 보였다.

"성녀님, 저 기억나세요? 오늘 친자 검사를 해 주신 아나벨 나디트…… 아니 레인필드예요."

"어머! 그런데…… 저는 가면을 썼는데 어찌 알아보시고……."

"저는 검사니까요. 대충 사람의 기운을 짐작할 수 있지요. 그런데 그게 중요한 건 아니고……."

나는 다급하게 그녀에게 다가갔다.

"여기 제 동생이 흑마법을 맞았어요."

나는 눈물이 그렁그렁한 눈으로 간절하게 부탁했다.

"혹시 신력으로 치료가 가능할까요? 흑마법은 신력 외에는 상충하는 힘이 없어서……."

아론은 힘없이 쓰러져 있었다. 처음에는 손만 시커멓게 변했었는데, 그새 어깨까지 검은 기운이 타고 올라온 상태였다.

"제발 부탁해요, 성녀님. 저희는 오늘 겨우 남매인 걸 알았는데……."

내가 그동안 웨이드로스 공작저에서 온갖 패악을 부렸기에 부끄러워할 법도 한데, 그는 망설임 없이 나 대신 흑마법을 맞았다. 지금 원작이고 뭐고 신경 쓸 겨를이 없었다. 어떻게든 아론을 치료해야 한다는 마음뿐이었다. 만일 아론이 잘못된다면 나는 정말 살아갈 의지가 생기지 않을 것 같았다. 어머니는 자식에

겐 자격 같은 건 필요 없다고 했지만, 자식의 자격을 떠나 불행의 원인이 되기는 싫었다.

"성녀님, 연달아 신세를 지는 게 너무 염치없지만 제발 부탁드려요……."

"신세라뇨. 걱정하지 마세요. 제가 해 볼게요."

세시안느는 온화하게 웃으며 단번에 고개를 끄덕였다. 그러고는 바로 쓰러져 있는 아론의 손을 꼭 붙잡았다.

"아……."

아론의 손에 검게 물들었던 자국이 차차 없어지기 시작했다. 머릿속이 하얗게 물들었던 나는 그제야 안도의 한숨을 내쉬었다. 흑마법에 대해 아는 것이 없어 불안하기 그지없었는데 이렇게 세시안느를 만나다니 천만다행이었다.

시간이 흐르고, 세시안느가 조심스레 아론의 손을 살펴보며 말했다.

"다 된 것 같아요."

아론이 서서히 몸을 일으키는 것을 지켜보던 그녀가 걱정스러운 표정으로 입을 열었다.

"몸은 괜찮으신가요? 치료는 다 했는데……."

"예, 멀쩡합니다."

나는 세시안느에게 고맙다고 머리를 조아리려다가, 둘 사이에 흐르는 묘한 기류에 멈칫했다. 서로 눈을 마주한 둘은 은근히 설렌 표정을 짓고 있었다.

"아…… 죄송해요."

세시안느가 갑자기 화들짝 놀라며 아론의 손을 놓았다.

"치료하려면…… 제가 접촉해야 해서…… 허락도 없이 잡았네요."

"아, 아닙니다. 정말 감사드립니다."

"아녜요, 제가 해야 할 일이었는걸요."

눈치를 보다가 나도 얼른 감사 인사를 하려고 할 때였다. 세시안느가 순진하게 웃어 보이면서 말을 이었다.

"그리고 아마…… 전 아론 님을 구하기 위해서 여기 온 것 같아요."

"네?"

"흑마법을 제지할 사람에게 도움이 필요할지도 모른다는 말을 듣고 온 거거든요. 저는 선한 신념이 있어서요."

나는 감사하다는 말도 차마 못 하고 입을 떡 벌리고 말았다. 흑마법을 제지할 이를 도와주라는 말은 아론이 아니라 로버트나 이안을 뜻하는 건데! 하지만 세시안느가 오해할 만한 상황이기는 했다. 노예를 사러 오지 않은 사람들, 매니저와의 전투 흔적, 그리고 치료해야 할 흑마법…….

"아……."

아론이 눈을 깜빡이며 중얼거렸다.

"……그럼 이건 운명이군요."

"그럴지도요."

내 입장에선 둘의 대화는 말 그대로 대환장 파티였다. 심지어는 둘이 눈을 마주치더니 또 한 번 수줍게 웃으며 살짝 고개를 돌렸다. 나는 뭔가 이상함을 느끼고 조용히 눈을 굴렸다. 하지만 세시안느에게 '나는 사실 네가 받은 일방적인 명령을 알고 있는데, 우리는 그 상대가 아니다.'라고 말할 수도 없었다.

"어…… 음, 성녀님. 정말 감사드립니다."

결국 나는 눈치 없는 척을 하며 둘 사이에 끼어들 수밖에 없었다.

"그러면 아론은 이제 완전히 멀쩡한 건가요?"

"네, 누님. 전 아주 쌩쌩합니다."

아론은 벌떡 일어나더니 씩 웃어 보였다.

"몸 상태 좋아요."

"다행이네."

나는 어색하게 웃으며 다시 가면을 썼다. 그러고는 세시안느를 바라보며 상냥하게 말했다.

"그럼 이제 슬슬 들어갈까요? 다른 손님들이나 관계자가 이 광경을 보면 좋을 게 없으니까 얼른 사람들 사이에 섞이는 게 좋을 것 같아요."

나름대로 빠른 계산 끝에 꺼낸 말이었다. 실제로 매니저 하나가 쓰러진 걸 다른 관계자가 보더라도 오늘 장사를 망치지 않기 위해서 비밀리에 처리할 것이었다. 원작에서도 이안이 매니저 하나를 조용히 쓰러트렸는데, 소동이 일어나지는 않기 때문이다.

'다만 감시가 아주 심해지겠지.'

이제는 허술하게 행동하면 절대 안 되는 시점이었다.

"일단 이 안으로 들어가면 될 것 같아요."

일단 세시안느와 함께 들어간 다음, 어떻게든 그녀를 이안과 로버트 쪽으로 보낼 예정이었다. 일인자인 여주와 남주가 세상을 안 구하면 이인자인 내가 구하게 생겼으니 말이다.

내 말에 세시안느가 싱긋 웃으며 공손하게 인사했다.

"아, 그렇군요. 그럼 목표하신 일 다 이루시길 바랍니다."

"……네? 같이 가시는 게 아닌가요?"

"저는 선한 신념대로 행동했으니 이제 신전으로 돌아가 볼게요."

나는 또 한 번 어안이 벙벙해졌다. 분명히 원작에서는 세시안느가 계속 이안과 로버트와 합류해 있었다. 혹시라도 또 흑마법에 당하면 치료해 줘야 했기 때문이다. 그래서 당연히 함께 들어갈 줄 알았는데 그녀는 너무나도 산뜻하게 작별 인사를 하며 돌아가겠다고 선언했다.

"어…… 음…… 또 흑마법을 치료해 주실 일이 있을 수도 있지 않을까요?"

당황한 내가 되는대로 주절거리자, 아론이 한숨을 쉬며 끼어들었다.

"누님, 그렇게 당연한 듯이 또 신세를 지겠다고 말씀하시면……."

아론의 말을 들으니 그렇게 해석할 여지가 충분했다. 가겠다는 사람을 붙잡고 우리를 쫓아와서 또 치료해 달라고 말한 것이나 마찬가지였다.

뭔가 억울했지만 어떻게 대답해야 할지 몰라 머리를 굴리던 와중이었다.

"그렇다면 저야 영광이겠지만 그럴 수가 없을 것 같아요."

세시안느가 부드러운 어조로 대답했다.

"왜냐하면 이제 신력을 다 썼거든요. 며칠 동안 저도 기도하면서 회복하는 시간을 가져야 해요."

"아……."

나는 멍하니 눈을 깜빡였다. 그러니까 그녀는 지금 친자 검사를 한 지 얼마 되지 않았다. 친자 검사의 경우 필요한 신력이 어마어마한 관계로 대신관들조차도 버거워했다. 세시안느가 엄청난 성녀라서 그나마 아론을 고쳐 줄 신력 정도가 남아 있었던 것이다.

원작에서처럼 이안을 몇 번이고 고쳐 주었을 때와는 상황이 달랐다. 그것도 나 때문에. 이제 이건 내가 뻔뻔하게 조른다고 해서 해결될 문제가 아니었다.

"저는 전투 능력이 없어요. 따라가 봤자 짐만 될 뿐이니까 얼른 신전으로 돌아가겠습니다."

세시안느는 싱긋 웃고 다시 한번 공손하게 인사했다.

"그러면 응원하고 있겠습니다. 다음에 봬요."

"예……."

세시안느의 작별 인사에 아론이 아쉬운 듯 말꼬리를 흐리며 대답했다.

"다음에 봬요, 성녀님. 감사했습니다."

"뭘요. 저는 운명에 따라 제 선한 신념을 펼친 것뿐이에요."

원래의 운명이 완전히 바뀐지도 모르는 성녀가 뿌듯하게 말했다. 그러고는 쓰러진 매니저를 보며 한숨을 푹 쉬었다.

"저 사람은 이미 흑마법에 영혼을 팔았군요. '흑마법의 기원'을 없애지 않는 이상 이런 사람들을 잔뜩 상대하셔야겠어요."

"'흑마법의 기원'이요?"

나는 생각이 복잡한 와중에도 아까 신의 목소리를 떠올리며 물었다. 이 세계에서 오직 나만이 '흑마법의 기원'을 알아볼 수 있다고 했는데…….

"이계에서 온 못된 것들을 '흑마법의 기원'이라고 하고, 그것만 부수면 파생된 흑마법이 모두 풀려요."

일반인들은 잘 몰랐지만, 세시안느는 신전에서 생활하다 보니 알고 있는 것 같았다.

"하지만 평범한 물건이나 동식물이니 어차피 저희는 알아볼 수 없어요. 결국 흑마법에게 영혼을 판 모든 이들과 싸워야 하는 수밖에 없죠."

원작에서 이안은 매니저들과 모두 전투를 벌였다. 워낙에 검술이 출중하여 혼자서도 노예 암시장의 모든 매니저들을 없앴고, 그 과정에서 간혹 흑마법 때문에 부상을 입으면 세시안느가 치유해 주었었다.

"어려운 길이지만 반드시 성공하실 거예요."

세시안느는 나와 아론을 바라보며 반짝거리는 눈으로 말했다.

"저는 이만 돌아가 여러분들을 위해 기도할게요. 행운을 빌어요."

신력이 다했다는데 그녀를 잡을 수는 없었다.

아론이 그녀의 눈을 보면서 장난기 없는 목소리로 인사했다.

"저희 가족에게는 여러모로 은인이시니 은혜를 갚을 기회를 한 번 주시길 바랍니다."

나는 여태껏 아론의 그토록 진지한 목소리를 들어 본 적이 없었다.

'음…… 저렇게 평범한 말을 하니 굉장히 멀쩡한 미남이네.'

새삼 남동생의 괜찮은 미모가 눈에 들어오는 순간이었다.

그리고 아론은 부드러운 말투로 재차 말했다.

"어떻게, 제가 신전으로 찾아가면 될까요? 언제 가면 민폐가 되지 않을까요."

순간 이상한 예감이 든 건 나뿐만이 아닌지, 세시안느가 얼굴을 붉혔다.

"네, 저는 아직 미혼이라 신전에 머물고 있거든요. 지금은 견습이지만, 곧 정식 성녀가 되니까…… 저녁때에는 딱히 허가 받지 않아도 외출을 할 수 있게 될 것 같아요. 만나는 남자는 없어서 매일 저녁 스케줄도 없고요."

세시안느는 '미혼'에 '만나는 남자가 없다'라는 정보까지 흘리고 있었다.

"신전 입구에서 세시안느 렐리페를 찾으시면 될 거예요."

"그럼 당장 내일 뵐까요?"

아론은 놀라운 속도로 작업을 걸기 시작했다.

"오늘 벌어질 일들에 대해 후기도 말씀드릴 겸."

"아…… 네."

세시안느는 머리카락을 귀 뒤로 연신 넘기더니 망설이듯 대답하고 나서 재빨리 뒤를 돌았다.

"그럼 정말 안녕히……."

나는 온 길을 되돌아가는 세시안느의 뒷모습을 한동안 바라보고 있었다. 여주가 흑마법의 현장을 뒤엎는 데 아무런 도움도 주지 않고 떠났다. 그것도 자신의 할 일을 모두 다했다고 여기며 뿌듯하게 돌아가 버렸다.

물론 그건 전적으로 나 때문이었다. 내 친자 검사에, 내 부탁으로 아론을 치료까지 해 주었으니…… 게다가 지금 아론은 원작에서 이안이 1년에 걸쳐서 아주 천천히 잡은 데이트 신청을 만난 지 10분 만에 해 버렸다.

'원작 끝난 것 같네.'

그리고 세시안느는 그 데이트 신청을 무조건 받아 줄 예정인 듯했다. 물론 바르고 정직한 세시안느라면 동생의 짝으로는 최고였다. 이 세계의 안녕을 위해서는 절대 최고가 아니었지만.

'나 설마 하찮은 악당에서 이 세상 최고의 빌런으로 레벨업 한 건 아니겠지.'

나는 한숨을 푹푹 쉬며 어쨌든 의식을 잃은 매니저를 발로 차서 구석으로 굴린 뒤 문을 열었다. 등 뒤로 무거운 문이 쾅, 하고 닫혔다.

여기부터가 진짜 시작이었다. 그동안 상상하지도 못했던 광경이 눈앞에 펼

처져 있었다. 말 그대로 불법 범죄의 현장이었다.

"아, 이건……."

나를 따라온 아론이 미간을 확 찌푸렸다.

"내색하지 마."

나는 아론의 옆구리를 꾹 찌르며 재빨리 말했다.

"여기저기 매니저들 서 있는 것 안 보여?"

한번 당해 본 전력이 있는 아론은 금세 입을 다물었다. 문 앞을 지키고 있던 매니저와 똑같은 양복을 입은 남자들이 여기저기 서 있었기 때문이다.

"하지만…… 불쾌하긴 하네."

나는 표정 관리를 하면서 중얼거렸다.

예상은 했지만 상상한 것 그 이상이었다. 내부가 너무 호화로워서 오히려 더 역겨웠다. 여기저기 흥미롭게 구경 다니는 사람들로 북적여서 분위기는 경쾌하기까지 했다.

"안녕하세요, 환영합니다."

매니저가 한 명 다가와 우리에게 팸플릿을 건넸다.

"천천히 둘러보시지요."

아론과 나는 떨리는 손으로 팸플릿을 펼쳐 읽어 보았다. 팸플릿에는 이곳의 특징에 대해서 상세히 나와 있었다.

"이렇게 체계적으로 잘해 놓았을 줄은 몰랐습니다."

아론은 조용히 이를 갈며 중얼거렸다.

그래서 더 걱정이 되었다. 이안은 여기에 들어오자마자 가면을 썼음에도 티가 날 정도로 불쾌감을 표시할 것이기 때문이다. 그는 지금껏 비밀 잠입을 한 번도 해 본 적이 없었고 표정 관리를 안 하면서 살아도 충분한 인생을 살아왔다. 그래서 누가 봐도 수상쩍은 기운을 내뿜으며 본능적으로 검에 손을 대게 되어 버리는 것이다.

'그동안 인생에서 추한 건 나밖에 못 보고 살았으니 당연하겠지……'

그렇게 평범한 손님이 아니라는 걸 들켜 버리고, 매니저에게 조용히 구석으로 끌려가서 전투를 벌이다가 흑마법에 당할 예정이었다. 그런데 이제 그를 치료해 줄 성녀가 없었다.

'이제 죽이 되든 밥이 되든 이안의 흑마법 엔딩을 막을 수 있는 사람은 나밖에 없는 건가.'

내가 나도 모르게 손톱을 물어뜯고 있는데, 우리가 들어왔던 문이 다시 열리고 두 명의 남자가 들어왔다.

'젠장……'

가면을 쓰고 있었지만 충분히 알아볼 수 있었다. 로버트와 이안이었다. 짧은 시간에 수많은 생각이 오고 갔다.

'내가 군이 이안을 구해 줄 이유는 없지.'

모른 척해도 나는 그냥 이안에게 진심 어린 조언을 받았지만, 그 고마움을 모르는 인간이 될 뿐이었다.

'사이가 좋았던 것도 아니고.'

이안에게 왔을 도움을 냉큼 내 남동생에게 넘겨 버린 다음 나 몰라라 하는 뻔뻔한 쓰레기가 될 뿐이었다.

'난 애초에 리어드 때문에 여기 왔잖아.'

이안이 잘못되어 봤자, 세상에 흑마법이 더 창궐하게 될 뿐이었다.

'이안과는 더 얽히고 싶지 않은데.'

하지만 나는 대단한 악당이 아니라 원래부터 하찮은 악당이었다.

'그래도 그 정도의 막장 쓰레기가 될 수는 없어.'

결국 나는 대단한 결심을 했다. 내게 별다른 도움은 되지 않겠지만, 그래도 이안의 흑마법 엔딩을 보고만 있을 수는 없다는 것이었다.

물론 내게 성력이 있을 리 없었다. 그러니까 처음부터 이안이 매니저에게 수상함을 들키지 않으면 될 일이었다.

'좀 미친 애 취급을 받더라도, 그동안 계속 미친 애였으니까 괜찮겠지.'

내가 이안을 구해 준다는 거룩한 사실을 아무도 알 수 없겠지만 어쩔 수 없었다. 세시안느를 보자마자 아론을 구해 달라며 빌었던 사람이 나니까 그 책임은 져야 했다.

'혐오는 더 큰 혐오로 덮어야 한다.'

물론 나는 그가 정말 혐오하는 것을 알고 있었다. 그건 바로 나였다. 이안의 표정이 무참하게 변하려는 찰나 재빨리 그에게 다가가 팔짱을 꼈다.

"자기야!"

그러니까 그의 혐오가 이 노에 상점 때문이 아니라 갑자기 안기다시피 뛰어든 여자 때문이라고 생각하도록 말이다.

내가 순식간에 달라붙음과 동시에 서로의 팔이 엉겨 붙으면서 그대로 몸이 부드럽게 부딪혔다.

이안과 로버트는 경매장에 예상보다 늦게 도착했다. 이안이 아나벨을 만나느라 약속 시간에 조금 늦었고, 그 바람에 평소에 다니던 길로 가지 않은 것이 화근이었다. 로버트는 아무 생각 없이 오지 않는 이안을 마중 나갔고 그러면서 길이 엇갈려 버린 것이다.

"누구쇼?"

그러다 보니 조금 늦게 도착한 잡화점 건물의 뒤편에서 로버트는 망설임 없이 암호를 말했다.

"암호는…… 초록색이오."

암호가 맞았는지, 낡은 앞치마를 걸친 노파가 공손히 그들을 맞았다.

"들어오시지요. 환영합니다."

그리고 그들이 들어가자마자 지나가듯 중얼거렸다.

"꽤 늦으셨군요."

로버트는 능글맞게 받아쳤다.

"나갈 때도 꽤 늦게 나갈 테니 기대하시게."

그들은 노파가 안내해 준 비밀 통로를 걷기 시작했다. 어둠 속의 길은 꽤 길었고, 로버트는 주위에 아무도 없는 것을 확인한 후 중얼거렸다.

"좀 늦은 건 사실인가 보군."

로버트와 이안은 그들도 모르게 꽤 빠른 걸음으로 이동했다. 아까 노파에게 능글대던 말투를 싹 지운 채 로버트는 심각하게 말했다.

"모리엇을 반드시 잡아야 할 텐데."

"흑마법의 현장이라니……."

이안은 혐오감을 감추지 못하며 중얼거렸다. 그는 이런 철저한 불법 행위를 마주하는 것이 처음이었다.

로버트는 침착하게 설명했다.

"피라미들 잡아 봤자 아무 소용없어, 이안. 정말 수뇌부, 그러니까 흑마법을 직접 행하고 있는 자를 찾으려면 정말로 고객인 척해야 돼."

"……."

"이런 일을 처음 해 봐서 모르나 본데, 이런 상황에서 위장 수사는 기본이야. 불쾌해도 어느 정도는 참아야 해."

"알겠습니다."

로버트는 오랫동안 이런 범죄들을 추적해 왔다. 이 세계에 어울리지 않는 비정상적인 마법이 배후에 있는 경우, 자연스럽게 큰돈이 따라왔다. 그리고 그 돈들이 황태자의 정치 자금으로 흐르고 있다는 것이 로버트의 추측이었다.

"다른 것도 아니고 흑마법이야……. 이 세계에 어울리지 않는 이계의 힘."

로버트는 낮게 중얼거렸다.

"그런데 이렇게 비밀리에, 아주 오랫동안 창궐한다는 것이 이상해."

"……확실히 그렇군요."

"제국의 황태자가 뒤를 봐주지 않는 이상 이렇게 횡행하기는 힘들다는 것이 내 추측이야."

그가 직접 제국 경비병을 끌고 오지 못하고 이안에게 도움을 청한 이유였다. 제국 경비병의 총책임자가 칼론이었던 것이다. 물론 이안 한 명이 어지간한 제국 경비병 수십 명보다 뛰어난 전력이기도 했다.

"수뇌부를 찾아 황태자님과의 연결 고리를 알아내는 것이 목표입니까?"

"일단은 그래."

이안의 질문에 로버트가 고개를 끄덕였다.

"하지만 그게 힘들더라도 일단 이 곳은 가만두지 않을 거야. 수도에서 가장 큰 불법 현장인데 잡아넣을 수 있는 자들이라면 다 잡아넣어야지."

대화를 나누던 그들은 비밀 통로를 거꾸로 되짚어 오는 인기척을 느끼고 즉시 입을 다물었다. 극도의 긴장 속에서 나타난 사람은 선이 가는 갈색 머리 여자였다. 가면을 쓴지라 얼굴은 확인할 수 없었지만, 이안이 판단했을 때 전투 능력이 전혀 없었다.

'구경 왔다가 그냥 가는 건가.'

그녀의 경쾌한 발걸음에 이안은 살짝 혐오감이 들었다.

'황자님 말씀대로 괜히 벌써부터 문제를 일으키면 안 되겠지.'

그래서 이안은 그녀가 그들을 스쳐 지나가게 그냥 놔두었다.

"아주 평범한 젊은이까지도 혼자 이런 곳에 오는군."

"그만큼 주변에 횡행하고 있다는 거겠지요. 경각심을 가져야겠습니다."

이안과 로버트는 한숨을 쉬며 사태의 심각성을 체감했다.

"사실 신전에도 몰래 도움을 구해 놨어. 만일의 사태에 대비해서."

"공식적으로 요청하진 않으셨군요."

"신전도 믿기가 어려워서. 그냥 혹시나 해서 걸어 놓은 장치 중 하나야."

로버트가 별것 아니라는 듯이 말했다.

"정말 선한 사람이라면 도움이 될 테고, 혹시나 신전까지 이 일에 얽혀 있어 정보가 넘어갔다면……."

몇 겹으로 함정을 판 그의 눈이 형형하게 빛났다.

"그 또한 우리에게는 중요한 단서가 되겠지."

그렇게 얼마 걷지 않아 드디어 화려한 입구가 눈에 들어왔다. 그런데 입구 앞에 누군가 쓰러져 있는 것이 보였다. 꽤 큰 덩치에 검은색 정복을 입고 있는 것을 보아 이 암시장의 관계자인 듯했다.

"뭐지? 원래라면 이 앞을 지키고 있는 문지기 같은 사람인 듯한데."

로버트가 당황한 목소리로 속삭였다.

이안은 조심스럽게 검을 빼 들고 의식을 잃은 사람을 살폈다.

"음……."

급소를 정확히 노려 한 번에 결정타를 가한 것이 틀림없었다. 이 정도 기술과 가격한 위치, 그리고 힘의 정도를 추측해 볼 때 너무나 친숙한 공격 패턴이 떠오르는데…….

'아나벨?'

지금쯤 새로운 가족과 단란하게 저녁 식사를 하고 있어야 하는 것 아닌가?

'……이 여기 있을 리가 없지. 그만 생각하는 게 좋겠다.'

이안은 얼른 생각을 지우고 다시 검을 집어넣었다.

"급소에 결정타를 맞아 반나절은 기절해 있을 듯합니다. 신경 쓰지 말고 들어가면 될 것 같아요."

"우리가 처음 목격한 걸 보니 사건이 벌어지고 나서 시간이 많이 흐른 것 같진 않아. 괜히 의심 사기 전에 얼른 들어가 사람들 속에 섞이는 게 좋겠어."

로버트의 말은 합리적이었고, 그 둘은 그대로 문을 열고 암시장으로 들어섰다. 곧이어 눈앞에 펼쳐진 불법 현장에 이안은 순간적으로 흠칫했다.

그는 고위 귀족가에서 태어나 정정당당하게 웨이드로스 기사단을 이끌며 사회의 밑바닥과는 관련 없이 살아왔다. 또한 태생적으로 정의롭고 상식적이며 선한 것에 가치를 두었기 때문에 표정 관리가 되지 않았다. 그동안 이안은 자신이 옳지 않다고 생각하는 바에 있어 한 번도 망설인 적이 없었기 때문이다.

자신도 모르게 부들부들 떨리는 손이 천천히 검으로 이동할 때였다.

"자기야!"

손이 움직이는 것과 거의 동시에 익숙한 체온이 달라붙었다.

"몸이 아주 좋네! 여기 있는 사람들 중 가장 마음에 들어!"

큰 목소리가 귓가에 박히기도 전에 이안의 심장이 쿵, 하고 떨어졌다. 그러니까 머리보다 몸이 먼저 알아보는 상대였다. 비록 어이없기 짝이 없는 대사를 치고 있었지만 말이다.

"에이, 다짜고짜 검에 손대지 말고. 같이 다녀 보면 의외로 내가 자기 스타일일 수도 있잖아!"

이안은 스스로가 멍청하다고 느낄 정도로 아무 말도 할 수가 없었다. 바로 곁에서 느껴지는 그녀의 존재감에 바보처럼 모든 것이 멈춰 버린 것이다.

크고 발랄한 목소리 뒤에 귓가로 속삭임이 따라붙었다.

"그런 표정 하려거든 날 보면서 해. 가면 썼어도 하관 군은 거 다 보여. 여기서 그 표정이면 너 끌려가. 심성이야 그렇다고 쳐도 온몸까지 정직하면 어쩌자는 거야?"

귓속의 솜털까지 간지러운 기분이 들어 몸이 뻣뻣하게 굳었다.

"게다가 검을 쥐려고 하다니 미쳤어?"

화려한 가면을 썼지만 아나벨이 분명했다. 오늘 밤만은 그녀의 생각을 하지 않으려고 했는데.

팔에 들러붙은 체온을 의식하자 순간 숨이 멎으면서 머리가 아찔해지고 온몸에 힘이 들어갔다. 솔직히 이 상태에서 아나벨이 검을 들어 자신을 찌른다고 해도 속수무책으로 당할 것만 같은 그런 느낌이었다.

그는 머릿속을 떠도는 여러 가지 생각들 속에서 황급히 아무거나 할 말을 생각해 냈다.

"……문 앞의 그놈은 역시 네가 그런 건가."

"어, 맞아."

관계자를 때려눕혔다니 어쨌든 아나벨 역시 모리엇과 한패는 아닌 듯싶었다. 아나벨은 남들의 눈을 의식하는지 또 커다란 소리로 말했다.

"자기야! 나랑 같이 다니자! 내가 잘해 줄게!"

"……잘해…… 준다고?"

이안은 자신도 모르게 뻣뻣하게 물었고, 아나벨이 씩씩하게 대답했다.

"응! 네가 하는 말이 좀 재미없어도 30초 정도는 그냥 들어줄게."

"보통 30초 정도는 처음 듣는 외국어라고 하더라도 누구나 들어줘……."

"그럼 나중에 가위바위보 할 일 있으면 동시에 낼게."

"그건 당연한 거고……."

"이것도 성에 안 차? 그럼 나중에 디저트 가게 같이 가자. 딸기케이크 같이 먹을 때 딸기 줄게."

"……."

"딸기케이크 싫어? 그럼 핫케이크 시켜서 네 거에 시럽 더 많이 뿌려 줄게."

'잘해 주는 것'이 너무 사소했지만 아나벨의 어조는 진지하기 그지없었다. 당혹감이 어느 정도 사라지자, 그는 아나벨이 그 어느 때보다도 긴장하고 있다는 것을 눈치챘다. 어쨌든 장단은 맞춰 줘야겠다고 생각한 이안이 뻣뻣하게 고개를 끄덕였다.

"뭐, 그렇다면, 음, 같이 다녀 주지."

"어휴, 굉장히 비싸게 구네……."

아나벨이 혀를 찼고, 이안은 그제야 아나벨의 뒤에서 주춤주춤 다가오는 토끼 가면을 발견했다. 기척이 아나벨만큼이나 익숙한 그의 부관, 아론이었다.

그 역시 가면을 쓴 상태의 이안을 알아보고 천천히 중얼거렸다.

"어…… 음? 이게 무슨 상황일까요?"

아나벨이 가까이 있는 아론과 로버트만이 들릴 정도로 나직이 소곤거렸다.

"이안이 혐오스러운 표정을 못 감춰서 연막작전 중이야. 막무가내로 들러붙는 여자 흉내를 내면서."

아론이 감탄을 감추지 못하며 대답했다.

"혐오와 혐오를 혐오로 가리는 전략이군요! 대단하십니다. 곧 웨이드로스 기사단 수석 참모로 모시고 싶다고 주군께 간청드려 보겠습니다."

로버트 역시 재미있다는 듯이 끼어들었다.

"그래, 이안 이 친구가 이런 일이 처음이고 워낙에 정직한 사람이라 연기에 좀 약할 거야. 범죄에 대한 혐오와 아나벨에 대한 혐오를 이런 식으로 가리다니 정말 대단하군."

이안은 자신도 모르게 한숨을 쉬고 말았다. 그렇게까지 혐오하지는 않는다는 말을 할 새도 없이, 아나벨이 조용히 속삭였다.

"어쩔 수 없지. 내가 계속 진상처럼 달라붙을 테니 이대로 다녀. 싫어도 괜히 의심받는 것보다는 나으니까."

"……."

"흑마법 한번 맞으면 진짜 답 없어. 네가 검술에 능한 것이랑은 별개로. 여기 매니저들 다 흑마법 쓰더라고."

"알았다."

이안은 무뚝뚝하게 대답했다. 그는 팔에 얹어진 아나벨의 체온이 그렇게까지 싫지는 않다고 하려다가, 아론을 흘끗 보고 입을 다물었다.

평생 왜곡되고 날조된 이야기로 놀림받지 않으려면 말을 하더라도 아론이 없을 때 해야 한다는 것쯤은 알고 있었기 때문이다. 그러나 아나벨의 말에 따르면 '심성과 온몸이 모두 정직한' 그는 한번 내뱉기로 한 말은 잊지 않았다.

어떻게든 단둘만 남으면 진지하게 이야기할 예정이었다. 너를 혐오하는 것이 아니라고 말이다. 오히려 이렇게 자신을 위험으로부터 구해 줘서 고맙다는 말을 해야 했다. 아나벨도 자신에게 고맙다고 먼저 말했는데, 자신 역시 고마운 건 고맙다고 해야 하지 않겠는가.

'단둘⋯⋯.'

갑자기 속이 울렁거리기 시작했다.

아무리 생각해도 달라붙은 이 체온이 자신을 혼미하게 하는 것 같았다.

내가 알고 있는 원작에서 이안은 무의식중에 검에 손을 가져다 대려고 했을 뿐 일을 벌이지는 않는다. 멍청이는 아니었기 때문에 로버트의 '잠복 수사는 필수'라는 말을 의식한 것이다.

하지만 들어오자마자 그가 풍긴 그 짧은 분위기로 이상함을 눈치챈 매니저가 그를 끌고 구석진 곳으로 간다. 이안은 문제를 일으키지 않겠다는 마음가짐으로 조용히 따라가지만 결국 전투를 벌이게 된다. 그리고 딱 아까의 나처럼 조용히 단숨에 처리한 뒤 흑마법에 당하겠지.

'일단 이 상황은 넘어간 것 같은데.'

나는 이안의 팔짱을 낀 채로 안도의 한숨을 쉬었다. 그가 검에 손을 갖다 대려던 그 순간에 내가 재빨리 달라붙었기 때문이다. 보통 눈으로라면 선후 관계를 파악할 수 없을 정도로 빠르게 말이다.

아론과 로버트는 내가 소곤거리며 설명한 걸 듣고 나서 몹시 감탄했다. 내 생각에도 내 전략이 대단하기는 했다.

"그런데 여기는 왜 온 거지?"

"리어드가 여기 주인에게 몸을 의탁했을 것 같아서. 리어드 찾아왔어."

이안과 나는 속닥거리며 대화를 나누었다.

"나는 로버트 황자님의 부탁으로……."

"네 사정은 별로 안 궁금하니 말 안 해도 돼."

"……안 궁금하다고?"

"보나 마나 정의롭고 상식적인 일이겠지. 그런 뻔한 이야기에는 관심 없어."

더 이상 속닥거렸다가는 누군가 수상하게 볼 수도 있을 것 같아서 대화는 거기서 멈추었다. 어느새 이 분위기에 완전히 적응한 로버트와 아론은 서로 팸플릿을 보며 어디로 갈지 의논을 하고 있는 중이었다.

'로버트는 워낙 능구렁이 같아서 들킬 일은 절대 없지.'

그는 자신의 전략을 위해 배우 뺨치게 연극을 할 수 있는 사람이었다.

'그리고 아론은 원래부터 장난치는 것 외에는 흥분하는 일이 거의 없으니까.'

어쨌든 문제는 이안이었다. 실제로 원작에서도 이안만 들켰으니 말이다.

"이곳의 주인 이름은 모리엇 에이치온이라고 하더군. 액수가 큰 거래 현장에서 종종 나타난다는데."

로버트는 팸플릿에서 눈을 떼지 못하며 말했다.

"우연히라도 주인을 만나 보고 싶군. 수도에서 가장 돈이 많을지도 몰라."

사실 어떻게든 주인을 만나서 검거하겠다는 뜻이었지만 센스 있게 돌려 말한 것이었다. 주변 사람들이 듣더라도 전혀 수상하게 느끼지 않을 대사였다.

"아가씨, 제 친구에게 반했다면 저희와 같이 움직이지 않겠습니까?"

로버트는 자연스럽게 일행을 제안했다.

"내기를 하는 건 어때요. 모리엇을 만날 수 있는 곳을 짚어 보는 걸로."

거기에 각자 흩어져 수사를 하자는 대답을 부드럽게 돌려 말했다. 다 함께 움직이며 뒤질 시간이 없으니 효율적으로 움직이자는 뜻이었다.

우리는 다시 팸플릿을 정독했다. 큰 거래로 손꼽히는, 그러니까 모리엇이 나타날 거라 예상되는 곳이 딱 세 곳이 있었다.

"1호실, 2호실, 3호실 중 하나에 나타날 것 같은데요. 저희가 각각 하나씩 골라서 들어가면 되겠군요."

아론이 손가락으로 세 곳을 짚으며 말했고 로버트가 씩 웃으며 대답했다.

"저는 1호실로 가겠습니다."

원작과 똑같은 선택이었다. 그러니까 세시안느만 없고 나머지 전개는 다 똑같았다. 로버트는 가장 넓고 좋아 보이는 곳인 1호실에 나타날 것이라고 추론한 것이다.

'원래는 실패하는데.'

어차피 체포하지 못하는 것이 결말이었다. 물론 나는 어떻게든 모리엇을 잡을 예정이었다. 모리엇의 근처에 있을 '흑마법의 기원'도 찾고 말이다.

나는 아론에게 씩 웃으며 말했다.

"너는 2호실로 가."

이안과 세시안느는 원작에서 2호실에 들어가며 체포에 실패한다. 세시안느는 전투력이 없고 이안은 연기력이 없어서 각각 흩어지지 않은 것이다.

'하지만 모리엇은 3호실에 있지.'

그러니까 원작에서 그들은 확률 싸움에 진 것이다.

"그리고 저희는 3호실로 갈게요."

아론의 팔짱을 꼭 낀 채로 내가 '저희'를 강조하며 당당히 말했다. 그러니까 나는 이안과 함께 움직인다는 것을 선언한 것이다.

"당연히 저는 오늘 만난 제 운명의 남자와 떨어질 생각이 없고요."

솔직히 이제 로버트와 아론은 별로 걱정이 안 됐다. 문제는 이안이었다. 아직 그는 흑마법에 당해 본 적이 없었다. 그러니까 본능적으로 표정 관리를 계속해서 못 할 가능성이 높았다. 치료해 줄 성녀가 없는 것은 전적으로 내 탓이므로 끝까지 옆에 두고 지켜봐야 했다.

"자기, 같이 가야 해. 아까 합의했잖아."

"알겠어."

둘이 있는 걸 싫어하지는 않을까 걱정했는데 이안은 얌전히 말했다. 그렇게 우리의 단순한 계획은 그대로 확정되었다.

"모리엇을 만나면 연락을 하도록 하죠."

로버트는 씩 웃으면서 나와 아론에게 색깔이 다른 반지를 하나씩 건넸다. 콘셉트 확실히 잡고 아무렇지도 않게 경어를 쓰는 것을 보니 역시 혼자 둬도 무방할 법했다.

"호출용입니다. 누구 한 명이 누르면 그 색깔로 알림이 떠요."

그러니까 마법 아이템이라는 뜻이었다. 보아하니 이안과 로버트 역시 각각 색깔만 다른 반지를 끼고 있었다.

"혹시 몰라 여분을 챙겨 왔는데 잘되었군요."

마법 아이템은 굉장히 비싸서 쉽게 볼 수조차 없는데 이렇게 여분까지 챙기고 나눠 주기까지 하다니 역시 황자였다.

"모리엇을 보면 누르시고, 나머지는 알림이 오면 그 사람이 있는 경매장으로 이동하도록 합시다."

모두 늦게 도착했으므로 얼른 흩어져서 찾아보는 것이 좋을 것 같았다.

로버트는 시계를 흘끗 보고 싱긋 웃었다.

"그럼 저는 1호실에 먼저 가겠습니다. 다들 조금 있다 봅시다."

"뭐, 저도 2호실로 가겠습니다. 아까 보니 2호실은 조금 멀더라고요."

아론 역시 쾌활하게 이어 말했다.

"어쩌다가 뭔가 이상한 임무에 멋모르고 휘말린 것 같지만 깊은 생각은 하지 않겠습니다."

어차피 아론은 2호실에서 아무런 위험에 노출되지 않을 테니 마찬가지로 걱정이 되지 않았다.

"제가 여기서 제일 말단 아니겠습니까? 상황을 잘 몰라도 입을 다물고 일단 시키는 대로 하는 것이 훌륭한 말단의 자세지요."

물론 그는 입을 다무는 편은 아니었으나 로버트를 알아보고도 아무 질문도 하지 않는 놀라운 참을성을 보였다.

"누님, 조심하세요. 제가 직접 모시고 싶지만……."

아론이 이안과 나를 슬쩍 보더니 검지로 턱을 긁으며 말을 이었다.

"제가 호위하겠다며 낄 조합은 아니군요."

그건 그랬다. 어쨌든 이안과 내가 같이 움직인다면 호위가 붙는다는 게 더 웃겼다.

"그럼 이따 뵙겠습니다. 솔직히 모리엇이 2호실에는 없었으면 좋겠군요. 너무 중요한 임무는 맡고 싶지 않아서."

그거야 뭐, 그의 소망대로 될 일이었다.

그렇게 로버트와 아론이 사라진 뒤 우리는 둘만 남았다. 왁자지껄 떠들 때는 몰랐는데 수많은 타인 속에서 둘만 남으니 이상하게 꼭 낀 팔짱이 신경 쓰여 어색했다. 그동안 대련하면서 뒹굴고 난리 쳐서 이 정도는 아무것도 아닐 줄 알았는데.

"있잖아."

놀랍게도 먼저 말문을 연 사람은 이안이었다.

"그렇게까지 싫지는 않아."

"응? 뭐가?"

"너랑 둘이 있는 거 말이야."

너무 뜬금이 없어서 나는 잠시 말문이 막혔다.

'설마 나한테 욕먹어서 지금 메소드 연기 중인가?'

심지어 둘 다 가면을 쓰고 있어서 표정을 완전히 확인하기도 어려웠다. 나는 눈을 한번 굴리고 합리적으로 대답했다.

"당연하겠지. 팬케이크에 시럽 더 준다는데."

"아니, 그건 아니고."

"그럼 딸기케이크가 더 좋은 거⋯⋯."

"고마워."

그가 한숨을 쉬며 내 말을 끊고 즉시 말했다.

나만 들을 수 있을 정도로 완전히 낮춘 목소리였다.

"내가 들어오자마자 구해 준 것 말이야."

"⋯⋯."

문득 발목이 간질거리는 기분이 들었는데, 아마 이안과 이런 대화를 나누게 될 줄은 상상도 못 했기 때문일 터였다.

"너 아니었으면 네 말대로 수상쩍어서 잡혀갔을지도 모르는 일이지."

"어⋯⋯ 음⋯⋯."

"그리고 그동안도⋯⋯."

이안의 느릿한 목소리가 이어졌다.

"여러모로 다 고마웠다."

고맙다는 말을 듣는데 왠지 양심이 쿡쿡 찔려 오는 것 같았다. 사실 다 내가 친 사고 내가 수습한다는 마음으로 한 행동들인데⋯⋯. 그렇다고 그걸 다 설명할 수도 없고⋯⋯.

"그, 그건, 그러니까 다 너를 위해서가 아니고, 그냥⋯⋯."

"나를 위해서 한 행동이 아니라도 고마운 건 고마운 거지."

붙은 몸 사이에서 이상한 열기가 느껴져서 나는 마른침을 삼켰다. 나는 조금 시간이 흐른 후에야 내가 좀 부끄러워하고 있다는 걸 알았다.

"그럼 이동할까."

내가 좀 당황해서 침묵을 지키고 있자 이안이 어조를 바꾸어 말했다.

"매니저들의 움직임이 심상치 않다."

과연 여기저기 서 있던 매니저들이 자기들끼리 조용히 눈짓하고 있었다. 아마 내가 입구에서 쓰러트린 매니저를 지금 발견한 모양이었다. 그들은 장사를 방해하지 않는 선에서 조용히 범인을 찾으려고 할 것이 뻔했다.

"그럼 일단 3호실로 가는 게 좋겠어."

나는 그의 팔짱을 더 꼭 끼면서 속삭였다.

우리는 다정하게 3호실로 이동했다. 원작에서 원래 이안과 세시안느는 2호실로 간다. 그 탓에 모리엇과 칼론에 대해서는 아무런 성과를 얻지 못한다. 물론 그 시간 동안 그들의 연애 전선은 싹을 틔우고 말이다.

그리고 그렇게 둘이 좀 가까워지고 난 뒤 매니저 하나를 때려눕힌 것이 발각되어 전투가 벌어진다. 이안은 혼자서 그 많은 매니저들을 다 쓰러트리고 로버트는 지나가던 경비병을 불러 현장을 검거한다. 결국 이곳은 이안의 엄청난 능력 덕분에 풍비박산이 난다. 물론 이미 원작은 끝난 지 오래였다.

'일단 세시안느가 없는 것부터…….'

그러므로 내가 적당히 잘 전략을 짜야 했다.

"그래서 전략은 뭐지?"

이안은 3호실로 향하며 물었다.

나는 작게 속삭였다.

"일단 모리엇이 들어올 때까지 잠적."

"그리고?"

"그다음 따라붙어서 뒤에서 검 들이대고 협박."

"……뭐?"

"끝."

"중간에 매니저들이 달려들 텐데."

"그 정도는 이기지. 흑마법을 쓰기 전에 빨리 쓰러트리면 돼."

나 혼자서도 다 이길 자신이 있었는데 이안까지 있으면 난도가 최하였다. 다만 흑마법이 한번 나가면 뒤에서도 쫓아오기 때문에 그냥 보자마자 쓰러트려야 했다. 한 번의 전투로 얻은 필승법이었다.

나는 진지하게 말했다.

"원래 몸이 나쁘면 머리가 좀 고생하는 법인데…… 우리는 몸을 잘 쓰니 머리는 일 좀 덜해도 돼."

이안은 좀 떨떠름한 듯했지만 반박은 못 했다.

그렇게 3호실에 함께 들어간 우리는 한동안 굳어 있었다. 3호실에는…….

"마스터께서 직접 선별한 이들입니다. 다들 외양이 뛰어나지요?"

입장료를 받던 관계자가 친절하게 알려 주었다. 마스터라면 이 경매장의 주인 모리엇을 말하는 것 같았다. 나와 이안은 조심스럽게 준비된 좌석에 앉았다. 본격적인 거래 시작까지는 시간이 좀 남아 있었다.

앞쪽에는 정말 눈이 튀어나올 정도로 잘생긴 남자들이 서 있었다. 딱 봐도 이미 흑마법에 잠식당해서 자아가 없는 상태였다.

"외양이 뛰어나긴 뛰어나네. 진짜 잘생긴 남자만 모아놨어."

내가 자리에 앉아 중얼거리자 이안이 헛웃음을 지었다.

"그래서 감탄하는 거야?"

"아니."

나는 진지하게 대답했다.

"난 대다수의 남자들이 다 잘생긴 것 같아서 별 감흥 없어."

"대다수라니?"

"그냥 길거리에 지나다니는 남자들만 해도 다 괜찮다는 얘기야."

"뭐?"

이안은 어이가 없다는 듯이 말했다.

"넌 그럼 어떤 남자든지 다 잘생겼다는 얘기야?"

"응. 미친 듯이 잘생기지 않은 이상 거기서 거기 같아. 다 만족스러워."

나는 이안의 하관이 못마땅하다는 듯이 굳어 있는 것을 발견했다. 지금까지 잘생겼다는 말을 너무 자주 들어 와서 나 같은 사고방식에 좀 충격을 받은 모양이었다.

"그럼 남자를 볼 때 외모는 전혀 상관없다는 얘기인가?"

이안이 그답지 않게 살짝 격해진 것 같아서 나는 성의 있게 대답했다.

"상관없어. 그런 것보다는 다른 게 더 중요하지."

생각해 보니 열네 살 때 처음 만난 이후 정말 매일같이 내가 그를 찾아갔었지만, 제대로 대화를 나누어 보는 것은 처음이었다. 만일 이런 극한의 상황이 아니었다면 절대로 있을 수가 없는 일이었다.

"그럼 뭐가 중요한데?"

이안이 이어서 물었고 나는 잠시 생각에 잠겨 있다 천천히 입을 열었다.

"난 22년 만에 가족을 찾고 나서, 제대로 인사도 하기 전에 복수하겠다고 뛰쳐나간 애야."

"그건……."

"그리고 아론을 만나자마자 상속권 얘기를 했지. 뜻하지 않게 재산을 나눌 상대가 생기게 해서 미안하다고 말이야."

"……뭐?"

"너도 이런 내가 기가 차지?"

내가 헛웃음을 지으며 쓸쓸하게 말을 이었다.

"그러니까 나는 너무…… 못된 사람들 손에 좀 비상식적으로 큰 거야. 문득 이상한 사고방식이 튀어나와 버려. 사실 아까도 그래서 정말 큰일 날 뻔했어."

말을 하다 보니 이안에게 한다기보다는 나 스스로의 생각을 정리하는 것처럼 느껴졌다.

"그래서 그게 슬퍼?"

이안은 낮게 물었고 나는 살짝 고개를 끄덕였다.

"뭐, 좋지는 않지? 물론 지금 이렇게 중요한 일을 앞두고 기분이 가라앉아 있으면 안 될 일이지만."

"기운 빠져 있는 게 썩 보기 좋지는 않군."

그가 한숨을 푹 쉬더니 잠시 생각하는 표정을 지어 보였다.

그리고 문득 말했다.

"때릴래?"

"……어?"

"네 기분이 나아질 방법은 그것밖에 생각이 나지 않아서. 너 나 때리는 거 좋아하잖아."

"맞아 주지도 않으면서 무슨……."

"맞아 줄게."

정말 놀라운 동료애였다. 그리고 나는 고개를 저으며 내가 이미 새 사람이 되었음을 선언했다.

"그동안은 너를 이기겠다는 것 외에는 삶에 욕심이 없었는데…… 이제 새로 만난 가족들하고는 정말 잘해 보고 싶어."

잔뜩 잠긴 내 목소리가 차분하게 이어졌다.

"나중에 내가 가족을 만들게 된다면 나처럼 자라게 하고 싶지 않고."

아마 이 말은 부모님께도 평생 못 할 것 같았다. 왜냐하면 너무 마음 아파하실 것 같았기 때문이다. 그렇다고 내가 친구가 있는 것도 아니어서, 역설적이게도 이 세상에서 가장 사이가 나쁜 이안에게 진심을 털어놓고 말았다.

"그래서 만일 연인이라는 걸 만들게 된다면, 상식적이고 올바르고 정의로운 그런 사람을 만나고 싶어."

아마도 아까, 이안을 봤을 때 이상한 안도감이 느껴져서 은근히 내적 친밀감이 생긴 것이 분명했다. 모든 것이 변했는데, 8년 동안 지지고 볶아 온 이안과의 관계만큼은 변한 것 같지가 않아서 말이다. 그래서인지 자꾸만 진심이 쏟아져 나왔다.

"나도 좀 정상적으로 살아 보고 싶은데 그렇게 살아 본 적이 없거든."

"……."

"그러니까 내 이상형은 모든 행동과 생각이 이상하지 않은 사람이야."

나는 그를 향해 웃으면서 말을 이었다.

"예를 들면 너 같은 남자?"

"쿠, 쿨럭!"

이안이 얼마나 커다랗게 기침을 했는지 주변 사람들이 다 쳐다볼 정도였다.

손수건까지 꺼내어 입가를 닦는 그를 보며 나는 황급히 덧붙였다.

"그렇게 싫어? 나도 너를 말한 건 아니고, 그냥 너 같은 사람을 말한 거니까 걱정 마."

"아니, 그게……."

"내가 너를 높게 평가하는 건 네가 아주 상식적이라는 거야."

나는 혹시나 그가 자리를 박차고 나갈까 봐 재빨리 말을 이었다.

"착한 사람 좋아하고, 나쁜 사람 싫어하고. 나 같은 애 싫어하는 바로 그 점이 좋아!"

"……."

"네 입장에서 나랑 그렇게 엮인다면 그거야말로 진짜 이상하고 비상식적인 사람이지. 내가 제일 싫어하는 게 그거야! 그러니까 걱정 마!"

그동안 그렇게 괴롭혔는데 바로 내게 고맙다는 말까지 한 이안의 인성이 놀라워서, 나는 선물을 주듯 말했다.

"그리고 마지막 검술 대회도 네가 원하면 기권해 줄게. 그 동안 네 인생의 걸림돌이었던 것 알아."

내 부드러운 말에 놀랍게도 이안이 흥분하면서 벌컥 말을 쏟아냈다.

"그게 무슨 소리지, 아나벨?"

"……어?"

그가 갑자기 울컥한 것 같아서 나는 어안이 벙벙해졌다. 심지어 그는 폭포수 같이 말을 쏟아냈다.

"대체 왜? 검은 네 인생이라고 하지 않았나? 무조건 나를 꺾을 때까지 포기하지 않겠다며. 정말 검도, 나도 네 삶에 이제는 필요가 없어진 거야?"

'필요 없다'라는 말을 할 때에는 정말 눈빛에 억울함이 가득했다.

"아니면 내가 그동안 너를 너무 무시해서 그래? 어머니에게 너를 믿지 말라고 해서? 그건 물론 내가 잘못……!"

"넌 오히려 나한테 관대했던 편인데 뭘 또 잘못했대."

나는 빠르게 손을 내저으면서 부정하기 시작했다.

"그냥 이제 평범한 인생을 찾아보려고 하는 것뿐이야. 검뿐만이 아니고, 뜨거운 연애라든가 행복한 결혼이라든가……."

나는 변명하듯 말을 내뱉고 나서야 뭔가 잘못 대답했다는 걸 알았다. 그의 표정이 더 묘해졌기 때문이다.

"기권은 안 돼. 절대 안 돼. 그럴 필요 없어."

이안은 단호하게 말했고 나는 머쓱하게 대답했다.

"뭐, 네가 그렇다고 한다면……."

그때였다. 갑자기 우리가 들어온 쪽과 반대쪽에 위치한 문에서 남자 하나가 매니저 둘과 함께 들어왔다. 관계자들이 모두 그에게 인사를 하는 것을 보니 누가 봐도 모리엇이었다.

"어때, 다들 상태는 괜찮은가."

"예. 오늘 날이 좋은지, 고객님들도 아주 많습니다."

주위를 둘러보니 어느새 좌석이 꽉 차 있었다. 모리엇 역시 가면을 써서 생김새를 알아보기는 힘들었지만 꽤 건장한 남자인 것 같았다. 그는 사람들을 훑고 나서는 무대에 직접 올랐다.

"로노포디아에 오신 여러분들을 진심으로 환영합니다."

이안은 내게 눈짓했다. 마법 아이템을 이용하여 동료들에게 연락할 것인지를 묻는 신호였다.

나는 가만히 고개를 저었다. 솔직히 나머지 인간들이 와 봤자 전력상 별로 도움이 안 됐다. 혹시나 로버트가 인질로 잡히면 괜히 피곤해질 뿐이었다. 그냥 뛰어난 사람들끼리 후딱 처리하고 끝내는 것이 나았다.

"저는 이 암시장의 대표, 모리엇 에이치온이라고 합니다. 고객 여러분께 인사드립니다."

나는 눈을 가늘게 뜨고 그를 바라보았다.

'생김새가 미적으로 꽤 괜찮은데.'

작은 가면을 써서 자세히 보면 이목구비의 형태가 드러났다. 본인이 그걸 모를 리는 없고, 일부러 가장 자신 있는 각도로 가면을 자른 것 같기도 했다.

좌석에 앉아 있던 사람들이 수군거리기 시작했다.

"뭐야, 엄청 잘생겼어."

"가면 벗기면 진짜 잘생겼을 것 같아."

모리엇은 완벽한 미소를 지으면서 인사했다.

"성원에 감사드립니다. 좋은 밤이 되기를 바랍니다."

별로 필요한 말도 아닌데 굳이 무대에 와서 저렇게까지 할 것까지야…….

그때 머릿속에 불현듯 어떤 생각이 스쳤다.

"맨날 거울 보면서 혼잣말하는 미친놈인데, 어차피 걔는 자기보다 잘생기지 않은 애들은 안 건드려."

"이계에서 온 못된 것들을 '흑마법의 기원'이라고 하고, 그것만 부수면 파생된 흑마법이 모두 풀려요. 하지만 평범한 물건이나 동식물이니 어차피 저희는 알아볼 수 없어요."

이 모든 일의 전말을 알 것 같다는 생각이 들었다.

'이상한 사람은 이상한 사람을 알아보는 법이지.'

그러니까 다른 사람은 몰라도 나는 저 인간의 속셈을 알 수 있을 것 같았다.

'머리 안 쓰려고 했는데 이렇게 쓰게 되네.'

나는 급격히 전략을 바꾸었다. 더 쉬운 길이 눈에 보였기 때문이다.

내가 그런 생각을 하고 있는 동안, 모리엇은 우아하게 걸어서 다시 자신이 들어온 문으로 발걸음을 옮겼다. 보아하니 저 문은 관계자들만 왔다 갔다 하는 곳인 듯했다.

"가자. 바짝 붙어서 따라와."

나는 벌떡 일어나서 그대로 그에게 달려 내려갔다. 아무리 빨리 달려도 이안은 알아서 따라올 것이 뻔했다. 다행히 모리엇이 문을 열고 나가려고 할 때 급히 그를 붙잡았다.

"저기요!"

"예? 지금 이게 무슨……."

그의 주위를 지키고 있던 매니저들이 나를 가로막으려고 할 때였다.

"너무 잘생기셨어요!"

나는 밑도 끝도 없이 외쳤다.

"저 중에 마음에 드는 남자가 하나도 없었는데…… 대화 좀 해 주세요! 저는 세상에서 제일 잘생긴 남자를 찾고 있거든요!"

내 말에 모리엇이 천천히 오른손을 들었고 매니저들이 즉시 뒤로 물러났다.

"이곳에서 내가 가장 잘생겼다고 생각하나요?"

모리엇의 질문에 나는 어느새 내 뒤를 따라온 이안을 가리키며 말했다.

"네. 오늘 완전 내 스타일이라고 생각한 이 사람보다 더 나은 것 같아요."

"아."

모리엇이 가면을 쓴 이안의 몸을 훑었다. 이안의 키가 훨씬 더 큰 것을 확인한 그의 표정이 살짝 어두워졌다. 가면 사이로 드러난 이안의 하관 역시 상당히 완벽했기 때문이다.

"아닌가……? 음, 이쪽이 나은가……."

나는 그 찰나를 놓치지 않고 고개를 갸웃하며 뜸을 들였다.

"둘 다 가면을 쓰고 있어서 알쏭달쏭하기는 한데……."

내가 진심으로 망설이는 듯하자 모리엇이 씩 웃으면서 말했다.

"글쎄요. 그건 확인해 봐야겠지요."

그러더니 심지어 내게 손까지 내밀었다.

"같이 확인하시겠습니까?"

"좋아요. 이 남자도 데려가도 될까요? 아마 따라올 거예요."

"당연하죠. 일단 제 방으로 모시겠습니다."

예상대로였다. 나는 이안에게 눈짓을 하며 모리엇을 따라갔다. 매니저 둘이 따라붙었고, 우리는 모리엇의 뒤를 좇으며 화려한 복도를 한참 걸었다. 이안은 처음부터 끝까지 이 상황을 파악하지 못한 것 같았지만, 적어도 눈치는 있어서 조용히 따라왔다. 복도를 한참 걷다가 계단도 꽤 오른 후에야 또 하나의 화려한 문이 나왔다.

"들어오시지요."

모리엇은 정중하게 우리를 안내했고, 우리는 망설임 없이 들어갔다. 물론 매니저 둘도 따라 들어왔다. 다들 눈치채지 못했지만 이안은 벌써 전투태세를 갖추고 있었다. 아까부터 내가 모리엇의 뒤를 칠 때를 기다리고 있었던 것이 틀림없었다.

'어쩌나, 계획을 변경했는데.'

모리엇의 행태를 보고 급작스레 변경하는 바람에 말해 줄 시간이 없었다.

"자, 레이디. 세상에서 가장 잘생긴 남자를 찾고 있다고 하셨죠."

모리엇이 손뼉을 짝, 하고 치면서 말했다. 예의 바르고 공손했던 말투가 갑자기 기세등등하게 변했다.

"그건 바로 제가 될 겁니다."

나는 그 말의 키포인트를 바로 잡아냈다.

"미래형이네요?"

"왜냐하면······."

모리엇은 씩 웃으면서 벽면에 있던 거울 앞에 섰다. 고풍스러운 장식이 돋보이는 둥그런 벽걸이 거울이었다. 동시에 매니저 둘이 각각 흩어져 나와 이안을 뒤로 붙들었다.

나는 재빨리 이안에게 고개를 저으며 아직은 타이밍이 아니라는 신호를 보냈다. 우리는 그렇게 매니저에게 붙잡힌 채로 멍하니 모리엇이 가면을 벗는 것을 바라보았다.

"나보다 잘생긴 남자들은 모두 인간이 아닌 노예로 만들어 버릴 테니까."

꽤 잘생긴 얼굴이었지만 세계를 제패할 정도는 아니었다. 일단 이안보다는 확실히 객관적으로 떨어졌다.

"자, 거울아, 거울아."

그가 거울에 손을 대고 취한 듯이 말했다.

"이 방에서 가장 잘생긴 사람이 누구니?"

이안이 황당하다는 눈빛으로 모리엇을 바라보고 있을 때였다. 나는 재빠르게 나를 붙잡고 있던 매니저의 배를 팔꿈치로 가격했다. 그와 동시에 품에 숨겼던 단검을 던졌다. 쨍그랑하는 소리와 함께 단검이 모리엇의 뺨을 스치고 거울의 중앙을 꿰뚫었다. 거울의 반짝이는 파편들이 그대로 산산조각 났다.

"뭐, 뭐야!"

모리엇이 깜짝 놀라 뒤로 물러났다. 순식간에 이안이 자신을 붙잡고 있던 매니저를 뒤로 엎어치기를 한 다음 검을 빼 들었다.

"괜찮아."

나는 그대로 모리엇에게 달려들어 복부를 발로 걷어차며 이안에게 말했다.

"빗맞은 것 아니야. 저 거울을 없애고 싶었거든."

"뭐?"

"모리엇은 미친 사람이라서 거울을 보면서 그런 말을 한 게 아냐."

원작에서의 이안은 이곳의 모든 매니저들과 싸운다. 하지만 오늘 이안의 검은 딱히 할 일이 없을 예정이었다.

네가 전생의 세상에서 읽었던 이야기에 그 사악한 것들이 있단다. 그 세상에서 환생한 너만이 그것들을 알아보고 파괴할 수 있어. 그럼 많은 희생 없이도 그 자리에서 흑마법이 사라져.

나는 거울의 파편 위를 뒹굴고 있는 모리엇의 가슴팍을 발로 밟았다. 그리고 오만하게 말했다.

"이제 흑마법은 끝났어."

확실히 내 등 뒤로는 흑마법이 꽂히지 않았다. 매니저들이 더 이상 흑마법을 쓸 수 없었던 것이다. 아니, 흑마법을 쓰기는커녕 이미 다들 쓰러져 있었다.

"저 거울이 '흑마법의 기원'이었거든."

맨 처음 모든 일의 전말을 알아차린 계기는 모리엇의 표정 때문이었다. 좌석에 앉아 있던 사람들이 '잘생겼다'라고 수군거렸을 때 그 말을 듣고는 분명히 해사하게 웃었다. 그건 정말 진심이 묻어 나오는 미소였다. 마치 이 순간을 위해 굳이 그 자리에 선 것처럼 말이다.

리어드는 그가 자기보다 잘생긴 사람들을 '건드린다'라고 표현했다. 그리고 내가 전생에서 읽은 이야기 중, 자기보다 예쁜 사람들을 절대 못 보는 악역이 등장하는 동화가 있었다.

인간이 아닌 것들 주제에 인간의 음습하고 파괴적인 욕망을 건드려 상황을 엉망으로 만들어.

생각해 보면 〈백설 공주〉에서 맨 처음 상황을 비극으로 초래한 것은 마법의 거울이었다. 왕비에게 '백설 공주만 없으면 당신이 가장 아름답습니다'라며 바람을 불어넣으니 말이다.

신의 말마따나, 이 세계의 사람들은 〈백설공주〉라는 동화를 모르니까 당연히 알아볼 수 있을 리 없었다. 전생을 기억하는 나만이 바로 알고 있는 이야기와 연결시켜서 모든 일의 전말을 알아챌 수 있었던 것이다.

어쨌든 '흑마법의 기원'들은 인간을 파멸로 이끈 뒤 이야기 속에서 멀쩡하게 살아남아. 그리고 다른 세계로 이동해 또다시 인간을 부추겨 비극을 만들지.

〈백설 공주〉에서 왕비는 죽었지만, 거울에 대한 처분은 나오지 않는다. 가장 외모가 뛰어난 사람이 되고 싶다는 욕망을 건드려 비극을 만드는 것…… 그 거울은 여기서도 똑같은 일을 하고 있었던 것이다.

"황자님께 연락해. 그냥 모두 체포하면 되니까. 그리고……."

이안에게 짧게 지시한 나는 천천히 검을 뽑아 모리엇의 턱에 갖다 대었다.

"……리어드 어딨어? 네게 왔지?"

"리, 리, 리어드…… 으히, 히, 나보다, 못생겼어!"

모리엇의 동공이 미친 듯이 흔들리기 시작했다.

"그래, 그 못생긴 놈 어디 있냐고."

"으히…… 내가 제일…… 제일 잘생길……."

나는 그의 목소리에서 광기를 읽었다. 그리고 허탈하게 중얼거렸다.

"설마 거울이 깨진 충격으로 미쳐 버린 건가."

원래부터 미친놈이 더 미친 거야 상관없지만 협박이 통할 정도 만큼만 미쳤어야 했는데 낭패감이 밀려왔다. 거울이 깨지면 이렇게 정신을 놓을 줄도 몰랐거니와, 제정신일 때 검을 들이대었다면 흑마법에 당했을 것이니 어쩔 수 없었다.

그때였다.

"……내 생각에 리어드는 너보다 잘생긴 것 같은데."

뒤에서 검을 빼 들고 선 이안의 목소리가 들려왔다. 나는 그가 거짓말을 하는 것을 처음 들었다. 그의 목소리가 얼마나 뻣뻣한지 누가 봐도 '저 거짓말에 익숙하지 않아요'가 뚝뚝 묻어났다.

"어디 있는지 말해 주면 내가 이 방으로 데려와 주지. 거울에게 물어보면 될 것 아닌가."

놀랍게도 그 어설픈 이안의 거짓말에 모리엇이 반응했다. 거짓말 실력은 별로였으나 확실히 지덕체를 모두 갖춰서 그런지 내용 자체는 뛰어났다.

"요새 아무리 내가 피부 관리에 소홀했다고 해도 리어드 나디트보다 별로라고? 말도 안 돼!"

모리엇의 발음이 갑자기 또박또박해졌다.

"부탁해. 그놈을 이 방으로 데려와. 2호실의 신입 매니저로 꽂아 넣었어."

"신입 매니저?"

2호실이라면 아론이 들어간 곳이었다.

"아직 흑마법에 완전히 잠식되지는 않았지만, 오늘 너무 일손이 부족해서 어쩔 수 없었어……."

그러니까 모리엇은 오갈 데 없는 제 친구가 찾아오자 냉큼 매니저로 만들어 버릴 만큼 나쁜 놈이었던 것이다. 나는 검을 거두고 모리엇의 멱살을 잡아 이안에게 넘겼다.

"로버트 황자님께 넘겨. 이제 각자 자기 길 가자고."

어차피 그들은 모리엇과 칼론의 관계를 캐고 싶어서 여기까지 온 것일 테다. 이안이 흑마법에 당할 일도 없으니 이제 같이 다닐 필요도 없었다. 2호실이라면 아론이 있는 곳이니 챙겨서 집에 돌아가기도 딱 좋았다.

뛰쳐나가는 내 뒤로 문득 이안의 목소리가 들렸다.

"아나벨!"

나는 무시하고 가 버릴까 잠시 망설이다가 뒤를 돌았다. 그동안 내 이름을 부르던 그의 목소리에는 짜증이 가득했었는데, 지금만큼은 이상하게 절실한 다급함이 느껴졌기 때문이었다.

얼른 말하라는 내 표정에 그가 내뱉은 말은 어이없었다.

"……조심해."

"뭘, 리어드를? 아니면 흑마법 다 풀린 매니저를?"

이딴 아무런 영양가 없는 말을 할 거면 대체 왜 불러 세웠나 싶었다. 성질대로 빈정거려 주고 갈 길 가려다가, 그래도 마지막에 눈치 빠르게 머리를 써 준 게 고맙다는 생각이 들어서 제대로 된 대답을 한번 해 주기로 했다.

"난 지는 싸움은……."

나는 그의 붉은색 눈을 흘끗 바라보고 나도 모르게 속마음을 중얼거렸다.

"……너하고밖에 안 해."

왠지 자존심이 팍 상해 버리고 말았다. 늘 지긴 했지만, 그의 앞에서 그 사실을 내 입으로 인정하는 건 또 처음이었다.

나는 그의 표정도 보지 않고 재빨리 뛰쳐나와 버렸다. 모리엇을 따라왔던 호화로운 복도를 거슬러 내려가면서 은근히 귀에 열이 오르는 것이 느껴졌다.

조심하라는 말을 평생 듣지 못하고 살다가, 오늘만 몇 번이나 들었다. 처음

생긴 진짜 가족과 오랜 숙적에게서……. 하찮은 악당이기만 했던 내 인생이 달라질 것 같다는 희망이 꿈틀거렸다.

경매장에 다시 돌아가 보니 이미 아수라장이 된 상태였다. 로버트가 호출한 경비병들이 현장을 덮쳐서 사람들을 체포 중이었다. 사실상 이 암시장의 전력이나 마찬가지였던 매니저들이 다 쓰러졌으므로 전투력이 그다지 강하지 않은 경비병으로도 충분히 진압 가능했다.

"누님!"

그 아수라장 속에서 아론이 매니저 차림의 한 남자를 붙들고 나를 불렀다.

"모리엇은 못 잡았지만, 이놈은 잡았습니다!"

"아, 아나, 아나벨……."

매니저 옷을 입은 리어드는 마치 모리엇처럼 반쯤 정신이 나가 있었다. 다른 매니저들이 바로 쓰러진 것과는 다르게 의식이 왔다 갔다 하는 듯했다. 아마 흑마법에 잠식된 지 몇 시간 되지 않아서인 것 같았다.

"히히히…… 네가 진짜 내 여동생이 아니어서 다행이야……."

그가 초점이 나간 눈으로 웃었다.

"진짜 내 여동생이었으면 어머니도 그 유산을 나한테 모두 주지는 않았겠지? 으히히히……."

정말 검조차 아까운 놈이다.

나는 리어드의 멱살을 잡고 그대로 크게 한 번 주먹을 휘둘렀다. 예전부터 이렇게 한 대 치고 싶었는데 혈연이라 참았었다.

리어드의 몸이 힘없이 날아가 벽에 박혔다.

"으히히히히…… 망할 신전에서 왜 갑자기? 다 잘되어 가고 있었는데……."

내가 성큼성큼 걸어가 다시 한번 걷어차려고 했을 때였다.

"아나벨 양."

갑자기 누군가 내 팔을 잡았다. 이제 완전히 가면을 벗은 로버트였다.

아까 2호실 앞에 온 건 기척으로 눈치챘지만 그대로 지나칠 줄 알았는데 의외의 등장이었다.

"분노한 건 알겠지만, 잠시 내 말을 들어 봐."

"예, 황자님."

나는 공손하게 대답했다.

"저 인간 아가리를 한 번 걷어차고 오랫동안 황자님의 말을 듣겠습니다."

"아냐, 그럴까 봐 내가 지금 끼어든 거야."

로버트가 부드럽게 나를 달랬다.

"매니저 명단을 발견했는데, 2호실에 배정된 리어드 나디트라는 사람이 몇 시간 전에 투입된 가장 신참이더라고. 이 정도 말할 수 있는 상태의 매니저는 여기에 없어. 흑마법이 빠져나가며 다 쓰러져 버렸으니까."

"그렇겠죠."

내가 담담하게 대답했다.

"이 멍청한 놈이 가장 친한 친구라고 믿고 악랄한 놈한테 전 재산을 들고 튀었으니……."

보아하니 서로 진정한 친구라고 생각한 건 리어드뿐인 듯했다. 모리엇은 리어드가 단신으로 돈을 싸 들고 오자마자 바로 흑마법을 써서 매니저로 만들어 2호실에 투입해 버렸으니 말이다. 나도 나지만, 리어드도 하찮은 악당답게 참교육 당하는 결말을 맞게 된 셈이었다.

"아마 흑마법이 모두 잠식하지 못해서 빠져나간 뒤 작은 영혼의 조각만 남아 있는 듯해. 그나마도 곧 사라질지 모르니…… 빠르게 심문해야 해."

로버트는 직접 내 가면을 벗겨 주며 정중하게 말했다.

"아나벨 양, 부탁할게."

"……."

"내게 몇 분만 이 작자에게 질문할 기회를 줘."

잠시간 서로의 눈이 마주쳤다. 나는 빤히 로버트를 바라보다가 한숨을 쉬며 뒤로 물러섰다.

"명령이라고 했으면 듣지 않았을 거예요. 부탁이니 들어드리는 거예요."

"진심으로 고마워, 아나벨 레인필드 양."

로버트가 짙게 웃으며 예의를 갖춰 감사 인사를 했다. 그가 강제로 명령했다면 나는 진짜 이성을 잃은 척하고 리어드를 더 때릴 생각이었다. 어차피 이 사태의 일등 공신인 나를 처벌할 수는 없을 테니 말이다.

"아니에요, 황자님. 황자님께서 친자 검사를 빠르게 허가해 주신 것에 대해 늘 마음의 빚이 있었어요. 그러니 굳이 감사해하지 않으셔도 돼요."

나는 팔짱을 끼고 뒤로 물러나 리어드를 심문하는 것을 바라보았다.

"그러니까…… 이히히, 모리엇은 자기보다 잘생긴 것 같은 놈들이 나타난다 싶으면 방으로 데려갔죠. 그리고 거울을 붙들고 뭐라고 중얼거렸어요."

리어드는 로버트가 무언가 물을 때마다 술술 대답했지만, 딱히 영양가 있는 정보는 없었다. 모리엇이 그에게 대단한 비밀을 말하지는 않았기 때문이다.

"그리고 자기보다 잘생긴 것 같으면 자아를 빼앗고 아니면 살려 주곤 매니저로 만들었죠."

나는 속으로 그 거울도 여기서 아주 열심히 일했다는 생각을 했다. 〈백설 공주〉에서는 왕비보다 아름다운 여자가 백설 공주밖에 없어서 한 명만 말했는데, 여기서는 그런 사람이 너무 많았던 것이다. 그래서 '이 세상에서 가장 예쁜 여자가 누구니'가 '이 방에서 가장 잘생긴 사람이 누구니'가 되었구나.

'범위가…… 상당히 좁아진 셈이네.'

"아나벨 양."

별 영양가 없는 정보에 피곤해졌는지 로버트가 내게 다시 말을 걸었다.

"혹시 이 사람을 어쩔 심산이야?"

나와 아론은 한 치의 망설임도 없이 즉시 대답했다.

"끝장내야죠."

로버트는 우리의 대답에 눈을 잠시 깜빡이더니 부드럽게 제안했다.

"한 번에 끝장내는 건 너무 아깝지 않나."

그가 눈을 곱게 접어 보이며 웃었다.

나는 지금 이 순간을 위해 로버트가 가면을 벗었다는 생각이 들었다.

'뭐야, 왜 대놓고 미인계야.'

아론이 미간을 찌푸리며 나 대신 물었다.

"그럼 어떻게 해야 안 아깝고 효율이 좋은 복수가 될까요?"

"내게 맡겨 줘."

로버트가 즉시 대답했다.

"어느 정도 정보를 제공할 수 있는 유일한 협조자로 황궁 기밀 수사대에 맡기지. 그러면 정신적으로든 육체적으로든 엄청난 고통을 받게 될 거야. 죽지도 못하고 말이야."

그때였다. 벽에 박혀 있던 리어드의 몸이 축 늘어졌다.

"어?"

아론이 급히 다가가서 확인해 보더니 황당하다는 듯이 말했다.

"이미 죽었는데요?"

그러니까 리어드는 다른 매니저들과 똑같이 죽어 가는 중이었던 것이다.

로버트가 진심으로 당황하며 어쩔 줄 몰라 했다.

"어, 어쩌지…… 아나벨 양?"

주먹 한 대로는 너무 수지가 안 맞는데, 어이없을 정도로 허무하기는 했다.

"내가 잘은 모르겠지만 애초에 이자 때문에 여기에 온 것, 맞지?"

"맞아요."

나는 그가 그런 식으로 패닉에 빠진 표정을 처음 보았다. 매사에 계산적인 사람이었으니 이 상황이 당혹스럽기는 할 것이다.

그러나 어차피 어쩔 수 없는 일이라 나는 한숨을 쉬며 말했다.

"그래도 됐어요. 신경 쓰지 마세요. 제가 들어드리기로 한 부탁인걸요."

"하, 하지만……."

"그냥 저 자신을 세뇌해야죠. 제가 벽으로 메다꽂아서 죽었다고요."

더 이상 여기 있을 필요가 없었다.

"아니, 이거 미안해서 어쩌지? 아나벨 양이 공들여서 여기까지 왔는데."

"됐어요. 공든 탑도 무너지는 법이니까요. 원래 인생이 다 그런 법이지요."

"이렇게 노력했는데 일이 엉망이 되었군. 이래서야 노력한 보람이 없잖아."

"원래 하늘은 스스로 돕는 자를 방치하는 법인데요, 뭐."

나는 화내기에도 에너지가 아까워서 담담하게 대답했다.

"그럼 저희는 이만 가 보겠습니다, 황자님."

그리고 로버트에게 예를 표하고 난 뒤, 미련 없이 돌아섰다.

"가자, 아론. 야식 먹어야지."

"예."

아론 역시 즉시 내 뒤를 따랐다.

"아버지께서 일어나셨을까요? 새우 요리를 부탁하고 싶군요."

누군가와 함께 집에 돌아가는 경험도 처음이었다.

그걸로 됐다, 자위하며 걸어가는데 뒤에서 목소리가 들렸다.

"조만간 보답할게, 아나벨 양. 약속해."

문득 나는 로버트의 말에서 처음으로 진심을 느꼈다. 나를 보면서 매혹적으로 웃어 보이는 것도 아니고, 다정하게 말을 거는 것도 아닌데 말이다.

왠지 그가 정말로 보답을 할 것 같다는 생각이 들었다.

나조차도 모르는, 내게 꼭 필요한 것으로 말이다.

그렇게 로노포디아는 로버트의 수사 아래 세상 밖에 완전히 드러났다. 로버트가 이안에게 신호를 받은 즉시 다른 수하들을 시켜 수도 경비병을 모두 모아 그대로 진입시킨 것이다. 흑마법의 영향을 받고 있던 이들은 이미 모두 쓰러진 상태였기에 진압은 아주 쉬웠다. 그곳에 온 수많은 사람들을 현행범으로 체포하고 현장에서 압수한 엄청난 현금 역시 국고로 회수했다.

그리고 이안과 아나벨이 이 사악한 무리들을 토벌하는 데에 커다란 공을 세웠다는 사실이 수도 온 전역에 퍼지기 시작했다. 사람들은 이안의 선행에 대해서 딱히 놀라지 않았지만, 아나벨의 정의로운 행각에 대해서는 몹시 놀랐다.

물론 모든 것이 잘 된 것은 아니었다. 로버트가 가장 잡고 싶어 했던 노예 암시장의 주인 모리엇을 검거하는 데에는 절반의 성공만 거두었다.

"으히…… 으히히…… 내가…… 내가 잘생겼…… 으히……."

'흑마법의 기원'이라는 거울이 깨지고 난 후 제정신을 잃어버린 것이다.

궁중 마법사는 그를 진단한 뒤 고개를 절레절레 저으며 말했다.

"흑마법에 잠식되지는 않았으나 정신적인 의존도가 너무 높았습니다. 사악한 힘에 너무 감화한 나머지 스스로 제정신을 차릴 수 없게 된 것이죠."

모리엇을 어떻게든 생포하여 칼론 황태자와의 연결점을 찾으려던 그의 최종 목표는 실패한 셈이었다. 로버트는 암시장에 있던 온갖 서류를 모두 확보하여 뒤졌지만 칼론의 흔적을 찾을 수는 없었다. 노예 암시장을 운영하던 주요 운영진들도 모두 오랫동안 흑마법에 잠식된 이들이라 살아 있는 이조차 없었다.

'결국 결정적인 증거는 못 찾고 여전히 심증뿐이군.'

하지만 제국민들이 모두 경각심을 가지는 효과는 있었다.

"세상에, 흑마법이라니……."

뒷세계에서만 알음알음 퍼져 있던 노예들을 모두가 확인하고 난 뒤 제국은 모두 일차적인 충격에 빠졌다. 대다수 사람들은 '그런 것이 있다' 정도만 알았을 뿐 실체가 이토록 뚜렷하게 존재할 줄은 상상도 못 했던 것이다. 게다가 수도에서 이름난 잡화점인 로노포디아에 그토록 커다란 비밀이 있었다니. 특히나 행방불명되었던 사람들이 족족 노예 시체로 나오는 통에 많은 이들이 경악을 금치 못했다.

몇 년 동안 가족을 찾아 헤매던 사람들의 좌절이 엄청났다. 몰래 납치되어 영혼도 없이 노예 밀매에 이용당했다는 것은 만인의 분노를 살 일이었다.

"근 몇 년간 제국의 뒤편에서 흉흉한 일들이 너무 많이 벌어지고 있습니다."

로버트는 로노포디아 노예 암시장의 정체를 발표하며 제국민들 앞에서 힘차게 연설했다.

"안전한 곳에 머무는 황족이나 고위 귀족들은 이런 뒷골목 범죄에 영향을 받지 않습니다."

모두가 충격 받은 와중 그 연설의 여파는 대단했다.

"이런 흉악한 무리들 때문에 치안이 불안정해지면 다치는 사람들은 언제나 평범한 국민들입니다."

녹색 눈을 반짝이며 좌중을 압도하는 그에게 제국민들은 크게 감동했다.

"저는 이제 흑마법과의 긴 싸움을 선포합니다. 모든 제국민의 평화를 위해서 언제나 노력하겠습니다. 믿어 주십시오. 그리고……."

짧지만 굵은 연설을 끝낸 로버트는 예의 바르게 덧붙였다.

"이번 수사에 오로지 정의를 위해서 아무런 대가 없이 협조해 준, 이안 웨이드로스와 아나벨 레인필드에게 다시 한번 감사의 인사를 전합니다."

수도에 이안과 아나벨의 이름을 모르는 사람은 없었다. 아나벨을 언급한 그 연설은 아주 이상한 효과를 낳았다. 이안은 워낙에 정의로운 사람이라 '이안 웨이드로스다운 일을 했군' 같은 반응이 많았다. 그가 공공의 이익을 위해 움직인 것이 처음이 아니라서 그다지 새로울 것도 없었던 것이다.

"아나벨? 그 안하무인?"

"친부모 찾고 변했나 봐."

"아니, 원래 심성이 고왔는데 빌어먹을 나디트 가문이 그렇게 애를 이상하게 만들었대."

사람들에게 최악의 평판을 받던 아나벨은 오히려 명성이 드높게 올라가기 시작했다. 원래 기대하지 않았던 자의 선행이 더 빛나는 법이었다. 수도를 떠들썩하게 만들었던 친자 검사까지 합쳐져 아나벨의 평판이 갑자기 좋아졌다.

물론 로버트가 마지막에 말한 보답은 그것이 아니었다.

훨씬 더 그녀에게 필요한 것을 열심히 준비하고 있었던 것이다.

암시장으로 뛰어들어 리어드를 찾으러 갔던 그날 밤, 나는 약속대로 자정을 넘기지 않고 돌아왔다. 그러니까 아론의 안내에 따라 처음으로 레인필드 저택에 발을 들인 것이다.

아론도 나도 털끝 하나 다치지 않은 상태라는 걸 확인하고 나서야 어머니는 안도의 한숨을 내쉬었다. 아버지는 그새 깨어나서 식탁을 가득 채울 정도로 음식을 차려 놓고 기다리고 있었다. 아론은 식탁에서 갑각류가 하나도 없는 것을 보고 매우 실망했다.

"그러니까 내가 그 인간도 아닌 것들에게 최고급 요리를 파는 동안…… 내 딸은…… 그 퍽퍽한 이퍼 고기를……."

내가 한 입 먹을 때마다 아버지가 얼마나 홀짝였던지 나중에는 어머니가 나가라고 화를 낼 지경이었다.

"익숙해지셔야 합니다, 누님."

아론이 씩 웃으며 말했다.

"외부에서는 아버지를 냉철한 자본주의의 괴물이라고 평가하지만…… 사실은 매우 심약하십니다."

"그렇구나. 몰랐어."

"어머니는 굉장히 프로페셔널하시지만 성격은 좀 드세시고요."

"그건 눈치챘어."

아버지가 요리를 할 동안 어머니는 내 방을 꾸몄다고 했다. 빈방 중 가장 넓은 방에 그새 이런저런 가구를 채워 넣은 것이다. 한눈에 봐도 예전의 내 방과는 차원이 다를 정도로 좋은 방이었다.

"너를 잃고 돈에만 미쳐 살았는데 그게 이럴 때 쓰이는구나."

식사가 다 끝나고 어머니는 회한에 젖은 목소리로 말했다.

"아나벨."

아버지는 내 손을 꼭 붙들고 말했다.

"너무 늦게 만났지만, 그동안 우리가 쌓아 왔던 모든 걸 다 누리고 살게 해 주마. 서로 못 알아본 시간만큼 더 소중한 시간들을 보내면 되는 거야."

나는 가슴이 벅차서 고개를 끄덕였다. 사실 친하지 않은 상태에서 가족이 된지라 살짝 어색했지만 금방 적응할 수 있을 것 같았다.

"내일부터는 우리 모두에게 새로운 삶이 시작될 거야."

어머니는 내 머리카락을 쓸면서 말했다.

"잘 자렴, 내 딸."

난생처음 느껴 보는 따뜻함이 너무 좋아서 나는 그날 밤에 잠을 조금 설쳤다. 정말로 내 인생이 많이 달라질 것 같다는 예감이 들었기 때문이다. 그리고 그 예상은 맞아떨어졌다.

마치 꿈같은 나날들이 며칠간 계속되었다. 그사이에 정말 많은 것들이 변했다. 부모님께 부끄러운 딸이어서 죄송하다는 생각을 한 것이 무색하게 로버트를 도왔다는 소문이 퍼지기 시작했다. 그러니까 더 이상 '열등감에 미친 아나벨'이라는 말을 듣지 않아도 된다는 소리였다.

어머니는 의상실 예약도 받지 않고 내 옷을 열심히 만들기 시작했다.

"자, 여기서부터 여기까지 또다시 신상."

잿빛 훈련복 두 벌로 살아왔던 나는 수도에서 가장 많은 옷을 가진 사람 중 한 명이 되었다.

"아무래도 드레스 룸을 하나 더 만들어야겠구나."

이런 삶을 살아 볼 것이라고는 상상조차 해 본 적이 없었다.

물론 아버지도 지지 않았다.

"자, 아나벨. 이것 좀 더 먹어라."

아버지는 웨이드로스 공작저에 휴가를 낸 뒤 매 끼니 자신이 할 수 있는 모든 요리를 해서 내게 먹였다.

"이건 2년 전에 예약해야 먹을 수 있는 거야. 식재료가 아주 까다롭거든. 어때, 입맛에 맞니?"

"누님, 맛없다고 해 보세요."

막 외출하러 나가다 식당에 들른 아론이 피식 웃으며 끼어들었다. 지금은 가족의 점심시간이었지만 아론은 일정이 있어서 함께하지 않았다.

"나가기 전에 심심풀이로 아버지가 통곡하는 모습을 한번 보고 싶군요."

"꺼져라, 아론. 넌 대체 누굴 닮았니."

아버지는 퉁명스럽게 말하면서도 나가는 아론의 옷매무새를 잡아 주었다.

"자, 그럼 잘 다녀와. 입만 다물면 넌 얼굴은 정말 멀쩡하니까."

어머니 역시 포크를 내려놓고 진지하게 말했다.

"지금 가는 거니? 무조건 일찍 도착해야 하는 건 알고 있지?"

"예. 한 시간 일찍 갑니다."

"그래. 꽃도 좀 사서 선물로 주고 그래라. 그리고 돈 낭비했다고, 성녀님이 더 아름다워서 꽃은 보이지도 않는다고 말해."

"음…… 이번에는 아버지의 조언을 따르겠습니다, 어머니. 고대 시절 드래곤도 안 했을 그런 대사를 하느니 차라리 입을 다물게요."

나는 아버지가 열과 성을 다해 만든 해산물 요리를 먹다가 혼자서 마른침을 삼켰다. 이것이야말로 요 며칠간 달라진 것 중에 굉장히 미묘한 일이었다.

그러니까 아론과 세시안느가…… 너무 쉽고 빠르게 연인으로 발전했다. 둘은 암시장 일이 끝나고 난 뒤 몇 번 만나다가 연인 사이가 됐고, 그 사실을 알게 된 부모님은 황홀해하셨다.

'나 같아도 너무 좋지……. 아들의 연인이 가족의 은인이라면.'

순수한 호의로 딸을 찾을 수 있게 도와주고, 심지어 아들의 생명을 구해 주기까지 했다. 아론과 세시안느가 가까워진 것을 눈치챈 부모님은 그렇게 세시안느를 정식으로 초대한 것이다. 명분은 감사 인사를 제대로 한다는 것이었지만, 이미 신전에 엄청난 기부금을 보낸 이후였으니 다른 마음이 분명히 있었다. 예를 들어 며느리로 삼고 싶다거나…….

'뭐…… 일이 이렇게 되는 건 어쩔 수 없었나.'

어차피 신부터가 원작대로 세상이 흘러가도록 내버려 두지 않으려고 나를 불렀다는데, 굳이 이 전개를 막을 필요는 없었다. 오히려 세시안느라면 새로운 가족으로 대환영이었다. 착하고 바른 데다가 세상의 모든 장점은 다 가진 여자 아닌가. 솔직히 남동생의 짝으로는 대찬성이었다. 나 같은 여자 만날까 봐 걱정했는데 너무 다행이었다.

"아, 누님."

아론은 나가기 전에 문득 생각났다는 듯 점심 식사 중인 나를 바라보았다.

"세시안느가 누님도 꼭 뵈었으면 하더라고요. 이따 누님께 무슨 말을 할 건가 봐요. 느낌상 신탁을 받은 것 같은데."

나는 표정 관리를 하며 고개를 끄덕였지만 올 것이 왔다는 생각을 했다. '흑마법의 기원'은 모두 세 개고, 나는 그중 하나를 부수었을 뿐이니까 말이다. 하지만 그건 지금 내 우선순위에서 밀릴 수밖에 없었다.

요즈음 꿈같은 나날들에 빠져서 자꾸 미루고 있지만, 아직 복수하지 못한 대상이 있었기 때문이다.

바로 보육원의 친분을 무기 삼아 나를 케이틀린에게 넘긴 라넬라였다.

"안녕하세요."

세시안느는 하늘하늘한 원피스를 입고 상냥한 미소를 지으며 인사했다.

"초대해 주셔서 감사합니다."

"아니에요, 성녀님. 저희야말로 영광입니다."

어머니가 우아하게 말하며 자연스럽게 그녀를 응접실로 안내했다.

"이렇게 다시 뵐 수 있어서 정말 반갑습니다."

"세시안느라고 편히 부르세요."

레인필드 저택은 워낙에 돈이 많아 여느 귀족저 부럽지 않게 웅장했다. 어머니는 평상시보다도 더 짙은 화장을 하고 정성 들여 웃었다. 아론이 나가고 우리는 나름대로 열심히 그녀를 맞을 준비를 했다. 그녀와는 애프터눈 티타임을 가질 예정이었다. 아버지는 최고급 차와 어울릴 티 푸드를 만들기 시작했고, 어머니는 세시안느에게 선물할 옷들을 내게 보여 주었다.

'좋다.'

남동생의 연인을 맞이하기 위해 잔뜩 들뜬 가족들 사이에 내가 있는 것 자체가 꿈같았다. 정말로 평범하고 진솔한, 내가 한 번도 가져 보지 못한 시간들.

우리는 응접실에 둘러앉아서 함께 차를 마시기 시작했다.

"어머, 맛있어요."

세시안느는 아버지가 구운 휘낭시에를 맛보더니 눈을 동그랗게 뜨고 감탄했다. 내가 알기로 그녀는 빈민가에서 태어나 친척 집을 전전하다 어느 날 갑자기 신력이 발현하여 견습 성녀로 막 들어간 참이었다. 그러니 레인필드 레스토랑에 와 본 적이 있을 리 없었다.

"신전에 돌아갈 때 한 상자 가지고 가십시오. 많이 구워 놓았습니다."

아버지는 울보의 모습을 감추고 냉철한 셰프가 되어 딱딱하지만 다정한 말투로 말했다.

"그래요."

물론 나도 합류했다.

"가서 다른 성녀님이나 사제님들하고 나누어 드세요."

뭘 먹이면 다들 레인필드에 대해서 좋은 말 한마디씩은 할 거라는 음흉한 계산속에서 나온 말이었다. 그러니까 온 가족이 아론과 세시안느가 더욱더 잘되도록 등을 떠밀고 있는 셈이었다.

"그렇다면…… 감사합니다."

다행히 세시안느는 그 분위기가 싫지 않은 것 같았다.

"제가 사실 그날 흑마법을 치유하는 걸 처음 해 봤는데요……."

그녀가 뺨을 붉히며 조곤조곤 말을 이었다.

"그래서 그런지 자꾸만 아론 님에게 이상한 친밀감이 들더라고요. 왠지 모르게 둘이 연결된 것 같기도 하고……."

사실 아무도 모르게 연결될 뻔한 사이는 이안 웨이드로스지만 그걸 여기서 굳이 말할 필요는 없었다.

"그래서 실례인 걸 알면서도 이렇게 초대에 응하고 말았어요."

모두 다 실례가 아니라면서 손사래를 칠 동안 나는 속으로 담담하게 생각했다. 원작에서 이안과 이어지는 것도, 그냥 처음으로 신력을 써서 구해 준 상대라서 그런 걸지도 모른다고 말이다. 세시안느는 견습 성녀가 된 지 얼마 안 되었으니 말이다.

뭐 이렇게 된 이상 새로운 운명에 우리 모두 순응하는 수밖에 없었다. 물론 나야 아주 흐뭇했다. 평상시와는 달리 아론은 입을 일단 다물고 있었고 그래서 아주 멀쩡해 보였다. 아론이 가장 피하고 싶다는 '돈만 보고 자신을 보지 않는 여자'가 아니라는 건 내가 제일 잘 알았다.

'그리고 이안보다는 아론과 엮이는 게 세시안느도 더 나을 거야.'

세시안느야말로 배경보다는 사람을 보는 이였다. 우리 집이 웨이드로스 공작가보다 못한 건 신분뿐이었다. 그나마도 요즈음 제국은 오랜 시간에 걸쳐 평민의 지위가 높아져 가고 있었다. 나중에 로버트가 황제가 되면 그 경계는 더더욱 흐릿해질 예정이었다.

'귀족가와 얽히지 않으면 리하르트와 피폐물 찍을 일도 없지.'

리하르트는 세시안느의 상대가 이안이라서 그토록 미쳐 날뛴 것이었다. 그는 애초에 세시안느를 좋아했어도 그녀의 낮은 신분이 싫어서 자신의 마음을 접을 터였다. 그러니 아론과 잘되어 가면 '그냥 끼리끼리 만나는군'이라고 생각하며 관심을 완전히 끌 것이 뻔했다.

'그런데 왜 이안하고는 그토록 어려웠던 사랑이 아론하고는 이렇게 쉽게 이루어지냐는 말이야…….'

물론 이유는 알고 있었다. 이안과 세시안느는 너무 똑같은 성격이라 급격히 가까워지지 못하고 여러 가지 위기에서 같이 구르기만 했다. 그러나 아론은 자연스럽고 능청스럽게 데이트 신청을 할 수 있는, 이안과 완전 다른 성격의 남자였다. 그러므로 서로 첫인상부터 마음에 들었던 두 사람이 연인으로 발전하는 건 시간문제인 셈이었다.

"그리고 사실……."

세시안느가 차를 한 모금 마시곤 먼저 말문을 열었다.

"제가 꿈에서 신탁을 받았어요. 그래서 아나벨 님을 꼭 만나고 싶었어요."

나는 표정 관리를 하려고 애쓰며 웃었다.

"그래요? 무, 무슨 내용이었을까요?"

설마 신이 세시안느에게 조잘조잘 모든 걸 다 말하지는 않았겠지 싶었으나 그래도 긴장이 되었다. 아나벨 레인필드가 원래는 몹시 하찮은 악당이었는데 전생을 기억하고 있고 어쩌고……

남에게 설명하기에는 너무 구질구질하지 않나 생각하고 있던 와중이었다.

"아나벨 님께 '흑마법의 기원을 알아볼 수 있는 눈'을 주셨다고요."

"아……."

결국 그냥 필요한 결론만 말한 셈이었다. 갑자기 분위기가 가라앉으며 아론까지 심각한 표정이 되었다. 솔직히 그날 흑마법이 갑자기 사라진 데에 대해서 신학을 좀 아는 자라면 누구나 '흑마법의 기원이 파괴되었다' 정도는 예측했다. 나는 그 뒤의 일은 관심도 없이 아론과 함께 떠나 버렸고, 로버트는 그 모든 일을 이안에게 물었을 것이다.

그러나 놀랍게도 대중에게 발표한 내용은 진실과는 완전히 달랐다. 이안이 검을 휘두르다가 잘못해서 거울을 깼는데, 우연찮게도 그것이 흑마법의 기원이었다고 말이다.

"맞나요?"

세시안느는 조용히 물었고 나는 말없이 고개만 끄덕였다. 내 긍정에 가족들이 모두 걱정스러운 한숨을 쉬었다.

잠시 침묵을 지키던 아론이 천천히 말문을 열었다.

"이안 님이 검을 잘못 휘두를 리는 없으니 무언가를 숨기고 있다는 생각은 했지만…… 그것이 누님의 능력일 줄은 몰랐군요."

나는 눈을 내리깔며 아무런 말도 하지 않았다.

이안이 왜 그렇게 말했는지 짐작은 갔다. 그건 나에 대한 배려이자 보호였다. 내가 흑마법의 기원을 단번에 알아보았다는 소문이 돌면, 흑마법에 관련된 다른 자들이 나를 가만두지 않을 것이다. 아무리 내가 신체적으로 강해도 몰래 독살당하거나 가족이 위험에 처할 수도 있으므로 질 나쁜 자들에게는 노출이 안 되는 것이 최선이었다.

'하긴 부관도 레인필드, 메인 셰프도 레인필드, 어머니 단골 의상실도 레인필드이니 그 정도는 배려해 줄 수 있겠지.'

물론 내 가족들 역시 그 사실을 알아차렸기 때문에 표정이 어두워질 수밖에 없었다.

"비밀로 하는 게 좋겠어요, 성녀님. 부탁드려요."

어머니는 걱정스러운 어조로 말했다.

"아나벨을 또 잃고 싶지는 않아서……."

"예. 레인필드 가족 외에는 아무에게도 말하지 않을게요."

세시안느는 선량한 얼굴로 고개를 끄덕였다.

"하지만 아나벨 님."

그녀가 내 손을 꼭 잡았다.

"신께서 말씀하셨어요. 아나벨 님께 남아 있는 '흑마법의 기원' 두 개를 더 부탁한다고요. 부디 당부하신대요."

결국 그 말을 전해 주러 온 것이었다. 지난번 내게 직접 내린 신탁으로는 내가 못 미더워서 굳이 세시안느를 통해 쐐기를 박은 듯 했다.

흑마법의 기원……. 그러니까 그건 내가 전생에 알고 있던 이야기들 중 다음과 같은 조건을 만족해야 했다.

1. 인간이 아닌 사물이나 동식물.

2. 인간의 악한 마음씨를 건드려 갈등 상황을 초래함.

3. 이야기 속에서 처벌받지 않고 그대로 존재감이 사라짐.

마치 〈백설 공주〉의 거울같이 말이다. 그런데 이게 눈앞에서 보면 바로 알겠는데, 막상 백지에서 생각하려니 생각이 안 났다. 사실 밤에 잠이 안 올 때면 내가 아는 이야기들을 총동원해서 비슷한 것들을 찾아보려 했으나 단서가 없으면 잘 떠오르지 않았다.

"세상을 혼돈에서 지켜 줄 의무를 지니신 아나벨 님……."

세시안느는 가지런히 눈을 감고 성스러운 모습으로 중얼거렸다.

"당신을 위해 제가 늘 기도하겠습니다."

솔직히 환장할 노릇이었다. '그 의무는 원래 네 거였다'라고 말할 수도 없는 일이었으니 말이다. 그런데 지금 온갖 위기를 맞아 가며 세상을 구할 성녀가 사랑에 빠져 평온한 삶을 사는 엑스트라가 되어 버리고 말았다. 왠지 내가 독박을 쓴 것 같지만 그래도 그 대가로 이 따뜻한 가족을 만난 거라고 치면 하나도 무르고 싶지 않았다.

"그리고 신께서 말씀하셨어요."

"또요?"

"흑마법의 기원을 파괴할 때마다 아나벨 님은 축복을 받을 거라고요."

축복이라니, 이렇게 추상적인 단어가. 딱히 영양가 없다고 생각한 건 나뿐만이 아닌지 아무도 그것에 대해 더 이상 묻지 않았다.

"이 사실을 아는 이가 혹시 우리 말고 또 있니? 목격자라든가."

어머니가 걱정스러운 어조로 물었고, 나는 한숨을 쉬며 대답했다.

"……이안 웨이드로스요."

"이안 님이……."

나는 부모님조차 경어를 쓰는 그의 이름을 함부로 불러 댔다. 이제 와서 '이안 님'이라는 호칭만큼은 도저히 입에 담을 수가 없었다. 이안은 물론이고 웨이드로스 공작 내외마저도 문제 삼지 않고 말이다.

아론이 진지하게 나를 보며 말을 꺼냈다.

"안 그래도 제 휴가가 내일 끝나거든요."

아론은 세시안느의 옆에서 아주 정상적인 말만 해 댔다. 그는 암시장 사건 이후 계속 휴가 중이었다. 새로 찾은 가족과 단란한 시간을 보내겠다는 명분이었다. 물론 휴가 중 더 단란한 시간을 세시안느와 보내긴 했지만 말이다.

"저랑 웨이드로스 공작저에 같이 가시죠."

"응? 내가 거길 왜 가?"

"그럼 지난 8년은 왜 오셨습니까? 그냥 습관처럼 오신 거잖아요."

"난 이제 아나벨 나디트가 아니라 아나벨 레인필드야."

나는 고개를 절레절레 저으며 말했다.

"다시 태어났기 때문에 그런 개차반 짓은 안 해."

"이런 비보가⋯⋯. 웨이드로스 기사단의 유일한 유흥거리가 사라졌군요."

아론은 심각한 표정을 지어 보이며 한숨을 푹 쉬었다.

"하지만 내일은 가 봐야 하지 않겠습니까? 일단 이안 님과 '흑마법의 기원'을 알아볼 수 있다는 것에 대해서 말을 좀 맞춰야 할 것 같고요. 또⋯⋯."

어차피 이안은 입이 무거워서 딱히 맞출 것도 없다고 하려던 참이었다.

"레슬리 님도 누님을 보고 싶어 하실 겁니다."

나는 또 한 번 나의 잘못된 가정 교육으로 인한 개념 없음과 배은망덕함에 한탄하고 말았다. 어떻게 지금까지 레슬리 님께 인사 갈 생각도 하지 않았단 말인가. 레슬리 님은 천덕꾸러기였던 내게 처음으로 손을 내밀어 준 유일한 은인이었다. 게다가 우연이라고 할지라도 부모님을 알게 해 준 사람이었다.

그래서 나는 빠르게 고개를 끄덕였다.

"갈래. 가야겠어."

"에, 그럼 제가 이따가 세시안느를 바래다줄 때 공작저에 기별을 넣지요. 내일 누님과 함께 정식으로 방문하겠다고 말입니다."

아론은 흔쾌하게 대답했고, 나는 며칠 만에 웨이드로스 공작저에 다시 발을 들였다.

7장

사람이
변하는 이유

웨이드로스 공작저에 방문하기로 한 날, 아침부터 레슬리 님으로부터 서신이 왔다.

「훈련복 차림으로 검을 챙겨 오렴.」

나는 살짝 실망했다. 다짜고짜 이안에게 달려들었던 과거와는 다르게, 이번에는 제대로 차려입고 정식으로 방문하나 싶었기 때문이다. 진정으로 감사 인사도 드리고 말이다.

「그리고 연무장에서 만나자.」

이어지는 내용에 나는 더더욱 실망하고 말았다. 연무장이라면 항상 담을 넘은 뒤 문지기를 따돌리고 뛰어 들어갔던 곳 아닌가. 내가 연무장에 들이닥칠 때마다 좋은 구경거리 보듯이 갈라지던 기사단 사람들도 있고…….

"세상에."

당시 나를 열렬하게 반기던 아론이 어깨 너머로 서신을 보고 중얼거렸다.

"레슬리 님이 이렇게 말씀하시다니, 살다 살다 이런 일이……."

새로 태어난 아나벨 레인필드로서 예전과는 다른 모습을 보여 드리고 싶었던 나는 부루퉁하게 반문했다.

"왜, 이런 일이 뭔데?"

아론은 잠시 망설이더니 대답했다.

"레슬리 님께서는 다리 부상 후 더 이상 검을 잡지 않으십니다. 연무장에도 딱 한 번 오셨어요. 샌드위치 때문에요."

그리고 나는 매일같이 그 연무장에서 난동을 피워 댔기에 그 '딱 한 번'에 걸린 거고 말이다.

"이렇게 말씀하신 걸 보면 아마도……."

아론이 신중하게 말했다.

"누님이 검을 쓰는 걸 진지하게 보고 싶으신 모양입니다."

결국 나는 평상시와 별다를 것도 없는 차림새로 공작저에 가게 되었다. 아론과 함께 웨이드로스 공작저의 연무장에 가는 기분은 아주 이상했다. 그것도 담을 넘지 않고 멀쩡히 걸어서 말이다.

"저기, 있잖아……."

저 멀리 연무장이 눈에 들어오기 시작할 무렵 내 걸음도 차차 느려졌다.

"혹시 내가 부끄럽지 않아? 다들 비웃으면 어떡해?"

안절부절못하던 나는 결국 참지 못하고 아론에게 말했다.

"너는 그래도 이안의 부관인데, 다른 곳도 아니고 연무장에, 이안에게 가장 안하무인으로 굴었던 나랑 같이……."

아론이 눈을 동그랗게 뜨고는 천연덕스럽게 말했다.

"제 자랑스러운 표정이 안 보이십니까? 어떻게 그런 생각을 하실 수 있죠?"

"자랑스럽다기보다는 재미있어하는 표정인데."

"조금 섞이긴 했습니다만……. 그런데 기사단만큼 힘의 논리로 움직이는 곳은 없습니다."

아론은 진지하게 대답했다.

"물론 지나치게 상식적인 나머지 누님을 싫어하는 사람은 좀 있었지요. 하지만 비웃는 자는 단언컨대 한 명도 없었습니다. 붙으면 깨질 걸 아는데요, 뭐."

물론 전혀 위로가 되지 않았다.

"네가 지나치게 상식적인 사람이 아니라서 참 다행이구나, 동생아."

최대한 느릿느릿 발걸음을 옮겼지만 어쨌든 연무장에 도착하기는 했다. 열심히 훈련하고 있던 기사들이 나와 아론을 보고 움직임을 멈춘 채 혼란스러운 표정을 지었다. 평소처럼 썰물처럼 갈라져서 이안에게 향하는 길을 열어 줄까 말까 고민하고 있는 듯했다.

"오늘은 이안하고 싸우러 온 게 아니라서……."

나도 모르게 변명하듯 말을 꺼내자 아론이 그 말을 받았다.

"아쉽게도 누님은 새사람이 되셨답니다. 두 분이 협력하여 불법 노예 시장도 뒤집어 놓으셨는걸요."

몇몇 사람들의 표정에 아론의 말대로 아쉬움이 스쳐 지나갔다.

이안은 연무장의 가장 끝에서 종자의 자세를 봐 주다가 멈추고 허리를 들어 나를 바라보았다. 멀리서 눈이 마주쳤다.

'뭐, 뭐야. 평소랑 다르게 느낌이 이상한데.'

나는 마른침을 삼키며 얼른 눈을 피했다.

'다짜고짜 안 달려들어서 그런 건가? 8년 내내 여기서만큼은 막무가내로 달려들었는데 역시 습관이 무섭군.'

대체 이안에게 달려들지 않으면 여기서 뭘 해야 할지 생각이 나지 않았다.

그렇게 모두가 어색하게 연무장에 서 있던 때였다.

"글쎄다."

연무장 입구에서 레슬리 님의 경쾌한 목소리가 들렸다.

"새사람이 되었어도 대련이야 할 수 있는 것 아니겠니."

레슬리 님은 빠른 걸음으로 다가와 내게 먼저 인사를 건넸다.

"가족을 찾은 걸 축하해, 아나벨 레인필드 양."

"감사드려요, 레슬리 님."

나는 환한 미소를 짓는 그녀를 향해 예의를 갖추어 인사했다.

"레슬리 님 덕분에 그나마 빨리 부모님과 안면이라도 틀 수 있었어요."

"내가 의도한 것도 아닌데, 뭐. 그것보다……."

레슬리 님은 감사 인사를 받는 것이 민망한지 가볍게 그 화제를 넘겨 버렸다. 그러고는 눈을 가늘게 뜨며 내가 가지고 온 검을 바라보았다.

"검이…… 예전에 본 거랑 다르네?"

"예전이요?"

"응. 내가 샌드위치 먹으려고 왔다가 처음으로 너와 이안의 대련을 보던 날 말이야."

"아."

나는 머쓱하게 대답했다.

"예전에 케이틀린이 사다 준 것들 중에서 아무거나 집어서 쓰는지라……."

"아무거나?"

"예. 어차피 다 그게 그거고, 조금 쓰다 보면 내구도가 약해지고 그래서 자주 바꾸거든요."

레슬리 님은 미간을 살짝 찌푸리더니 한숨을 쉬었다. 그러더니 딱 봐도 저렴해 보이는 내 검에 다시 한번 시선을 주곤 알 만하다는 듯이 중얼거렸다.

"케이틀린 그 천벌 받을 것이…… 대충 싸구려 검이나 몇 개 던져 주었구나."

대부분의 검사들은 자신이 주로 쓰는 검이 있었다. 아무래도 한 몸처럼 움직여야 했으니 훌륭한 검을 하나 구해서 손에 익히는 것이 좋았기 때문이다.

이안 역시 언제나 몸에 지니고 다니는 자신만의 검이 있었다. 들려오는 소문에 의하면 웨이드로스 가문에서 대대로 내려오는 검이어서 성년이 되자마자 브레이든에게 물려받았다고 했다.

"꽤 싸구려 검을 들고 있기에 그게 몸에 익어서 그런가 싶었는데 딱히 그런 것도 아니었군."

레슬리 님은 한숨을 한 번 쉬더니 어린 종자를 하나 불러 자신의 방에서 무언가를 가져오라고 지시했다. 그러고는 다시 나를 보고 말했다.

"내가 널 이렇게 부른 건 말이야. 가까이서 관찰하다 보니 생각보다 네 기본기가 탄탄한 것 같지 않아서야."

"기, 기본기요?"

"대회 때에는 워낙에 현란한 기술을 쓰니까 알아차리기 어려웠고, 내가 저번에 본 대련은 둘 다 성의 없어서 몰랐어."

"아……."

"그런데 오히려 일상적인 움직임 하나하나를 볼 때마다 묘하게 기초적인 자세가 별로야. 아마 어릴 때 스승이 잘못 붙어서 그렇겠지."

레슬리 님이 진지하게 말을 이었다.

"나도 딱 그랬기 때문에 아나벨 양의 문제점을 짚어 낼 수 있는 거야. 어릴 때부터 최고급 교육을 받아 온 브레이든이나 이안은 오히려 몰라볼걸."

"아……."

"솔직히 말하자면 이대로 가다가는 영원히 이안에게 완패할 수밖에 없어."

그건 사실이었기에 기분이 나쁘지도 않았다. 나는 그동안 한 번도 이안과 호각을 다툰 적조차 없었기 때문이다.

"지금처럼 독창적인 기술이나 대충 때려 맞히는 감각, 선천적으로 타고난 검기 등에만 의존해서는 한계가 있거든."

본능적으로 알 수 있었다. 지금 나는 그동안 어린 시절 나를 거쳐 온 그 어떤 스승보다도 더 대단한 사람에게 가르침을 받고 있었다.

"네가 이안보다 부족한 건 세 가지야. 내가 브레이든보다 부족했던 세 가지

이기도 하지."

어느 순간부터 나를 가르칠 수 있는 스승이 없어서 혼자 훈련해 온 나는 갑자기 심장이 두근두근 뛰는 것을 느꼈다.

"기본자세, 민첩성, 은신 능력."

그녀는 물 흐르듯이 말했고 나는 홀린 듯 고개를 끄덕였다.

"혹시 네 부족한 점들을 내가 가르쳐 주어도 될까?"

만년 2등으로서 도저히 거절할 수 없는 유혹이었다. 그게 동정심이든, 레슬리 님의 어린 시절에 대한 투영이든 내게는 몹시 간절했다.

나는 절박한 표정으로 즉시 대답했다.

"네. 부탁드립니다."

레슬리 님은 내게 살짝 미소 짓더니 저 멀리에 있는 이안에게 소리쳤다.

"그런 의미에서 이안, 이리 와 봐라!"

밑도 끝도 없는 지시였지만 이안은 별다른 대답도 없이 조용히 다가왔다.

'아론이 어제 기별을 넣었다고 했으니…… 내 방문을 예상하고 있었겠지. 별로 놀란 것 같지도 않네.'

혼자 멍하니 생각하던 나는 깜짝 놀랐다. 멀리서 볼 땐 긴가민가했는데 가까이서 보니 확실히 뭔가 달랐다. 눈썰미가 뛰어나지 않은 편인데도 본능적으로 내 안구가 집중력을 끌어 올리는 게 느껴졌다.

"어? 이안 님."

나와 같은 것을 느꼈는지 아론이 고개를 갸웃하며 입을 열었다.

"오늘 외모에 힘 좀 주신 것 같은데요? 어디 가십니까?"

"뭐?"

"이제 그냥 잘생기신 게 아니고 특별히 잘생기시기로 마음먹으셨어요? 지금 안면 근육들이 최선을 다하고 계신 것 같은데요."

그의 금발은 원래도 언제나 단정했지만, 오늘은 특히 뒤로 깔끔하게 넘겨 이

마를 드러내고 있었다. 평소보다 훨씬 멋진 훈련복은 물론이고 본디 훈련하다가 먼지가 내려앉아 지저분해져야 했을 신발마저 깨끗했다.

"기분 탓이겠지."

무뚝뚝한 이안의 대구에 나는 고개를 저으며 아론의 편을 들었다.

"기분 탓이라니. 오늘 엄청 외모에 신경 쓴 것 같은데?"

"아니라니까."

"아니긴 뭘 아니야. 8년 동안 너를 나보다 더 열심히 관찰한 사람은 없는데."

내 무심한 말에 이안의 귀가 벌겋게 달아올랐다.

"무슨 말을 또 그렇게까지……."

"그래도 사실이잖아. 틀려?"

우리의 대화는 더 이상 이어지지 못했는데, 레슬리 님의 심부름을 간 종자가 돌아왔기 때문이었다. 종자는 들고 온 검을 레슬리 님에게 내밀었다.

"자, 아나벨. 한번 쥐어 볼래?"

검을 건네받은 레슬리 님이 나에게 권했다.

"내 건데 굉장히 좋은 검이란다. 사실 예전에 브레이든이 선물한 거야."

"그렇군요……."

그렇다면 굉장히 로맨틱한 역사가 살아 있는 검이었다. 나는 살짝 떨리는 손으로 그 검을 받아 들었다. 손질이 몹시 잘되어 있는 것을 보아 레슬리 님은 이 검을 쓰지는 않아도 언제나 관리를 해 왔던 것이 분명했다. 고작 한번 쥐어 본 것일 뿐인데도 그동안 써 왔던 검과 본질적인 차이가 느껴졌다.

나는 홀린 듯 날카롭게 벼려진 검의 날을 바라보았다.

"마음에 드는 것 같으니 다행이구나."

"네?"

레슬리 님이 상냥하게 웃었다. 그리고 이어서 경쾌하게 덧붙였다.

"선물이야, 아나벨."

나는 너무 놀라서 순간 숨 쉬는 것을 잊고 말았다.

"우리 이안이 계속 성장하기 위해서라도 훌륭한 라이벌은 꼭 필요해."

레슬리 님은 조곤조곤 말을 이었다.

"너처럼 기사도까지 갖춘 아이라면 환영이다. 그렇다면 적어도 비슷한 환경에서 경쟁해야 하지 않겠니."

'기사도'라는 말에 양심이 쿡쿡 찔려 오기 시작했으나 이제 와서 '저는 사실 악당이었습니다'라고 할 수도 없는 노릇이었다. 그러므로 이제라도 기사도를 갖춘 아이가 되는 수밖에 없었다.

"나도 늘 싸구려 검으로 대회에 나갔는데, 브레이든이 마지막 대회 때에는 비슷한 조건에서 겨뤄 보고 싶다며 주더구나."

"어, 어머나……."

"그게 웨이드로스의 정신이야."

마지막 대회 때 범죄라도 저질러서 끝끝내 이기라고 했던 나디트의 정신과는 비교도 안 될 만큼 숭고했다.

레슬리 님은 그때를 회상하는지 씁쓸하게 덧붙였다.

"결국 내가 부상을 입어 대회도 나가지 못하고, 그 이후 한 번도 겨루지 못했지. 그래서 이 검은 사실상 새것이란다."

어쩐지 아직 길이 들어 보이지 않았다.

"이안은 그런 센스가 없어 보이니 내가 줄 수밖에."

"이런 걸…… 감히 제가 받아도 될까요?"

도저히 '저 같은 쓰레기는 이걸 받을 수가 없어요!' 같은 소리가 나오지 않았다. 한 번 쥐어 보고 나니 도저히 손에서 놓을 수가 없었던 것이다.

"내 방에 있어 봤자 장식품이 될 뿐이야. 검은 검사의 손에 있을 때 가장 빛나는 법이지."

"그래도 공작님의 선물인데 제가 이렇게 쓰면 안 되지 않을까요?"

들어 보니 나름 두 분의 연애사가 담긴 물건이라 레슬리 님 혼자 결정하면 안 될 것 같았다. 나중에 부부 싸움이라도 나면 어쩌나 싶어 걱정스럽게 물었지만, 그녀는 대수롭지 않다는 듯 어깨를 으쓱했다.

"상관없어. 브레이든도 내가 계속 이 검을 가지고 있을 거라고 생각하지는 않거든."

"음, 정말요?"

"진짜야. 심지어 어젯밤에는 대뜸 며느리한테 물려주자고 하지 않겠니?"

레슬리 님은 어이가 없다는 듯이 혀를 차며 말을 이었다.

"세상에, 어떤 며느리가 시어머니에게 검을 받고 싶어 하겠어."

"아, 음……."

"제일 좋은 보석이나 역사가 오래 된 유물 같은, 환금성이 좋은 걸 물려줄 생각을 해야지. 며느리에게 진검이라니 세상에……."

그녀는 상상만 해도 한심하다는 듯이 한숨을 푹 쉬었다.

"정말 브레이든은 눈치도 센스도 없어. 내가 어젯밤에 한마디 했다."

"그렇군요."

"어쨌든 괜히 며느리에게 물려줘서 계속 장식품 되느니 제대로 다뤄 줄 수 있는 사람에게 가는 게 맞지. 그러니 부담 갖지 마라."

"그렇다면…… 감사히 받겠습니다."

나는 오랫동안 허리를 숙여서 감사를 표했다. 원래 웨이드로스의 며느릿감인 세시안느는 이제 레인필드의 며느리가 되게 생겼으니 다른 여자가 들어올 것이다. 그렇다고 해도 이안이 여자를 못 만날 가능성은 전혀 없어 보였다. 골라 만나면 골라 만났지. 그 여자가 검사일 가능성까지 생각하면서 내가 이 검을 양보할 필요는 없었다.

"자, 그렇다면 훈련을 시작하자."

레슬리 님은 이안의 팔을 끌어당겨 내 앞에 두었다. 지척의 거리에서 우리는 다시 눈이 마주쳤다. 사실 레슬리 님이 '가르침'을 말한 이후 나는 나도 모르게 속으로 살짝 후회하고 있었다.

'이럴 줄 알았으면 매일 꾸준히 몇 시간씩만이라도 훈련할 것을……'

특히나 요새 제대로 대련을 해 본 적이 없어서 나 스스로도 내 몸이 어느 정도로 따라 줄지 가늠이 안 됐다. 전생을 떠올리고 난 후 나는 훈련에 매우 소홀했다. 이안을 이기겠다는 마음 자체를 포기했기 때문이었다.

나는 이미 충분히 훌륭한 검사였고 먹고사는 데에 지장도 없었다. 가뜩이나 간절함이 없어져서 훈련을 거의 안 하는 지경이었는데, 가족까지 찾고 나서는 아예 검을 들지 않았다. 새로 생긴 가족들과 노닥거리면서 예쁜 옷 입고 맛있는 것 먹는 시간이 너무 좋았기 때문이다. 그래서 부모님도 내게 검을 사 줄 생각조차 하지 못했었다. 애초에 검술에 무지하시기도 하고 말이다.

'변명이라면…… 그동안의 삶이 너무 싫어서 정반대로 산 거겠지.'

사실 전생을 떠올리기 전까지 나의 훈련 시간은 어마어마했었다. 그동안 나는 검을 즐긴 적이 단 한 번도 없었다. 이안을 이겨야겠다는 마음으로 나를 깎아 가며 검을 휘둘렀다. 그런데 지금 레슬리 님의 검을 선물 받고 수업을 듣는다는 것에 설레는 것을 보니 예전의 삶은 싫어도 검술 자체가 싫었던 것은 아닌 듯했다. 하긴, 아베데스 후작가의 상속권이 눈앞에 있을 때에도 검술을 그만둔다는 생각은 단 한 번도 안 했으니까 말이다.

검을 앞에 두고 눈빛이 달라진 레슬리 님이 수업의 포문을 열었다.

"자, 우선 〈오일라스 기본 검술〉에 나오는 기본자세들부터 새로 익혀야 해."

〈오일라스 기본 검술〉이라면 검을 처음 잡는 아이들이 보는 책이었다.

"그리고 이안은 거기 수록되어 있는 삽화보다도 자세가 정확하단다."

참 역설적인 일이었다. 이안을 이기는 것을 포기하고 나니 실력을 급상승시킬 수 있는 기회가 생겼다. 내가 진정한 그의 라이벌이 되는 건 이안과 나, 둘 모두에게 좋은 일이었다.

"이안을 보면서 똑같이 따라 해 봐. 다른 기술은 체격이나 이런 게 달라서 따라 하는 것이 오히려 독이지만, 기본자세만큼은 비슷하게 익히는 것이 좋아."

나는 결연하게 고개를 끄덕였고 레슬리 님은 친절하게 덧붙였다.

"마치 거울을 보는 것처럼 말이야."

레슬리 님은 이안에게 기본자세를 해 보라고 요구하며 말을 이었다.

"이미 검을 오래 잡아 나쁜 습관이 많이 들었겠지만, 조금이라도 교정할 수 있으면 좋지."

나 역시 기본자세를 똑같이 따라 할 수 있을 거라는 생각은 하지 않았다. 아주 어릴 때부터 든 습관이라 아마 바로 고치기가 쉽지 않을 것이 뻔했다. 하지만 나는 조금의 기대감을 안고 기본자세를 취하는 이안을 가만히 관찰한 뒤 그대로 따라 하기 시작했다.

"어?"

"어머?"

"오오⋯⋯."

내가 1식을 따라 하자마자 갑자기 여기저기서 탄성이 들렸다.

레슬리 님이 눈을 동그랗게 뜨면서 감탄했다.

"세상에. 이렇게 거울 보듯이 똑같다니! 이안 말고 이렇게 모범적인 자세를 취하는 사람은 지금껏 못 봤는데."

나 역시 엄청나게 놀랐다. 이안의 자세를 보고 나니 기존의 내 자세와는 완전히 다르게 몸이 움직인 것이다.

그러나 내가 더 놀란 것은 레슬리 님의 '거울 보듯이'라는 말에서 불현듯 떠오른 가설이었다.

"그리고 신께서 말씀하셨어요. 흑마법의 기원을 파괴할 때마다 아나벨 님은 축복을 받을 거라고요."

"기본자세만큼은 비슷하게 익히는 것이 좋아."

"마치 거울을 보는 것처럼 말이야."

'설마, 거울을 파괴하고 나서 거울처럼 상대를 따라 할 수 있는 능력이 생긴 건가? 그게 신이 말한 축복?'

거울을 깬 뒤로 한 번도 훈련을 하지 않아서 최근 몸 상태를 잘 몰랐는데 이전과는 확실히 달랐다.

탄성이 터져 나온 가운데 이안의 움직임이 이어졌다. 나는 진지하게 그의 모습을 살폈다. 단단한 팔이 어떻게 움직이는지, 다리에는 어떻게 힘이 들어가는지, 등 근육은 어떻게 긴장하는지.

'하나하나 꼼꼼하게 살펴볼수록 완벽한 자세와 완벽한 몸에……'

심지어 오늘은 왜 저렇게 외모가 초과 근무를 하는 건지!

'……특출나게 잘생긴 외모까지.'

내 눈이 그를 꼼꼼하게 훑을 때마다 그의 표정 역시 점점 더 굳어 갔다. 그 역시 눈을 둘 데가 없는지 내가 그를 따라 하는 것을 고요하게 바라보았다.

시선이 서로의 몸에서 눈으로, 다시 몸으로, 긴장감 속에서 얽혀 갔다. 시간이 흐를수록 그 역시 묘한 팽팽함이 점점 더 짙어졌는지 마지막 자세를 취할 무렵엔 그의 귀는 물론 목덜미까지 벌게져 있었다.

"어휴, 이안."

레슬리 님은 한숨을 쉬며 이안을 타일렀다.

"아나벨은 너와 시작 자체가 달랐단다. 네가 진정한 기사라면 같은 조건에서 겨뤄 보고 싶어 해야지. 그렇게 표정 굳히면서 싫은 티를 팍팍 내야겠니?"

아론 역시 냉큼 말했다.

"아무리 누님이 너무 잘 따라 한다고 해도 그렇게 긴장하시면 어떡합니까?"

내 생각에는 이렇게 가까이서 오랫동안 내가 쳐다보는 게 싫었던 것 같았는데 굳이 나까지 끼어들지는 않았다.

"······그건 아닙니다."

"좀생이 같기는. 설마 아나벨이 쳐다본다고 설레서 긴장한 건 아닐 거 아냐?"

레슬리 님이 쏘아붙이자 아론이 재빨리 말렸다.

"레슬리 님, 아무리 아드님이셔도 주군께 선을 지켜 주시길 바랍니다. 다른 여자도 아니고 누님이신데 변태도 아니고 그러시겠어요?"

"하긴. 내가 원수를 사랑하는 미친놈을 낳을 리는 없지."

하지만 그들의 대화는 내 귀에 잘 들어오지 않았다. 기본자세 몇 개 똑같이 따라 한 것만으로도 미묘하게 온갖 기술들이 정돈되는 것 같은 기분이 들었기 때문이다.

'어릴 때 잘못 들인 습관들은 뒤로 가면 갈수록 발목을 잡는다고 어디선가 들은 적이 있는 것 같아.'

원래라면 이런 일은 절대 벌어질 수 없었다. 기본자세를 한 번에 올바르게 익히고 그에 따라 내가 가진 모든 기술들까지 향상되다니. 아주 어릴 때로 돌아가서 훈련을 처음부터 다시 하지 않는 이상 불가능한 일이었다.

이건 거울을 부수고 나서 거울과 관련된 신의 축복이 내린 것이라고밖에 설명할 수 없었다. 기본자세를 확실히 익히고 나자 그동안의 모든 어설픈 동작까지 정돈되는 느낌이었다.

'······얼른 한 번 더 겨뤄 보고 싶다.'

생전 처음 들어 보는 좋은 검, 이상하게 정돈된 몸짓······. 이번에는 어느 정도 버틸 것 같다는 자신감이 들었다. 예전처럼 비겁하게 마구잡이로 덤비지 않아도, 굳이 빈틈을 노려 기습하지 않아도 말이다.

"거봐요."

아론이 내 눈빛을 보며 말했다.

"우리 누님은 지금 이 순간도 이안 님을 한 대 치고 싶어서 저희 말도 제대로 안 들리는 상태인데요."

"좋아, 아나벨."

레슬리 님은 손뼉을 한 번 치고 씩 웃었다.

"그럼 이안과 한 번 대련해 볼래?"

나는 검을 꼭 쥐고 고개를 끄덕였다.

레슬리 님이 이안과 나를 번갈아 보며 주의를 주었다.

"대신 그때처럼 성의 없게 하면 안 돼."

아마 내가 전생을 떠올리고 난 뒤 대신관을 구하고 나서 한 첫 번째 대련을 말하는 것 같았다.

'나는 어차피 질 거라서 대충 한 건데…… 이안도 대충 했었나?'

생각해 보면 묘하게 의미 없는 합만 주고받았던 것 같기도 했다.

'왜 그랬지? 걸음걸이 하나도 대충 안 걷는 인간이.'

"특히 이안 너는 빈틈이 보여도 대놓고 봐주던데. 그건 상대에 대한 예의가 아니야."

"그건……."

이안은 그동안 침묵만 지키고 있다가 한숨을 쉬고 드디어 입을 열었다.

"그 전날, 등에 부상을 입은 것이 생각나 그랬습니다."

낮고 침착한 목소리에 갑자기 귀에 열이 올랐다.

나는 그때 그가 나를 배려한 줄도 몰랐다. 만일 입장이 바뀌었더라면 나는 등만 집중해서 공격했을 텐데…….

"하지만 이번에는 정말 봐주면 안 되겠군요."

이안이 검을 빼어 들며 느긋하게 말했다.

"어머니 말대로, 저런 진지한 눈빛을 한 검사에게 예의가 아니니 말입니다."

그의 서늘한 붉은 눈이 똑바로 나를 향했다. 나는 아주 오랜만에 전의에 불타올라 검을 꽉 쥐었다.

대련이 다 끝나고 우리는 정원에서 티타임을 가졌다. 레슬리 님과 아론, 그리고 이안까지 끼어 있었다.

"와, 누님."

아론은 차를 한 모금 마실 때마다 한 번씩 감탄했다.

"알고 보니 엄청난 천재, 뭐 그런 거 아니십니까? 어떻게 기본자세 한번 따라 했다고 그 나쁜 습관들이 다 없어져요?"

레슬리 님 역시 쿠키를 오독오독 드시면서 연신 칭찬을 해 주셨다.

"솔직히 이렇게까지 성장할 거라고 생각 못 했는데…… 내 눈으로 보지 않았다면 믿지 못할 뻔했어."

그녀가 고개를 갸웃하며 덧붙였다.

"아까 들어보니 그동안 훈련량이 정말 어마어마했던데……. 정말 눈 뜨고 검만 휘두른 것 같던데 그 무지막지한 연습량의 결과인가 보지."

레슬리 님과 아론, 이안은 그동안의 내 훈련 일과를 듣더니 모두 혀를 내둘렀다. 전생을 떠올리고 나서 목표 의식이 사라져 소홀해졌지만 이제 또 다시 옛날처럼 열심히 훈련할 예정이었다. 레슬리 님의 가르침을 받고 나서 아주 오랜만에 실력이 늘고 있다는 생각이 들었기 때문이다.

"다 레슬리 님께서 정확히 짚어서 가르쳐 주셔서 그래요."

나는 수줍게 웃으며 말했다.

"진심으로 감사드립니다."

결과적으로 말하자면 나는 또 패배했다. 하지만 예전과 같은 추잡한 패배가 아니었다. 정말 졌지만 잘 싸웠다. 더 이상 그의 공격을 막기 급급해하지도 않았고 날카로운 공격도 해냈다. 원래 못 쓰던 기술을 쓴다거나 갑자기 날래졌다거나 하지는 않았지만, 확실히 움직임을 전환할 때 중심이 잘 잡혔다. 그러니까 마치 어린 시절 처음부터 차근차근 제대로 배운 것처럼.

'그럼 만일…… 나머지 흑마법의 기원 두 개를 파괴하면 내 부족한 점들이 또 채워지게 되려나?'

그렇다면 정말 이안과 대등하게 싸울 수 있을까. 이제 검술 대회 우승만을 바라며 달려가는 삶은 아니었지만, 그래도 오랜 시간 동안 갈망했던 일이었다. 이안에게 단 한 번만이라도 이기는 것 말이다.

조그만 희망에도 정신없이 집착하는 것이 2등의 숙명이었다. 물론 이제 못된 의도는 모두 사라졌고, 그냥 검사로서의 순수한 호승심과 승부욕이었다. 그래서 나는 옆에 앉아 있던 이안에게도 사심 없이 말할 수 있었다.

"너도 고마워. 따라 할 수 있게 잘 가르쳐 줘서."

정말 인생은 모를 일이었다. 내가 이안과 함께 차를 마시며 정상적인 대화를 할 수 있게 되다니.

"별것도 아닌데."

"아냐. 앞머리 내가 잘랐는데 아주 잘 잘린 것처럼 별거였어."

"……덕분에 나도 오랜만에 잔뜩 긴장했다."

그가 느슨한 웃음을 지으며 말했다.

"어머니께 꾸준히 잘 배워 봐. 다음 대련이 기대되는군."

역시 웨이드로스의 정신은 아주 고결했다. 나라면 어머니의 가르침으로 2등이 쫓아오는 게 기분 나쁠 것 같은데, 그의 얼굴에는 진정한 즐거움이 떠올라 있었다.

"8년 만에 처음으로 즐겁게 대련했으니."

8년 만이라면 열네 살 때, 우리의 첫 대련 말하는 건가. 나는 대답하지 않고 조용히 이안의 모습을 살폈다. 8년간 이안은 똘망똘망한 소년에서 잘생긴 청년이 되었다.

한낮의 아름다운 정원에서 조용히 앉아 있는 이안의 모습은 마치 한 폭의 그림을 보는 것만 같았다. 차를 마시는 자세까지 완벽하게 귀족적이었다. 8년 동안 죽자 사자 쫓아다니며 달려들었는데 이런 모습은 또 처음이었다.

'그래, 원래 이게 정상이겠지……. 보통 친교는 차를 마시면서 얌전히 쌓는 거니까.'

그런데 내가 이안과 친교를 쌓을 일이 있던가……. 생각하니 어딘가 홀린 것 같기도 했다. 애초에 웨이드로스 공작가와는 별로 얽히고 싶지 않았는데 어느새 이렇게 됐다.

'하지만 레슬리 님은 좋은걸.'

빙빙 도는 생각을 정리하지 못하고 있을 때였다. 종자 하나가 다급히 뛰어오더니 이안에게 서신 하나를 건넸다.

"이안 님, 급한 서신 같아서 왔습니다."

"그래?"

이안은 담담하게 서신을 받아 들었지만, 읽으면서 표정이 살짝 굳어지는 것을 숨기지 못했다.

"뭔데? 이건 황실에서 쓰는 봉투 아니니?"

레슬리 님이 눈을 동그랗게 뜨며 묻자, 이안이 차분하게 대답했다.

"예. 로버트 황자님께서 보내신 초대장입니다. 조만간 입궁해야겠군요."

"음, 이렇게 공식적으로 너를 대체 왜?"

보통 이안과 로버트는 비공식적으로 만났기 때문에 좀 놀랍긴 했다.

이안은 천천히 대답했다.

"저뿐만이 아니라, 아나벨까지 함께 초대하셨습니다. 로노포디아 암시장 일로 감사를 표하고 싶다고 하십니다."

나는 화들짝 놀라 반문했다.

"나까지?"

내가 어안이 벙벙해서 묻자 그가 담담하게 말했다.

"아마 지금쯤 같은 초대장이 레인필드 저택에 도착했을 거야."

나는 눈을 굴리며 차를 한 모금 마셨다. 이안이야 평소에 친분이 있는 사이라는 걸 누구나 다 알지만, 나는 그냥 어쩌다가 낀 평민이었다. 어느 먼 지방에서 몰래 작위를 사지 않는 이상 귀족이 될 가능성조차 전혀 없는 평민. 아무리 평민의 권리가 점점 더 올라가고 있는 추세라지만, 그래서 평민들의 여론도 요즈음은 정사에 몹시 중요하다지만, 그래도 평민은 평민이었다.

내가 그의 목숨을 구한 정도의 공을 세운 것도 아닌데, 굳이 황궁에까지 초청해서 감사씩이나 할 필요는 없었다. 즉, 로버트같이 계산적인 사람이 정말 '감사'만 하겠다며 이런 의외인 행동을 할 리는 없었다.

'분명히 다른 말을 하기 위해 핑곗거리를 찾은 것 같은데.'

나와 비슷한 생각인지 이안의 표정 역시 좋지만은 않았다.

"너야 그렇다고 쳐도 왜 나까지 부르신 거지?"

"글쎄……."

우리 둘 다 심각해져 있는데, 레슬리 님이 눈을 깜빡이며 끼어들었다.

"얘들아. 내 놀라운 감에 따르면…… 아나벨까지 부르신 게 아니고, 아나벨을 부르시고 싶은데 이안까지 부르신 것 같다."

"네?"

"아나벨과 잘되고 있었는데, 평민이 되었으니 얼마나 생각이 복잡하시겠니."

레슬리 님이 진지하게 말했다.

"황족과 평민이 결혼하지 못하라는 법은 없지만 그래도 전례가 없으니 말이다. 너무 보고 싶어서, 이안을 핑계로 황궁으로 부르는 거지. 안 그래?"

"음…… 어…… 글쎄요."

확실히 그런 느낌은 전혀 아니었지만, 검까지 받았는데 대놓고 '전혀 감이 좋지 않으십니다'라고 대답할 수는 없었다.

"저, 저는 그런 건 부담스러운데요. 아주 평범한 결혼이 취향이지, 전례 없는 세기의 결혼 같은 건 하기 싫어서."

"괜찮아, 할만 해."

레슬리 님은 경쾌하게 말했다.

"내가 바로 공작과 결혼한 전례 없는 평민이니까 말이다."

하기야, 공작가는 제국에 얼마 되지 않았고 레슬리 님이 최초의 평민 공작 부인이었다.

"남이 떠드는 소리에 신경 쓰지 않고 사교계에 잘 나가지 않으면 어려울 것도 없어. 그냥 돈 쓰면서 편하게 살면 되니까."

"그, 그래도…… 음…… 로버트 황자님의 의도도 확실하지 않고……."

떨떠름한 내 반응을 보며 레슬리 님은 미간을 찌푸리더니 얼토당토않은 추측을 계속 이어 갔다.

"일단 황궁으로 부른 다음 여론을 살펴보실 건가 보다. 두 사람의 스캔들이야 사교계에 모르는 사람이 없으니 말이야."

"어머니."

이안이 살짝 짜증스러운 목소리로 말했다.

"언제부터 그런 데 관심이 많으셨다고요."

"내가 관심이 없어서 그렇지 통찰력은 꽤 된다."

그때 하녀가 티 푸드를 트레이에 준비해서 가져왔다. 주방에서 준비한 티 푸드는 막 구워서 좋은 냄새가 솔솔 올라오는 핫케이크였다. 하녀는 우리 앞에 핫케이크 한 장씩과 메이플 시럽이 든 시럽 잔을 하나씩 놓아 주었다.

"아아, 맛있겠네."

레슬리 님은 더 이상의 통찰을 그만두고 바로 접시에 집중하기 시작했다. 메이플 시럽을 핫케이크에 뿌리는 그녀의 얼굴에 행복이 감돌았다.

나는 시럽 잔을 들고 살짝 갈등했다.

'나는 이제 비열한 나디트가 아니야. 자신의 말에 책임지는 정정당당한 레인

필드가 될 거야.'

지금은 큰 결심이 필요한 때였기 때문이다.

'레슬리 님께 검도 받았으니, 더 이상 예전의 악당 마인드로 살아가지 않을 거라고.'

나는 심호흡을 한 번 한 뒤, 내 핫케이크에 시럽을 절반만 뿌렸다.

'집에 돌아가서 아버지한테 또 만들어 달라고 하면 돼. 그러니 지금의 슬픔을 견디자.'

차마 고통스러운 표정을 숨기지도 못한 채 나는 나머지 절반이 담긴 시럽 잔을 이안에게 건넸다.

"자."

"……어?"

"약속은 지켜야지."

"자기야! 나랑 같이 다니자! 내가 잘해 줄게! 핫케이크 시켜서 시럽 더 많이 뿌려 줄게."

이안은 일그러진 내 표정을 힐끗 보더니 피식 웃었다. 그리고는 내가 건넨 시럽 잔을 받아 들었다.

"살다 살다 네가 내게 약속을 지키는 일도 생기는군."

"나, 나는…… 이제 다른 사람이라고."

마지막 남은 희망이 사그라들었다. 시럽은 충분하다며, 아니면 하녀에게 더 가져오라 하면 된다며 거절할 수도 있다고 생각했는데. 차마 약속을 지켜야 하는 내 입장에서 더 달라고 할 수도 없었다.

'하지만 입 딱 씻기에는 하필 핫케이크가 나왔고…… 난 이제 나디트가 아니라 레인필드니까!'

나는 슬픈 표정으로 그가 나머지 절반의 시럽을 자신의 핫케이크에 뿌리는 것을 바라볼 수밖에 없었다.

'저렇게까지 다 뿌릴 필요까지야…….'

이안은 시럽에 푹 적신 핫케이크를 아주 소중하다는 듯이 바라보고 있었다.

'사실 시럽을 엄청 좋아했구나.'

너무 달 것 같은데, 이안은 뿌듯한 표정으로 바로 한 입 먹기까지 했다.

"약속? 무슨 약속?"

레슬리 님이 묻자 이안이 천천히 웃으며 대답했다.

"암시장에서 한 약속이 있었습니다. 메이플 시럽과 제 운신을 거래했었죠."

뭐, 내가 이안을 끌고 다녔으니 틀린 말은 아니었다.

"어, 음…… 이안?"

레슬리 님은 황당하다는 듯이 눈을 깜빡였다.

"네가 그렇게 아련하게 웃을 수 있었던가?"

이안이 레슬리 님의 말에 살짝 놀란 표정을 지어 보였을 때였다.

"저도 갑각류 껍데기와 제 목숨을 거래했습니다."

아론이 냉큼 끼어들었다.

"생각해 보니 거래에 꽤 재능이 있으시군요. 다음 거래도 기대하겠습니다."

"아, 맞아."

레슬리 님은 아론을 보며 막 생각났다는 듯이 말했다.

"아론, 연인이 생겼다고 들었는데. 그때 그 친자 검사를 해 준 성녀라며?"

"소문이 빠르군요."

아론이 그답지 않게 귀를 긁으며 수줍게 인정했다.

"뭐, 그렇게 됐습니다."

"뭐야, 얼른 더 자세하게 말해 봐. 네가 이안보다 먼저 연애를 할 줄은 알았지만 이런 날이 올 줄은 몰랐다."

레슬리 님이 채근하자 아론은 천연덕스럽게 대답했다.

"별거 있겠습니까. 레슬리 님도 연애하시고 결혼하셨으면서 왜 그러세요."

여기서 할 말이 전혀 없는 사람인 나와 이안은 입을 다물 수밖에 없었다. 어쨌든 둘 다 이성 관계라고는 전혀 없는 삶을 살아왔으니 말이다.

"눈앞에 안 보여도 생각나고, 눈앞에 있으면 더 생각나고."

아론은 포크로 찍은 핫케이크 조각을 들어 올리며 말을 이었다.

"그녀와 얽히기만 하면 이런 핫케이크 쪼가리 같은 것도 소중해지고……."

나는 혈육의 연애사를 듣는 것이 고통스러워 한 귀로 듣고 한 귀로 흘렸다.

"다른 남자와 잘될 수도 있다고 생각하면 이상한 분노가 끓어오르는, 뭐 그런 것 아니겠습니까."

레슬리 님은 작게 환호했고, 이안은 핫케이크가 많이 달았는지 벌컥벌컥 물을 들이켰다.

그날 밤, 브레이든은 집무실에서 늦게까지 공작령 일을 처리하고 있었다. 공작령 시찰 일정을 짜느라 하루 종일 바빴던 것이다. 그래서 브레이든은 오늘 아나벨이 방문한다는 서신을 받았는데도 구경하러 가지 못했다.

자정이 넘어서야 일을 끝낸 그는 한숨을 푹 쉬며 펜을 놓았다. 이미 레슬리는 잠들어 있을 것이 뻔했고 오늘 있었던 일에 대해서는 날이 밝아야 물어볼 수 있을 것 같았다.

"얼른 이안에게 작위를 넘겨줘야지, 원."

검술 대회만 끝나면 무조건 이안에게 모든 걸 넘겨주고 자유를 향해 레슬리와 떠나리라 마음먹은 그는 뻐근한 어깨를 주물렀다.

과연 오늘 레슬리가 아나벨에게 검을 무사히 전달했는지 궁금했다. 며느릿

감에게 전달해 주고 싶다는 그의 말이 실현되었는지 말이다. 아나벨을 가르칠 생각에 설레어 하던 레슬리를 떠올리니 입가에 잔잔하게 미소가 번졌다. 부상 후 검을 잡지 않았는데, 아나벨을 가르치며 나름대로 치유가 되었으면 했다.

"그나저나 대련은 잘했을까."

브레이든의 생각은 다시 아나벨과 이안에게로 옮겨 갔다.

"이안이 걱정이군."

물론 대련이 걱정이라는 게 아니라, 연애가 걱정된다는 뜻이었다. 만에 하나 이안이 자신의 마음을 알아챘다고 하더라도 아직 갈 길이 멀었다. 누구나 둘의 사이는 최악이라고 생각했고, 그걸 다 정상적인 상황이라고 여겼다. 지금 이 상황에서 이안이 고백해 봤자 오페라 〈미치지 마세요〉의 취향 이상한 놈 그 이상 그 이하도 아니었다. 가뜩이나 여태껏 이안은 그런 분야에 관심을 두지 않았었는데, 기본적인 상황 자체의 난도가 너무 높았다. 혹시라도 아나벨의 취향이 '정상적인 남자'라면 더더군다나.

"그러고 보니 옛날 생각나네."

레슬리와 브레이든의 연애사는 20여 년 전 수도를 뜨겁게 달구었던 사건이었다. 그동안 극히 드물었던 고위 귀족과 평민의 결합인 것은 물론, 검술 대회 1등과 2등의 조합이었기 때문이다.

그 시절을 알고 있는 모두가 브레이든의 유혹 기술이 어마어마했다며 찬탄했다. 출판계에서 브레이든에게 〈제국민들을 위한 유혹 지침서〉를 집필해 달라고 연락이 올 지경이었다. 그때 레슬리는 '기술은 무슨. 그냥 어영부영하다가 정신 차리니 결혼 날짜 잡혀 있던데'라고 시큰둥하게 반응했었다. 그리고 그 사실이 브레이든의 명성을 더 드높였다.

"뭐, 이안이 나를 닮았다면 머지않아 며느리를 볼 수 있겠지."

사랑 전문 연애 고수 브레이든이라면 능숙하게 계략적으로 접근하여 관계의 판도를 바꾸어 버리는 것은 일도 아닐 것이다.

"지금까지야 여자에 관심 없었으니 레슬리와 비슷했지만……."

레슬리는 지금껏 내내 '아나벨과 로버트 열애설'을 밀고 있었다. 레슬리의 연애 감각과 엉망인 센스를 닮았다면 이안에게는 희망이 없는 셈이었다. 하지만 브레이든은 피식 웃으며 중얼거렸다.

"한번 제대로 각성하면 내 핏줄이 어디 가겠나. 기회를 놓치지 않고 천천히 정확하게 공략하겠지. 완전 나 같은 사람이 되어서 말이야."

일을 정리하기 전, 마지막으로 브레이든이 오늘 하루 공작저에 있었던 일들을 정리한 보고서로 시선을 옮겼을 때였다.

"……음?"

항목 하나를 확인한 그의 눈이 가늘어졌다.

"황궁으로부터의 초청장? 그것도 아나벨 양과 함께?"

잠시 생각에 잠겨 있던 그의 입꼬리가 슬쩍 올라갔다.

"이안이 마음고생 좀 하겠군. 로버트 황자님과 아나벨 양의 염문설을 수도에서 모르는 이가 없으니."

브레이든은 곰곰이 생각에 잠겼다. 남들이 말하는 대로 정말 로버트와 아나벨은 연인이 되기 일보직전의 사이일까? 왠지 그럴 것 같지는 않았다. 그건 이런 분야에서 특화되어 있는 그의 짐승과도 같은 감이었다. 그의 연애 담당 뇌세포가 아주 오랜만에 기지개를 켰다.

"그래도 내 아들인데, 좀 도와줘 볼까."

그는 웨이드로스 공작령 시찰 날짜를 즉시 변경했다.

아나벨이 아베데스 후작가의 일원이 아니고, 레인필드의 딸이 된 것은 대부분의 사람들에게 그저 가십거리일 뿐이었다. 그러나 그것을 절대 가십으로만 치부할 수 없는 사람들도 있었다.

아베데스 후작저에서는 엘번과 리하르트가 마주 앉아 대화하는 중이었다.

"괜찮아?"

엘번이 조심스럽게 리하르트의 눈치를 살피며 먼저 물었다.

"뭐가."

"형이 어릴 적 좋아하던 그 예쁘장한 여자애 말이야. 얼마 전 견습 성녀로 들어간 그 애."

"……."

"아론 레인필드와 연인이 되었다던데."

빈민가의 견습 성녀가 수도에서 돈이 가장 많은 평민인 레인필드의 가족을 찾아 주고 그 아들과 연인 사이로 발전했다. 신데렐라 이야기로 많은 사람들의 입에 오르내리기 좋은 소재였다.

"좋아하기는, 무슨. 그래 봤자 빈민가 출신이지."

리하르트는 코웃음을 쳤다.

"빈민가 성녀라든가 천박한 부자 평민이라든가 하는 그런 아랫것들에게는 관심 없다. 오히려 그 생각만 하면 기분이 나빠지는군."

당연히 기분이 나빠질 만했다. 아베데스 후작가 역시 케이틀린에게 놀아난 피해자였기 때문이다.

"케이틀린의 무덤을 파헤쳐 다 썩은 시체마저 불태웠지만……."

엘번은 이를 갈았다.

"아무래도 분이 풀리지가 않아."

"어차피 아무 의미 없는 짓이었으니 그렇지."

리하르트는 퉁명스럽게 쏘아붙였다.

이미 지나간 과거는 어쩔 수 없는 법이었다.

"이제는 앞으로의 일을 고민해야 할 때다."

그가 쓰려던 패 하나가 예상치 못하게 날아가 버렸다. 아나벨을 이용해 로버트에게 잘못된 정보를 잔뜩 전달하려고 모든 계획을 다 세워 놓았는데 한순간에 수포로 돌아갔다. 하지만 지금 그걸 아쉬워할 때는 아니었다.

"이안 웨이드로스에 아나벨 레인필드라니……."

리하르트는 손가락으로 초조하게 테이블을 탁탁 두드렸다. 제국의 가장 실력 있는 검사 둘이 로버트의 편이라는 건 두렵기까지 한 일이었다.

"의외로 아나벨이 변수가 될 수도 있겠어."

일단은 로노포디아 노예 암시장에서 꼬리를 잡히지 않은 게 천만다행이었다. 칼론이 철저하게 뒤처리를 해 놓은 것이다. 아베데스 후작가도 그 암시장에 몰래 투자한 가문 중 하나였다. 로버트가 딱 집어서 그곳을 단속할 줄도 몰랐고, 아무 희생 없이 쉽게 와해해 버릴 것이라고도 예상하지 못했다. 지금은 다행히도 자신들에게까지 영향을 미치지 못했지만, 어쨌든 로버트의 약진은 그들에게 좋지 않은 소식이었다.

"어쩌면 이안 웨이드로스보다 더……."

이안은 오랫동안 로버트와 친우였으나 지금까지 정치적인 움직임을 보이지 않아 왔다. 그동안 웨이드로스 공작가는 거대한 부와 권력을 지니고도 대부분의 일에 중립을 지켜 왔다. 아마 앞으로도 이안은 대놓고 로버트의 편을 들지 않을 가능성이 높았다. 하지만 아나벨은…….

"그 멍청하고 어수룩한 게? 게다가 평민과 황족은 지금까지 혼인한 사례가 없어. 아무리 로버트 황자라고 해도 그런 강수를 두지는 않을걸."

엘번의 말에 리하르트가 날카롭게 대꾸했다.

"그래서 문제라는 거다."

"응? 왜?"

"조금만 잘해 줘도 홀라당 꼬리를 흔드는 최고의 사냥개가 되어 줄 테니까 말이야."

112

로버트가 단번에 아나벨의 친자 검사를 허가해 주었으니 그녀는 그에게 커다란 마음의 빚을 지니고 있을 것이었다. 리어드의 행방을 모르는 리하르트의 입장에서는 그래서 그녀가 로버트를 도와 로노포디아 노예 암시장 단속을 도왔다고 예상하는 중이었다.

"그리고 그 실력이면…… 연인보다는 사냥개가 더 위험한 법이지."

리하르트의 말을 즉시 이해한 엘번이 심각하게 물었다.

"칼론 황태자님도 이 사실에 주목하고 계셔?"

칼론은 지금 에딜런 공국에 사절단으로 가 있는 상태였다. 그래서 서신을 통해 연락하다 보니 속도가 느릴 수밖에 없었다.

"로버트 황자가 그 망할 연설에서 대놓고 이안과 아나벨의 이름을 거론했으니 주목하지 않으실 리가 있나."

'그 망할 연설' 때문에 평민들은 물론 하급 귀족들의 지지까지 올라가서 요즈음 로버트의 명예는 고공 행진 중이었다.

"일단은 멋모르는 평민이 연애 감정에 취해서 로버트의 부탁을 들어줬다고 생각하는 중이시겠지."

리하르트는 아나벨의 생각만 해도 기분이 나쁘다는 듯 혀를 찼다.

"원래 주제도 모르고 이안 웨이드로스에게 덤벼 대는 망아지 같은 애였으니 말이다."

최근의 소문에 따르면 합리적인 추측이었다.

"네 말대로 평민과 황족이 이어진 전례는 없어. 서신에 따르면 곧 포기하고 스스로 나가떨어지지 않겠냐고 하셨다."

"일단은 두고 보자는 뜻인가? 앞으로도 방해가 될지 아닐지."

"글쎄. 일단 아나벨이 우리에게 거슬리는 일을 한 건 사실이야."

엘번이 중얼거리자 리하르트가 피식 웃으며 담배를 물었다.

"곧 황태자님이 돌아오시면 본격적으로 의논할 수 있겠지. 아마 평민들 사이에서의 로버트 황자 지지율을 직접 확인하시면 더 분노하실지도 모른다."

리하르트의 푸른 눈이 형형하게 빛났다.

아론과 함께 웨이드로스 저택에서 집으로 돌아오니 이미 로버트의 초대장이 도착해 있었다. 내용은 아주 간단했다. 로노포디아 노예 암시장 단속에 혁혁한 공을 세웠으니 황궁으로 초청하여 노고를 치하하고 싶다는 것이었다.

내가 집에 왔다는 소식을 들고 부모님은 각자의 작업실에서 뛰쳐나왔다. 그들은 내 손에 들린 초대장을 보면서 심란한 표정으로 서로 눈빛을 교환했다. 하긴 복잡한 황족과 얽힌다는 것이 평민에게는 부담스러울 수 있었다.

그래서 나는 조심스럽게 말문을 열었다.

"너무 걱정하지 마세요. 어떤 정치적인 의도가 있더라도 제가 잘 파악해서 피해 갈게요."

하지만 내 말이 먹히는 것 같지는 않았다. 아버지는 신메뉴 연구 도중에 나왔는지 칼을 든 채로 눈을 번득이며 말했다.

"아무리 황가라고 해도 무조건 좋은 게 아니야. 괜히 자유만 박탈당하고 인형처럼 살아야 할 수도 있지. 시대가 어느 때인데 신분만 보고 찬성할 수는 없어."

심지어 그 번득이는 눈에는 어느새 눈물까지 고여 있었다.

"나는…… 아나벨이 마음고생을 한다면 황자가 아닌 황태자라도 싫어. 그저 행복했으면 좋겠다고."

어머니 역시 재봉용 칼을 무의식적으로 빙빙 돌리며 신중하게 대답했다.

"나도 동감이야. 게다가 황족과 평민은 결혼한 전례가 없잖아. 우리 아나벨이 또다시 구설수에 오르면서 상처받는 건 절대 안 돼."

막 도착한 아론 역시 검을 손에 쥐었다 놓았다 하면서 고개를 끄덕였다.

"아까는 웨이드로스 공작저라 굳이 제 의견을 말하지 않았지만 저도 반대입니다. 황궁은 누님을 감당하기에는 너무 재미없는 곳입니다."

모두 다 칼을 쥐고 무겁게 고개를 젓고 있는 모습을 본 나는 아연실색하여 입을 살짝 벌렸다.

'그러니까 모두 나와 로버트의 사이를 두고 이렇게 심각한 거란 말이야?'

"하지만 로버트 황자님하고 저는 아무 사이도 아니에요!"

결국 얼른 나서서 부정하며 이 살벌한 분위기를 깨는 수밖에 없었다.

"물론 식사를 했고, 오페라에 같이 갔고, 친자 검사 허가도 금방 받았고, 굳이 이렇게 치하를 몇 번씩이나 하려고 하시긴 하지만……."

불신의 눈빛이 바로 꽂혀서 나는 재빨리 덧붙였다.

"아무 사이도 아니라고요. 마치…… 소나무와 식빵 봉지의 관계 같은? 로버트 황자님이 저를 왜 좋아하시겠어요?"

"그게 무슨 소리니?"

어머니가 벌컥 화를 내며 무심결에 들고 있던 재단용 칼을 던졌다. 나름 제국 2위인데도 불구하고 움찔할 정도로 재빠른 몸짓이었다. 날카로운 칼이 정확하게 테이블 한가운데에 찍혔다. 어머니는 의상실에서는 프로페셔널한 직업인이었지만 집 안에서만큼은 어마어마한 폭군이었다.

"네가 어때서! 물론 몇 가지 문제점은 있지만…… 그래도 모자라는 게 대체 어디 있니!"

"아마도 그 몇 가지 문제점이 모자라는 점 아닐까요……."

"혹시라도 둘이서 분위기가 좋았는데, 네가 알고 보니 평민이라 난감하게 된 상황이라면……."

아버지의 눈에 또다시 눈물이 그렁그렁해지기 시작했다.

"형은 어느 지방에서 작위를 샀다고는 하던데, 그렇게라도 해야 할까? 하지만 수도에 내가 평민인 걸 모르는 사람이 없는데……."

가난한 귀족과 부유한 평민 간에 작위를 사고파는 경우가 있다고는 들었지만, 아직은 그건 먼 지방에서나 가능한 이야기였다. 그냥 '먼 친척'이라면서 족보에 올리고 성을 파는 거라는데, 그것도 작고 보잘것없는 영지에서나 그들끼리 알음알음하는 거래라고 들었다. 수도 귀족들은 아무래도 역사와 전통을 중시하는 터라 그런 일이 거의 없었다.

하지만 일단 그것보다 더 중요한 사실을 나는 지금 처음 들었다.

"아버지, 형제도 있었어요?"

"아."

아버지는 눈을 깜빡거리더니 폭탄 발언을 했다.

"나 쌍둥이야."

"……예?"

"똑같이 생긴 형과 함께 버려졌지."

그러니까 나는 어딘가 아버지와 똑같이 생긴 남자가 살고 있다는 사실을 이제야 알게 된 셈이었다. 정확히 말하면 내 큰아버지라고 볼 수 있었다.

"형도 보육원에서 자랐는데 일찌감치 뛰쳐나갔어. 돈과 권력이 좋다면서. 나는 네 엄마와 소소한 삶을 살겠다고 남았지만……."

아버지는 주위를 둘러보며 회한의 한숨을 쉬었다.

"나도 결국 너를 공공병원에서 잃은 뒤 돈의 소중함을 알았지. 덕분에 아론은 가장 좋은 주치의를 고용한 뒤 집에서 낳았다."

"그런데 왜 왕래가 없으세요?"

"형도 나도 바빠. 서로보다 돈이 소중하다는 걸 잘 알고 있어서 서로 서운해하지 않지."

그러니까 쌍둥이 둘이 모두 결국에는 어쨌든 자본주의의 노예가 되었다는 뜻이었다. 아까 '어느 지방'이라고 언급한 것으로 미뤄 보건대 작위를 산 지역이 어딘지도 모른다는 얘기였다. 결국 앞으로도 왕래가 없을 거라는 얘기니까 내가 마주칠 일은 없을 듯했다.

"형은 권력에도 미쳐서 지방까지 내려가 작위를 샀다고 들었는데…… 나도 그렇게 해야 했어. 어쨌든 무조건 형을 따라 할 걸 그랬구나."

"지방에 계셨다면 저를 못 만나셨겠죠."

나는 간단하게 상황을 정리했다.

"게다가 거듭 말씀드리지만 황자님과 저는 절대 그런 사이가 아니고, 저도 아무런 마음이 없어요."

"하지만……."

아무래도 그동안 염문설이 너무 많이 돌았나 보다. 아무리 아니라고 해도 쉽게 믿지않았다. 그래서 나는 어쩔 수 없이 최후의 한마디까지 하고 말았다.

"로버트 황자님과 잘될 바에야 차라리 이안 웨이드로스랑 결혼하겠어요!"

역시 그 말의 위력은 대단했다.

"그래요? 휴우, 진짜 아닌가 봅니다. 마음을 놓아도 되겠어요."

아론이 즉시 안도의 한숨을 쉬며 대답했다.

"그래, 그런가 보구나. 그럼 그냥 치하받으러 가는 거겠지?"

어머니 역시 표정이 환해졌다. 그리고 단번에 본인에게 훨씬 더 중요한 주제로 화제를 돌렸다.

"내일 드레스는 뭘 입고 입궁할래? 황궁이니까 아무래도 화려하고 고급스러운 것이 좋겠지."

아버지도 순식간에 눈물을 닦더니 주방으로 향했다.

"정말 아무 사이도 아니라니 이제 마음이 놓이는구나. 기다려라, 아나벨. 간단한 야식을 만들어 주마."

아버지가 야식을 준비할 동안, 어머니가 내일 입을 내 옷에 대해 고민하는 것을 보며 나는 문득 행복하다는 생각이 들었다. 무작정 내 행복만을 생각해 주는 가족들이 있다는 건 너무 든든한 일이었다.

새로 찾은 가족들이 부자라서 좋은 게 아니었다. '상대가 황자라도 네 행복이 더 중요하다!'라고 말해 주는 사람들이라서 좋았다.

그러니까 나는 빠르게, 꽤 많이 변했다.

아마도 사랑을 받아서일 것이다.

입궁하는 날이었다. 아침부터 분주하게 움직여 준비를 마친 뒤 출발하려고 하는데, 뜻밖의 손님이 도착했다.

"어? 이안 님?"

레인필드 저택의 모두가 놀랐다. 나 역시 뭐라고 해야 할지 몰라서 그냥 멍하니 그의 붉은 눈만 바라보았다.

'요새 외모에 관심 생겼나?'

나는 더할 나위 없이 근사한 이안을 보며 속으로 고개를 갸웃했다. 물론 더 궁금한 것은 왜 그가 여기 와 있느냐는 것이었다.

"여기에는 어쩐 일이시죠?"

어쨌든 그와 가장 가까운 아론이 물었고, 그는 아무렇지도 않게 대답했다.

"아나벨 레인필드를 에스코트하러."

"나, 날? 대체 왜? 미쳤어?"

나는 어이가 없어서 눈을 깜빡였다.

"에스코트라는 말의 뜻을 몰라?"

내가 남자라면 매일같이 등 뒤에서 검을 들이대던 사람을 에스코트해 주지는 않을 것 같았다. 언제 또 옆구리에 검을 쑤셔 박을 줄 알고……? 뭐 물론 당연히 피할 수 있겠지만…….

나는 물론이고 아론마저도 기겁한 얼굴을 해 보였지만 이안은 그 반응을 예상했다는 듯이 무덤덤하게 말했다.

"너 황궁 가 본 적 없잖아."

"그건 그런데…….."

"입궁 절차도 모르고, 지리도 모르고, 예법도 모르면서 혼자 가려고 했어?"

그건 또 맞는 말인지라 말문이 막혔다. 나는 지금까지 내키는 대로 살아왔기 때문에 그렇게 세세한 것까지는 고려해 본 적이 없었다. 노예 암시장도 그렇고, 내가 내 몸 하나 잘 건사하니 그냥 대충 부딪치면 된다는 식이었는데 생각해 보니 이번에는 장소가 황궁이었다.

"뭐, 그래."

그래서 나는 냉큼 고개를 끄덕이고 덧붙였다.

"로버트 황자님께 민폐가 될 수는 없으니까."

이안이 나를 배려해서 이런 결정을 했을 리는 없었다. 로버트 황자의 객으로서 내가 급 떨어지는 행동을 할까 봐 선수를 친 것이 분명했다.

"역시 매사에 모범생이신 이안 님이시군요."

아론은 박수를 치며 씩 웃었다.

"공적인 일에는 사적인 감정을 배제하는 이 냉철함이라니, 이번에도 참 재미가 없었습니다."

이안은 아론의 말을 싹 무시하고 내게 말했다.

"웨이드로스 공작가의 마차로 같이 가면 되겠군."

"뭐, 그러든가."

웨이드로스 공작가의 마차라면 은근히 자주 타 보았다. 익숙하게 마차에 올라탄 나는 깜짝 놀랐다.

"어…… 이게…….."

이안은 내 맞은편에서 팔짱을 끼더니 한숨을 쉬며 말했다.

"오늘 가신들과 함께 아버지가 웨이드로스 공작령에 시찰을 나가서서 남은 마차가 이것뿐이었다."

"음……."

"아버지와 어머니가 데이트를 하실 때 쓰는 마차야."

"……."

마차 안은 몹시 넓었으나 온갖 꽃과 인형들로 장식되어 은근히 자리는 좁았다. 게다가 창문 밖에 암막 커튼이 쳐져 있어서 밖이 보이지도 않았다.

자리를 잡자마자 마차는 그대로 황궁으로 출발했다. 얻어 타는 주제에 창밖 좀 보자고 할 수도 없어서 나는 어색하게 눈을 굴렸다. 자꾸만 마주 앉은 이안과 무릎이 부드럽게 닿았고 그때마다 발을 꼼지락거리다 다리가 부딪쳤다.

'너무 가까운데.'

마차에 장식된 꽃 숫자까지 모두 세었는데도 눈을 둘 곳이 없었다.

나는 결국 농담을 시도했다.

"아하하, 공작님도 참. 내가 여기서 너한테 검 들고 달려들면 어쩌려고 이런 마차밖에 안 남겨 두셨대?"

"……."

"너 설마 그거…… 기대하는 눈빛 아니지?"

이안은 드물게 정곡을 찔린 표정으로 움찔했다.

나는 눈을 가늘게 뜨고 말했다.

"아무리 지난 대련이 즐거웠다고 해도 그렇게 개싸움에 미친 애가 되면 안 돼. 나는 오늘만큼은 절대 너랑 싸우지 않을 거야."

그동안 개싸움에 미친 애였던 나는 진지하게 조언했다.

이안은 내가 지니고 온 검에 눈길을 주더니 천천히 말했다.

"그런 것치고는 검을 들고 왔군."

나는 레슬리 님께 선물을 받은 검을 꼭 안고 흐뭇하게 대답했다.

"검사와 검은 한 몸이야."

"그동안은 딱히 그런 것 같지도 않던데."

사실 그동안은 단검이나 하나 품고 다녔고, 비상시에는 남의 검을 빼앗아서 사용하면 된다고 생각했었다.

"정정하지. 검사와 좋은 검은 한 몸이야."

이안 역시 늘 자신의 검을 가지고 다녔기 때문에 딱히 내 말에 반박은 하지 못했다. 다만 내 눈을 마주하며 화제를 돌렸다.

"단둘이 된 김에 네게 물을 것이 있다."

사실 언젠가 그가 나를 추궁할 것이라 짐작한 터라 별로 놀랍지는 않았다.

'올 것이 왔나. 망할, 그런데 왜 이렇게 가까워?'

나는 이안의 눈을 살짝 피했다. 그래도 그의 숨소리까지 들릴 지경이었다.

"그 거울…… 흑마법의 기원."

이안은 내가 직접 흑마법의 기원을 부수는 것을 본 유일한 목격자였다. 당연히 이상하게 생각할 것이 뻔했다.

"어떻게 알아본 거지?"

딱히 그 질문을 피할 생각은 없었다.

"……친자 검사 할 때 신께서 부탁했어."

나는 구구절절한 사연은 모두 빼고 간략하게 말했다.

"흑마법의 기원을 알아볼 수 있을 테니 그걸 파괴해 달라고. 그리고 대신 축복을 내려 준다고 했어."

"축복? 무슨 축복?"

"잘은 모르지만…… 거울을 부순 다음에 거울처럼 너를 따라 할 수 있게 되었으니 그게 축복 아닐까?"

"……그래. 확실히 이상하긴 했었지."

이안은 생각에 잠겨서 고개를 끄덕였다.

나는 어색하게 볼을 붉으며 말했다.

"음, 어쨌든 고마워. 남들한테 네가 어쩌다가 부쉈다고 해 줘서. 내가 알아봤다고 하면 온갖 흑마법에 관련된 작자들이 날 가만두지 않았을 텐데."

이건 내 진심이었다. 나 혼자라면 상관없는데, 이제 소중한 가족들이 생겨서 누군가의 표적이 되는 것이 무서웠다.

"숨겨야 하는 일인 줄은 아는군."

나는 이안의 얼굴에 걱정이 가득한 것을 보고 살짝 놀랐다.

"혹시 모르니 항상 조심해. 검도 지금처럼 늘 지니고 다니고."

문득 가슴께가 간질거렸다. 오랫동안 사랑과 관심을 받지 못해서 그런지, 부족한 것이 없는 지금도 걱정해 주는 말에 너무 쉽게 기분이 이상해졌다. 그 상대가 이안 웨이드로스여도 말이다.

이안 웨이드로스에게 이런 묘한 감정을 느끼다니. 며칠 전만 해도 검을 들이대며 '손절이다, 손절이야!'를 외치던 상대였는데…….

'하지만 원래 사랑받지 못한 악당은 작은 친절에도 감화되는 법이라고…….'

너무 좁은 공간에서 오랫동안 슬쩍슬쩍 다리가 스쳐서 그런가. 아니면 가까이서 본 그의 얼굴이 보면 볼수록 잘생겨서 그런가. 걱정하는 듯한 낮은 목소리가 은근히 듣기 좋아서 그런가. 웨이드로스 공작 부부가 데이트할 때 쓰는 마차라더니 그 이유를 알 것 같았다. 생화에서 풍기는 풋풋하면서도 좋은 향기, 서로에게 집중할 수밖에 없는 내부 환경, 적당히 덜컹거리면서 스칠 수밖에 없는 서로의 살결…… 연인이나 함께 있을 법한, 진짜 이상한 생각을 할 수밖에 없는 그런 달콤한 공간 아닌가.

"내게 말한 것도 경솔했어. 앞으로는 그 누구에게도 말하지 마."

"너는 괜찮지, 뭐."

나는 민망한 마음을 숨기려 일부러 시큰둥하게 말했다. 어차피 이안 웨이드로스는 순수한 정의감으로 흑마법을 없애기 위해 최선을 다하는 원작 남주 아니었던가. 이제는 원작이라는 말을 하기도 민망할 정도로 모든 게 다 틀어져 버렸지만 말이다.

'여주랑 연결은 안 됐지만, 사람이 변하는 건 아니니까…….'

멍청한 취급을 받는 게 싫어서 나는 덧붙여서 툭 내뱉었다.

"널 안 믿으면 누굴 믿어."

"너…….'

이안은 살짝 한숨을 쉬었다. 그 숨결이 목덜미까지 닿아서 간지러웠다.

순간 마차가 살짝 덜컹이면서 서로의 팔이 살짝 닿았다.

"그런 말 너무 함부로 하지 마."

"무슨 소리야? 이젠 하다 하다 내가 너를 믿는 것도 싫어? 물론 그럴 만도 하겠지만……."

"그게 아니고."

그때 황궁에 도착했는지 마차가 멈췄다. 마부가 내리는 소리가 났다.

"너는 아무렇지도 않게 하는 말일지라도……."

문이 드르륵 열리는 것과 동시에 이안의 말도 이어졌다.

"……나는 잠을 못 자."

"뭐, 뭐?"

"내 컨디션 난조를 일으켜서 어떻게든 이길 심산이었다면 이번 전략은 칭찬해 주지. 굉장한 효과가 있는 것 같으니까."

그가 먼저 빠져나간 마차에 나는 잠시 멍하니 앉아 있었다. 너무 좁은 공간이라 그런지 그의 체향이 아직도 머물고 있는 것 같았다.

'미쳤다, 아나벨.'

나는 이안의 뒷모습을 보면서 재빠르게 마음을 다잡았다.

'분명히 잠을 못 잘 정도로 싫다는 게 문맥상 맞는데…….'

혹시라도 볼이 달아올라 있을까 봐 나도 모르게 손부채를 거세게 부쳤다.

'국어 못하는 학생처럼 대체 왜 이렇게 설레는 거야. 목소리가 저렇게 좋으

면 반칙이잖아.'

멍하니 앉아 있는 내 앞으로 이안이 손을 내밀었다.

"뭐 해."

그의 뒤로 화려한 황궁이 자리 잡고 있었다.

"가야지."

에스코트라면 당연히 한쪽 손을 얹고 가는 것이 관례였다. 나는 별달리 의식하지 않으려고 애쓰며 그의 손을 잡았다. 손가락이 조심스럽게, 그리고 천천히 얽혔다. 이내 이안의 숨이 살짝 멎는 것까지 느껴졌다.

"크, 크흠."

왠지 귀에 열이 올라서 나는 아무 말이나 지껄였다.

"좀 긴장한 것 같아도 이해해. 황궁에 온 게 처음이라 그래."

"황궁 때문이라면 다행이군."

"응?"

"황자님을 만날 생각에 이렇게 긴장하나 했거든."

"긴장한 게 티가 나?"

"네 몸의 균형이 완전 다 흐트러졌는데."

망가진 건 내 몸의 균형이 아니라 혈액순환 같은데, 굳이 그 대답을 하지는 않았다. 그는 슬쩍 아주 어색하게 얽혀 있는 우리의 손을 힐끔거리더니 헛기침을 몇 번 하고 딴청을 부리며 물었다.

"혹시 에스코트 때문인가?"

"미쳤어?"

여기서 바로 맞다고 말할 수는 없었던지라 나는 급히 정색했다.

"8년간 죽어라고 미워했던 사이에 이 정도 손 좀 잡았다고 긴장하면, 그게 또라이지 정상인이냐?"

"……또라이라니 말이 심하네."

이안이 눈을 치켜뜨며 주의를 주었다.

"그럴 수도 있지, 어?"

"뭐, 하긴."

내 생각에도 스스로를 또라이라고 하기는 좀 그래서 나는 바로 정정했다.

"굳이 컵 손잡이 쪽으로 물 마시는…… 취향이 소소하게 독특한 사람 정도?"

"……."

물론 나 역시 소소하게 독특한 것 같기는 했다. 뭐 성장 과정도 구렸지만, 가족력 역시 평범하지는 않았다. 밖에서는 포커 페이스를 유지하지만, 집 안에서는 눈물 바람인 아버지. 의상실에서는 비즈니스 마인드가 출중하지만, 퇴근하면 호통이 취미인 어머니. 검술 랭킹은 잘 모르겠지만, 확실히 사람 속 뒤집어 놓는 말 하는 데에는 1위인 남동생.

'8년 원수에게 살짝 설레는 정도라면 그중 내가 제일 낫네.'

나는 간략하게 결론을 내렸다.

'이건 다 마차 때문이야. 내가 남자랑 그런 로맨틱한 공간에서 단둘이 있어 본 적이 없어서 그래.'

환경에 쉽게 휘둘려 악당으로 살아 본 나는 나의 적응력을 인정했다.

'이안이 아니라 다른 잘생긴 남자랑 있었어도 비슷했겠지, 뭐.'

불쌍하게도 나는 그동안 다른 남자랑 얽힌 적이 없었다. 로버트는 속이 시커먼 능구렁이라 계속 경계했던 대상이니 논외로 치고 말이다.

'난 사랑받지 못한 결핍된 성장 배경 때문에 작은 배려에 감동하는 연약한 영혼의 소유자라고.'

나는 그렇게 나의 가벼운 설렘을 대수롭지 않게 넘겨 버렸다.

내가 그런 생각을 하고 있는 동안 이안은 황궁이 익숙한 듯 거침없이 걸었다. 하긴 고위 귀족가의 자제니까 입궁할 일도 꽤 많을 것이 뻔했다. 아무 생각 없이 이안이 이끄는 대로 가다 보니 화려한 방문 앞에 다다랐다. 황궁의 궁인

하나가 종을 울리며 우리가 왔음을 알렸고, 육중한 문이 스르륵 열렸다.

"왔군. 어서 앉아."

방 안에서 로버트가 창가에 기대어 서 있다가 우리를 보고 반색했다. 우리는 로버트가 권하는 대로 자리에 앉았다.

"자네들의 도움에 진정으로 감사하는 자리를 만들고 싶었지."

황궁에서의 로버트는 또 인상이 달랐다. 황궁이 아닌 곳에서 마주할 때는 능글거리면서도 편안한 느낌이었는데, 여기서는 은근히 경직되어 있었다.

우리가 앉자마자 시종들이 온갖 티 푸드들을 늘어놓기 시작했다.

"편히 들게."

로버트는 내게 마들렌을 하나 친히 집어서 권했다.

"다정하시네요, 황자님. 감사합니다."

나는 받아서 편히 한 입 먹어 보고 마음을 완전히 놓았다. 아버지의 티 푸드들과 크게 다르지 않았기 때문이다. 황궁이라고 해서 별세계는 아니구나 싶은 마음이 찾아들면서 급격히 긴장이 풀렸다. 아마 이안의 에스코트가 끝나서인 걸 수도 있었지만 말이다.

내가 먹는 것을 가만히 지켜보고 있던 로버트가 시종들에게 명령했다.

"다들 나가. 친구들과 편히 이야기를 나누고 싶군."

"하지만 황자님……."

"아나벨 양이 불편해서 못 먹고 있잖아."

로버트는 살짝 짜증을 냈고, 나는 잘 먹고 있던 마들렌을 은근슬쩍 내려놓았다. 한 입밖에 못 먹었지만 분위기상 먹으면 안 될 것 같았기 때문이다.

"그래도 외부인들하고만 한 공간에 계시는 것은 위험합니다."

그 말에 대답한 사람은 이안이었다.

"어이가 없군."

이안이 서늘한 붉은 눈으로 시종을 노려보았는데, 나는 그가 그런 표정을 지을 수 있다는 것을 처음 알았다. 내가 그동안 아무리 난리를 쳐도 항상 무심하면서도 짜증스러운 얼굴이었는데, 지금은 그 살벌함이 이루 말할 수 없었다.

"내가 정말로 위험한 마음을 먹으면, 너희가 있다고 해서 달라질 것 같은가."

나는 뜨끔해서 다시 몰래 먹으려던 마들렌에서 손가락을 완전히 떼었다.

'왜 이런 데 뒤늦은 재능 낭비를 하는 거지.'

저 인간은 저런 살기를 내뿜을 수 있었으면서 왜 그동안 내게는 얌전했는지 모를 일이었다. 그동안 이안이 내게 관대했다는 걸 새삼 깨달았다. 내가 그를 죽이려고 달려들고 온갖 비열한 수를 다 쓰는데도 별다른 살기를 느끼지 못했기 때문이다. 오히려 펄펄 뛰는 아랫사람들에게 '그냥 보내.'라며 냉담하게 돌아서곤 했었다. 그러니까, 처음 마주한 열네 살 소년 때부터 말이다.

내가 과거 회상을 잠시 할 동안, 뜨끔한 시종들을 보며 로버트 역시 싸늘하게 덧붙였다.

"나가라. 이안도 아나벨도 이런 분위기가 익숙하지 않으니."

결국 시종들은 서로 불안한 눈빛을 교환하다가 모두 나가 버렸다. 육중한 문이 다시 닫히고 방에는 우리 셋만 남게 되었다. 그제야 로버트가 한숨을 쉬며 너털웃음을 지었다.

"황궁은 듣는 귀가 너무 많아서 성가시지. 아나벨 양, 이제 편히 먹어도 돼."

"황자님의 말조차 듣지 않는 것을 보니, 황태자님이나 황후님의 사람인가 봅니다."

이안이 낮게 말하자 로버트는 씁쓸하게 고개를 끄덕였다. 그제야 나는 이안이 재능 낭비를 한 것이 아니라 유일한 퇴치 방법을 쓴 것임을 깨달았다.

'권위로 안 되니 힘으로 눌렀군.'

현명한 방법이었다. 복잡한 상황일수록 원초적인 힘으로 모든 것이 통할 때가 있는 법이었다.

내가 다시 마들렌을 편히 먹으려는데, 이안이 내게 다른 마들렌을 건넸다.

"이제 편히 먹어."

로버트가 준 것을 아직 다 먹지도 못했는데 왜 새것을……. 이유를 짐작할 수는 없었지만, 아무래도 먹던 걸 다시 먹으면 안 되는 황궁의 예법이라도 있는 듯했다.

로버트가 몸을 앞으로 기울이며 심각하게 말문을 열었다.

"너무 긴 시간이 흐르면 또 의심받을 수 있으니 결론부터 빠르게 얘기하지."

이안도 나도 고개를 끄덕였다. 역시 로버트가 단순히 치하를 하기 위해 우리를 황궁까지 부를 리가 없었다.

"아나벨 양, 자네의 오라비…… 도 아니지. 그 사기꾼 리어드를 직접 못 죽이게 한 데에 있어서 내가 꼭 빚을 갚기로 하지 않았었나."

"네, 잊지 않았어요."

나는 냉큼 대답했다. 그 엄청난 빚을 얼른 갚아 주면 나야 좋았다.

"그래서 그 여자, 라넬라 오카이드의 뒷조사를 해 봤어."

"어머."

심장이 쿵쿵 뛰기 시작했다. 생각지도 못한 너무나 커다란 선물이었다.

라넬라 오카이드, 그러니까 나를 바꿔치기한 공공 병원의 의사 보조. 부모님과 보육원에서 같이 자란 사이기도 하면서, 아버지를 짝사랑했던 그 여자. 케이틀린이 아베데스 후작에게 받은 돈을 나누어 가지고 수도를 떠난 공범. 그리고 시간이 많이 흐르자 슬금슬금 수도에 다시 나타나 뻔뻔하게 어머니의 옷을 주문하기까지 했다.

로버트는 수도에 쫙 퍼진 내 사연을 완전히 다 듣고 나서 그 여자를 찾기로 한 모양이었다. 레인필드에서는 불가능하더라도 촘촘한 수사 조직력을 가진 로버트라면 찾아낼 가능성이 높았다.

"……어디 있는지, 찾으셨나요?"

내 목소리가 살짝 떨렸다. 나 역시 그녀를 잊지 않고 있었다. 부모님이 수소문해 보았지만, 전혀 소식을 들을 수 없었다고 했다. 심지어는 브리버즈 길에 있는 자신의 집도 헐값에 바로 처분했다고 들었다. 내 친자 검사 소식을 듣고 바로 내뺐으니 이미 꼭꼭 숨어 버리기에는 충분한 시간이 있었던 것이다.

"어디 있어요, 그 여자?"

이번에는 반드시 내 손으로 그 여자를 잡아다가 부모님 앞에 무릎 꿇리고 말 것이다. 그 생각을 하니 손끝까지 힘이 바짝 들어갔다.

"정말 찾으셨습니까."

이안 역시 침착하게 물었다.

"웨이드로스에서 살짝 알아봤었는데 종적을 완전히 감추어 버렸던데요."

"……공작가에서도 알아봤어?"

내가 놀라서 묻자 이안이 헛기침을 하며 대답했다.

"레인필드와는…… 뭐, 가까우니까."

"너 정말 좋은 주군이구나. 아론에게 과분하네."

나는 몹시 감탄했지만 이안이라면 그럴 수 있는 사람이라고 생각했다. 가뜩이나 정의감이 넘치는데, 부관 가족에게 일어난 비극을 나 몰라라 할 사람은 아니었으니 말이다. 그나저나 웨이드로스 공작가에서 알아봤는데도 자취를 찾기 힘들었다면 그건 정말 극악의 난도임에 틀림없었다.

"찾지는 못했어. 정말 너무나 완벽하게 숨어 버렸더군. 그리고……."

로버트는 날카롭게 덧붙였다.

"오히려 그것이 단서가 되지. 웨이드로스도, 나도 못 찾는다면 그건 이미 일반인이 아니야."

"일반인이 아니라고요?"

내가 얼떨떨하게 묻자 로버트가 무겁게 고개를 끄덕였다.

"훨씬 더 악랄하고 조직적인 곳에 몸담고 있는 거지. 브리버즈 21길의 그 저택…… 상당히 비싸. 아베데스 후작에게 받은 돈을 케이틀린과 나눈 것 정도로 구입할 수 있는 곳이 아냐."

"알고 있어요. 하지만 어머니가 그러는데…… 남부 지역에서 큰 사업에 성공했다고 했대요. 그 돈을 자본금 삼아 불린 것 아닐까요?"

"그렇지."

로버트가 테이블에 지도를 펼쳤다. 그는 그중 '카론다'라는 남부 지역을 가리키며 말했다.

"라넬라 오카이드가 오랫동안 여기서 머물렀다는 걸 어렵게 찾아냈어. 여기는 이상하게 돈이 몰리는 곳이라 내가 계속 주목하고 있는 지역이었지."

카론다는 딱히 특별할 것이 없는 곳이었다. 수도에서도 멀었고 작은 산맥들 사이에 자리 잡고 있어서 교통도 불편했다. 호수나 강, 평원이나 광산 등 딱히 생산성이 좋을 만한 요소도 없었다.

"요 몇 년 전부터 갑자기 이곳의 현금 흐름이 넘치기 시작했거든. 그럴 요인이 하나도 없는데 말이야."

역시 황위를 향해 열심히 사는 황자답게 능력도 좋았다. 저 먼 곳의 현금 흐름까지 조사하고 말이다.

"그리고 이렇게 이상하게 돈이 마구 돌기 시작한 곳에는 공통점이 있지."

로버트가 심각하게 설명했다.

"세상에 드러나서는 안 될 범죄와 연관되어 있다는 점, 그것을 완벽하게 은폐하기 위해서는 흑마법을 끌어들였을 가능성이 있다는 점, 그리고……."

흑마법이라는 단어가 나오자 이안과 내 표정 역시 한층 더 심각해졌다.

"그렇다면 정치 자금과 관련하여 형님, 그러니까 칼론 황태자가 배후에 있을 확률이 높다는 점."

로버트의 추측은 사실이었다. 칼론은 흑마법을 사용하는 자들의 뒤를 봐주며 정치 자금을 받고 있었다. 물론 내가 여기서 '그게 사실입니다. 여기는 책 속의 세상이거든요'라고 말할 수는 없었지만 말이다.

원작에서 그걸 로버트와 이안이 밝혀내는 것은 사실 몇 년 뒤 노예 암시장을 다시 한 번 더 조사할 때인데…….

'이번에 나 때문에 노예 암시장은 모두 다 폭삭 망해 버렸지. 흑마법의 기원까지 부쉈으니.'

신에 따르면 여기에 와 있는 '흑마법의 기원'은 모두 세 개였다. 그중 몇 개가 칼론과 관련되어 있는지는 알 수가 없었다. 하지만 하나가 연결되어 있다면 나머지도 뒤를 봐주고 있을 가능성이 높다는 건 아주 합리적인 추론이었다.

"더 추적해 보았는데, 카론다에는…… 인신매매가 알음알음 기승이라는군."

"인신매매요?"

나는 어이가 없어서 입을 떡 벌렸다. 그런 범죄자들에 비하면 이제껏 나는 귀여운 악당 수준이었다. 뭐 그러니까 조연에 불과했겠지만 말이다.

"그래. 카론다는 꽤 외지고 교통도 아주 불편해서 수도와는 거의 교류가 없는 수준이지. 게다가 남부는 지역 특색 자체가 몹시 폐쇄적인 곳이야."

'카론다'라는 지역 명칭도 익숙하지 않았으니 그건 맞는 말이었다.

"그래서 수도에는 조금도 알려져 있지 않아. 물론 그곳도 수도의 소식이 거의 닿지 않고."

남부와 수도를 가로지르는 험준한 산맥도 하나 있어서 사실상 제국에서는 남부가 거의 독립적인 곳이기도 했다.

"라넬라 오카이드는 카론다의 인신매매단에 속해 있을 가능성이 있어. 거기서 돈을 많이 벌었겠지. 그래서 아나벨."

로버트는 신중하게 입을 열었다.

"그녀를 잡으려면 그쪽으로 가서 또 한 번 인신매매단을 뒤엎어야 할 거야."

로노포디아 잡화점에서처럼 범죄 현장을 덮쳐야 한다는 뜻이었다.

"하지만 그곳이 정말로 형님과 관련이 있다면……. 형님은 이제 너를 정말 가만두지 않을걸."

나는 그의 말이 무슨 의미인지 단번에 알아들었다. 이미 나는 칼론과 연관되어 있을 가능성이 높은 노예 암시장을 박살 낸 적이 있었다. 한 번은 그냥 나대는 평민 하나로 무시하고 넘길 수도 있지만, 두 번째마저도 방해하면 나를 표적으로 삼을 것이라는 소리였다.

"곧 형님이 에딜런 공국에서 돌아와."

지금 칼론은 외국에 외교 사절단으로 나가 있는 상태였다. 그리고 그가 돌아오는 날이 점점 다가오고 있었다.

"아무리 레인필드가 부유하고 평민의 지위가 점점 더 높아지고 있다고는 하지만, 그래도 레인필드는 웨이드로스와 달라."

로버트의 말은 합리적이었다. 웨이드로스 공작가는 유서 깊은 귀족가이니 함부로 건드릴 수 없었다. 하지만 레인필드는 돈만 많은 자수성가형 평민 집안이었다. 칼론이 우리 가족을 해치는 것은 너무 쉬웠다.

"나는 정보만 알려 주었을 뿐이야. 선택은 아나벨 양이 하는 거고."

로버트는 걱정스럽게 말했다. 그러니까 그는 내게 선택권을 준 동시에 경고까지 한 것이다. 라넬라에게 복수하려다가는 칼론에게 걸려서 험한 꼴 볼 수도 있다는 것을 말이다. 그래서 나는 결정해야만 했다. 이대로 복수고 뭐고 묻어 버리고 그냥 평온한 생활을 영위할지, 아니면 위험을 무릅쓰고 라넬라를 붙잡으러 갈지. 가족들에게 물으면 당연히 '이렇게 지금이라도 함께할 수 있으니 됐다. 절대로 위험해지지 마라'라고 할 것이 뻔했다.

그때였다.

"제가 가겠습니다."

이안이 낮게 말했다.

"인신매매라니 또 끔찍한 일이 벌어지고 있군요. 암시장 검거를 도와드린 마음으로 제가 카론다에 가겠습니다."

"이안?"

내가 뭐라고 하기도 전에 그는 나를 흘끗 보며 못을 박았다.

"흑마법의 기원 같은 것을 알아보지 못해도 그냥 다 쓸어버리고 오면 되는 것 아닙니까."

이안은 느긋하면서도 자신감에 넘치는 목소리로 말을 이었다.

"암시장 때처럼 아무거나 부수다가 운 좋게 흑마법의 기원을 파괴할지도 모르는 일이고."

그냥 다 쓸어버리는 게 비효율적이라고 신이 내게 전생까지 기억하게 해 주었는데……. 내가 흑마법의 기원을 알아볼 수 있다는데, 굳이 저런 말을 하는 건 나를 배제하고 싶다는 이야기일 것이다. 그리고 그 이유는 결국 레인필드를 보호해 주고 싶어서인 듯하고. 참 착하기도 해라…….

"가는 김에 라넬라라는 여자도 찾아보지요."

이안은 덤덤하게 덧붙였지만, 나는 이미 결정을 내린 상태였다. 로버트가 걱정스럽게 말할 때부터 말이다.

"만일 제가 예전의 아나벨 나디트였다면……."

나는 검을 만지작거리면서 말을 꺼냈다. 여기서 두세 번 말하지 않으려면 내 진심을 오롯이 보여 주어야 했다.

"아마 편한 대로, 되는대로 대충 결정했을 거예요. 왜냐하면 제게는 진정 소중한 것도, 꼭 지켜야 할 것도 없었으니까요."

그래서 나는 아주 신중하고 진지하게 말을 이었다.

"하지만 아나벨 레인필드는 달라요. 조금이라도 저희 가족을 위험에 빠트릴 수 있는 요인이 있다면 두고 볼 수 없어요."

"그래, 넌 이번부터 빠지는 것이 좋……."

이안의 말을 끊어 버리며 나는 엄중하게 선언했다.

"제가 카론다에 가서 다 박살 내고 오겠습니다."

"아나벨?"

"칼론 황태자님이 얽혀 있다면 이번에는 그 증거까지 꼭 잡아서 오겠어요."

이안과 로버트는 모두 어안이 벙벙한 얼굴로 나를 바라보았다.

"질이 나쁜 사람들에 대해서는 제가 제일 잘 알아요. 왜냐하면 그 사이에서 컸잖아요."

나는 내 가슴을 팡팡 두드리면서 말을 이었다.

"그 사람들은요, 이쪽이 건들지 않는다고 해도 가만히 있지 않아요."

나와 리어드가 이안에게 끊임없이 나쁜 짓을 했었던 것은 그가 우리를 내버려 두었기 때문이었다. 웨이드로스의 권력과 이안의 실력으로 나를 혼쭐내었더라면 진작 꼬리를 말았을 수도 있었다. 하지만 이안은 그저 나를 무시하며 상대도 안 하는 것으로 일관했다. 그래서 리어드와 나는 선을 모르고 마구 넘었던 것이다.

원래 악당들은 그런 법이었다. 상대가 가만히 있으면 오히려 함부로 해도 되는 줄 안다. 내가 가만히 있다고 해서 칼론의 일을 방해한 사실이 사라지는 건 아니었다. 어느 날 갑자기 화풀이로 우리 가족에게 위해를 끼칠 수도 있는 일이었다. 아니면 로버트와 얽혔다는 이유만으로 협박의 수단으로 악용할 수도 있었다. 위험의 요소에서 자유로워지려면 무작정 도피하는 것이 아니라, 완전히 그 요인을 없애야 했다.

"제 가족들을 지키고 싶어요. 전전긍긍하지 않고 마음 편히 살고 싶어요. 그리고 혹시 모를 상황을 대비해서……."

나는 이안을 바라보며 말을 이었다.

"……더 강해지고 싶어요. 지금보다 더 많이요."

흑마법의 기원을 하나 파괴할 때마다 신의 축복이 하나씩 주어졌다. 신은 역시 똑똑했다. 나는 대가를 생각하지 않고 정의감에 따라서 움직이는 이안 웨이드로스 같은 사람이 아니었다. 그걸 귀신같이 알고 바로 보상을 준비해 놓았으니 말이다.

로버트는 알아듣지 못했어도, 이안은 알아들었을 것이다. 오는 마차 안에서 축복에 대해 말했기 때문이다. 물론 내 실력은 일반인들에 비해서 뛰어났지만 그렇다고 해서 천하무적은 아니었다. 당장 엘빈이 그때 열몇 명이 아니라 백몇 명을 붙였다면 아무리 나라도 혼자서 상대할 수는 없었을 것이다. 하지만 이안은 그 상황에서도 분명히 다 이겼을 것이고, 그게 실력의 차이였다. 우리 가족에게 어떤 일이 벌어지더라도 최대한 지키고 싶었다.

"그러니 제가 가겠어요, 황자님. 가서 때려 부수고 오겠습니다."

"그렇군."

로버트는 천천히 고개를 끄덕였다. 그의 입장에서는 칼론이 배후에 있을 만한 곳을 내가 털어 준다는데 나쁠 것이 없었다.

"그럼 역시, 아나벨 양이 다녀오겠다고 했으니 이안은 됐……."

"저도 가겠습니다."

이안은 로버트의 말이 끝나기도 전에 황급히 말했다.

'뭐야. 이안도 카론다로 나와 함께 가겠다고?'

예상치도 못한 폭탄선언에 나와 로버트는 황당한 얼굴로 물었다.

"대체 네가 왜?"

나는 눈을 깜빡이며 덧붙였다.

"나 혼자로는 안 될 것 같아? 지금 나 무시하는 거야?"

"그런 건 아니고, 단지 걱정이 되어서……."

"그게 무시한다는 소리 아니야?"

로버트 역시 이안의 대답에 잠시 놀란 표정을 짓다가 부드럽게 말했다.

"이안, 아나벨 양을 좀 믿어 주면 어떨까. 아무리 오랫동안 못 미더워했더라도 감시까지 할 필요는 없어."

"그런 걱정이 아닙니다. 단지……."

이안은 나와 로버트의 멀뚱한 얼굴을 한 번씩 쳐다보고 나서 한숨을 푹 쉬었다. 그러더니 성의 없이 아무렇게나 덧붙였다.

"……흑마법이라는 말을 들으니 정의감에 불타올라서 따라가고 싶군요."

어이없게도 그 성의 없는 말에 나와 로버트는 단번에 고개를 끄덕였다.

"그래, 이안. 그런 이유라면 그럴 수 있지."

로버트는 쉽게 대답했지만, 한 가지 더 고려해야 할 것이 있었다.

나는 조심스럽게 말을 꺼냈다.

"그런데…… 내가 지리는 잘 모르지만, 카룬다는 엄청 멀지 않나? 왕복하는 데에만 시간이 아주 많이 걸릴 것 같은데."

심지어 험준한 산맥도 끼고 있었기에 말을 막 달릴 수도 없을 것 같았다. 멀다는 사실 그 자체보다 더 중요한 일이 있었다.

"게다가 검술 대회가 얼마 남지 않았잖아."

내 신변에 너무 많은 일이 생겨서 크게 신경 쓰지는 않았지만, 우리 인생의 마지막 검술 대회가 다가오고 있었다.

"아무래도 물리적인 시간을 고려했을 때 참가하지 못할 수도 있을 것 같은데. 참고로 난 시간 끌 생각 없이 최대한 빠르게 출발할 거야."

"그럼 네 검술 대회는? 나만 참가하는 건 아니잖아."

이안은 조용히 물었고, 나는 아무렇지도 않게 대답했다.

"참가하지 못 해도 어쩔 수 없지."

원래부터 기권할 생각이었던 터라 실제로 나는 아무런 미련이 없었다.

"이제는 딱히 참가할 필요도 없어. 난 정말 상관없으니 그냥 네가 이번에도 쉽게 1등 해."

나는 너무나 쉽게 대답했다.

"지난번에도 말했잖아. 그 동안 네게 사죄하는 의미로, 네가 원하면 기권해 주겠다고."

내 말에 이안의 표정이 급격히 굳어졌다.

"너…… 그럼 그동안 내게 집착했던 이유가 오로지 작위 때문이었어?"

"응? 뭐……."

작위를 위해서가 맞긴 하지만…… 조금 워딩이 이상한 느낌이었다.

"8년 동안 그렇게 나를 쫓아다녀 놓고, 네 목적이 사라지니 이대로 나를 버리겠다고?"

뭔가 신분 상승을 위해 남자에게 매달리다가 필요 없어지자 내다 버리는 아주 나쁜 여자를 대상으로 칠 법한 대사들이었다.

"버리는 것까지는 아니고 그냥 방생하겠다, 이 정도?"

"방생? 너는 어떻게 그렇게 심한 말을…… 지난번에 어머니 앞에서 정정당당하게 대련한 이후 다시 나와 검을 맞대는 것에 진심이 된 줄 알았는데…….'

이안은 드물게 평정심을 잃은 채 대꾸하다가 황급히 끼어드는 로버트의 말에 막혀 버렸다.

"워워. 진정해. 역시 세기의 라이벌답군."

로버트가 이안의 어깨까지 두드리며 말했다.

"이안, 이번에는 자네가 좀 심했네. 아나벨 양은 평소와 달리 나름 곱게 말했는데 말이야."

"뭐, 괜찮아요."

나는 어깨를 으쓱하며 담담하게 말했다.

"원래 가는 말이 고우면 오는 말이 건방진 법이니까요."

내 말에 로버트가 피식 웃으며 고개를 끄덕였다.

"역시 하루이틀 싸워 본 것이 아니라 이 정도로는 기분 상해하지도 않는군."

그리고 충분히 싸움을 말렸다고 생각했는지 말을 이었다.

"사실 그래서 내가 황궁으로 부른 거야. 카론다까지는 너무 머니까 말이야."

"네?"

"이게 정말로 내 선물이야, 아나벨 양."

로버트는 내게 보석 반지 하나를 내밀었다.

"마법 아이템인데 원하는 곳으로 워프가 두 번 가능해. 동반 1인까지 되니까 이안까지 데리고 왕복할 수 있겠군."

"워프요? 우와……."

"다만 사용자 등록을 황궁에서 해야 한다는 까다로운 조건이 있지."

나는 얼떨떨해져서 평범한 루비 반지처럼 생긴 아이템을 받아 들었다. 워프가 가능한 아이템이라니 들어 본 적도 없었다. 사용자 등록까지 황궁에서 해야 한다니 아마 마탑에서 황족들만을 위해 만드는 비밀 아이템인 듯했다.

"사용자 등록은 이걸 긴 채로 100년 이상 된 황궁의 유물 하나를 부수면 돼."

"그것참, 비싸고 폭력적인 등록 방법이네요."

황궁의 유물이라면 뭐든지 꽤 비쌀 것이다. 귀찮아서 워프 한 번 쓰려고 해도, 돈이 든다는 생각을 하면 정신이 들어 그냥 얌전히 마차를 탈 것만 같은 방법이었다.

내가 혀를 차자 로버트가 대답했다.

"고위 마법인 워프를 남용할 수 없도록 제동을 걸어놓은 거야. 황궁의 오래된 유물은 황족도 쉽게 파괴하기 어려운 법이니 말이야. 워프의 사용 유무를 추적하기도 쉽고. 물론 우리는 나중에 추적당해도 상관없어. 제국을 위한 일을 하러 가는 거니까."

"하지만 나중은 몰라도 지금 당장은 눈속임을 해야 하지 않을까요? 어쨌든 비밀리에 움직이는 건데……."

"맞아."

로버트가 씩 웃으며 말을 이었다.

"다행히 아나벨 양은 평민이고, 평판이 안 좋았던 이력이 있어서 뭐 하나 부숴도 그러려니 할 수도 있겠지."

결국 나는 그 폭력적인 등록 방법을 좀 써도 이상하지 않다는 뜻이었다. 낮은 신분과 엉망인 과거가 도움이 되는 순간이었다.

"화장실을 간다며 일단 나가. 그리고 오른쪽 복도를 돌아서 끝까지 가면 새 모양 화병이 하나 있는데 그걸 깨면 될 거야."

아마 그 화병이 백 년의 역사를 지닌 유물인 듯 했다.

"그 정도 기물 파손은 내 선에서 무마시킬 수 있지."

로버트는 살짝 걱정스러운 표정을 지으며 덧붙였다.

"다만…… 어쨌든 진상 짓을 하는 건데 괜찮을까?"

결국 황궁에서 깽판을 치라는 건데 내게는 너무 쉬운 미션이었다. 심지어 웨이드로스 공작가에서 해 왔던 것에 비하면 정말 별것도 아니었다.

"맡겨 주세요. 적반하장은 제가 그동안 살아온 발자취 그 자체입니다."

나는 신나서 벌떡 일어섰다.

아나벨이 황궁의 유물을 하나 박살 내겠다며 떠나고 난 뒤 응접실에는 이안과 로버트만 남았다.

"고마워, 이안."

로버트는 이안을 향해 부드럽게 웃어 보이며 말했다.

"이번에는 정말 염치없이 부탁하기 어려웠는데, 또 도와준다고 하니……."

"아닙니다."

"이럴 땐 생색을 좀 내도 괜찮아."

로버트를 돕기 위해서 가는 것이 아니라는 의미였는데, 다른 뜻으로 오해한 것 같았다. 이안은 굳이 정정할 필요를 느끼지 못했기에 조용히 차를 한 모금 들이켰다. 사실 그 역시 충동적으로 같이 가겠다고 말했다. 생각보다 말이 먼저 나가는, 그의 인생에서 극히 드문 경험이었다.

아나벨의 실력을 떠나서 그런 위험한 곳에 홀로 보내는 것이 내키지 않았다. 그건 아마 요즈음 자꾸만 그녀에게 시선이 가기 때문일 것이다. 한때는 정말 싫고 귀찮은 상대였는데 어느 순간부터 그 감정은 모두 사라진 것 같았다.

이안이 생각에 빠져 있을 때, 로버트가 문득 말을 꺼냈다.

"아나벨 양, 정말 귀엽지 않나."

이안은 로버트의 말에 순간 얼떨떨해져서 갈라진 목소리로 반문했다.

"······예?"

"자네한테 너무 함부로 굴어서 첫인상이 좋은 편은 아니었는데 지내면 지낼수록 재미있어. 자꾸 말을 섞어 보고 싶어."

"······."

"사실 이번에도 칼론 형님의 뒤를 밟고 싶어서 아나벨 양의 복수를 돕고 싶었던 것이 맞아. 그런데 이상하지. 분명히 나는 그녀를 이용하려고 하는데, 이상하게 자꾸 마음이 가."

로버트가 황위를 노리고 있다는 사실은 비밀이 아니었다. 게다가 이왕 시작한 이상 이건 생존이 달린 문제였다. 칼론 황태자가 황위에 오르면 그는 1순위로 숙청되고 말 것이다. 그러므로 로버트에게 우선순위는 자신의 황위였다. 그리고 그는 그것을 위해 모든 것을 이용할 수 있는 남자이기도 했다. 그런데 그가 '이상하게 자꾸 마음이' 간다고 말하는 건······.

"이상해. 원래는 어떻게든 구슬러서 보내려고 했는데 얘기하다 보니까 걱정이 되더군. 아마 안 가겠다고 했으면 더 이상 설득하지 않았을 것 같아."

"······."

"이런 느낌은 처음이야. 이유도 없이 생각나고 말이야. 아마 나는······."

로버트의 말을 억지로라도 멈추게 하고 싶은 것은 또 처음이었다. 속이 울렁거리면서 불쾌해졌다. 이안도 그녀가 걱정되었다. 그리고 별 이유도 없이 시시때때로 생각이 났다. 아까워 죽을 것 같다는 표정을 하면서 시럽을 건네던 그녀의 표정이나. 별것도 아닌 비유에 진심인 것이나. 혹은 방금 전, 화병 하나 부수는 것에 '나쁜 짓'을 한다며 신나 하는 모습이…….

아마도 귀여운 것 같기도 하고…….

"제 가족들을 지키고 싶어요. 전전긍긍하지 않고 마음 편히 살고 싶어요."

그러면서도 은근히 겁먹지 않고 밀어붙이는 태도가 멋지지 않은가. 피하기보다는 정면 돌파를 하겠다는 것이 아나벨다웠다. 한없이 귀여워서 자꾸만 속으로 피식피식 웃음이 나왔다.

'잠깐…… 귀엽다고? 아나벨 레인필드가? 미쳤군, 이안 웨이드로스.'

이안은 속으로 한숨을 쉬며 미간을 찌푸렸다.

'귀엽기만 한 건 아니지…….'

검을 들고 본격적으로 진지한 눈빛으로 바라보는 모습은 몸이 굳어 버릴 정도로 근사했다. 그런 근사함은 8년 전 검술 대회에서 처음 봤을 때 이후 느끼지 못했었는데. 열네 살, 그 때의 그 속절없는 두근거림은 잊은 지 오래라고 생각했는데.

"난 정말 상관없으니 그냥 네가 이번에도 쉽게 1등 해."

그 말에 너무 서운했던 것은, 8년 동안 이어져 왔던 그들의 인연을 너무 쉽게 끊어 버리는 것 같아서였다. 정말 의외였다. 8년 동안 제발 인연이 끊어졌으면 하고 바라던 사람은 바로 그 자신이었는데.

생각해 보면 아나벨은 8년간 늘 자신만 보고 있었다. 그것이 혐오와 열등감일 지라도 말이다. 하지만 그 어두운 감정을 모두 벗어 버리고, 다른 이들과 얽히기 시작한 그녀의 모습에 그는 이상하게 버림받은 기분이었다.

"나는 아마도, 그녀를……."

특히나 로버트와 아나벨이 웃으며 서로를 바라볼 때에는 속이 타들어 갈 정도로 화가 났다.

'나는 아마도, 그녀를…….'

이안은 자신도 모르게 굳어지는 표정을 감추기 위해 찻잔에 손을 뻗었다.

인정하는 것은 쉽지 않았다. 다른 사람도 아니고 아나벨이었다. 8년 동안 정말 지긋지긋하게 싫어했던 여자. 그런데 그 여자가 욕을 멈춘 것도 아니고, 그저 쌍욕을 그만뒀다고 해서 마음이 요동친다니 너무 어이없는 일 아닌가. 그녀가 로버트와 잘 될 수도 있다고 생각하니 속이 끓으면서 이상하게 안달이 났다. 생각해 보면 그는 지금까지 그 어떤 것에도 안달해 본 적이 없었는데.

이안은 한 번 더 옅은 한숨을 쉬었다. 물통을 건넬 때 스쳤던 손가락, 노예 시장에서 갑자기 안겨오던 팔의 감촉, 이마에 조심스레 얹어진 손길, 이런 것들을 생각만 해도 심장이 뚝뚝 떨어지는 것 같았다.

아나벨이 당황하게 해서 미안하다고 했을 때, 너무 굳어 버려서 제대로 된 반응을 하지 못했지만 사실 좋았다.

'이건 뭐, 아나벨 레인필드를 처음 봤던 열네 살 사춘기 소년도 아니고…….'

예전에는 대련을 하면서 말도 안 되게 엉겨 붙는 그녀 때문에 훨씬 더 몸을 맞부딪힌 적도 있었는데 결단코 지금의 반의반도 설레지 않았다.

'미친 게 아니라면, 내가 아나벨 레인필드를 좋아할 일은 없지 않나. 그동안 별별 욕을 다 들었는데 그런 여자를 좋아하는 정신 나간 놈이 어딨어.'

"그녀와 얽히기만 하면 이런 핫케이크 쪼가리 같은 것도 소중해지고…… 다른 남자와 잘될 수도 있다고 생각하면 이상한 분노가 끓어오르는, 뭐 그런 것 아니겠습니까."

하지만 이안은 부하의 조언을 쉽게 캐치하는 편이었다. 그는 숨을 몇 번 몰아쉬고 굳은 표정을 감추기 위해 찻잔을 들었다.

"잠시, 이안."

로버트는 말없이 차를 마시는 이안을 바라보며 조심스럽게 물었다.

"도대체 왜 멀쩡한 찻잔에서 손잡이 쪽으로 입을 대고 마시지? 혹시 무슨 문제 있나?"

"……제가 정신 나간 미친놈이어서 그렇습니다. 이제 그 사실에게서 도망치지 않기로 했습니다."

로버트가 잠시 말문이 막혔을 때였다. 저 멀리서 와장창창, 하는 소리와 함께 궁인들의 비명 소리가 들려왔다.

화병 하나 깨부수는 거야 내게는 너무나 쉬운 일이었다. 그냥 멀쩡히 걷다가 검 한 번 휘두르면 끝이었다.

"아니, 왜 멀쩡히 화장실 가시다가 검을 꺼내시는 거예요!"

궁인 하나가 어이없다는 듯이 따졌고 나는 어깨를 으쓱하며 대꾸했다.

"갑자기 이안이 쫓아오는 것 같은 기분이 들었다니까요? 이안은 기척을 잘 숨겨서 감에 의존해야 하는데, 그 감이 빡! 오는 바람에."

"하…… 이게 얼마짜리인데……. 이건 평범한 화병이 아니라고요!"

나는 평민이었기 때문에 궁인들은 나를 비난하는 데 서슴없었다.

"아무리 교양이 없어도 그렇지, 황궁에서 검을 휘두르다니. 제정신이세요?"

물론 이 정도 비난 듣는 것쯤이야 내게 별일이 아니었다. 나는 웨이드로스 기사단 사람들에게 비난 어린 시선을 어릴 때부터 받아 온 사람이었다. 궁인들의 별것 아닌 적의 정도야 내게는 포도 씨 씹은 정도의 타격도 못 되었다. 애초에 이해가 가는 비난이기도 했고 말이다.

"제정신이 아닌 정도는 아니고, 그냥 좀 막무가내 진상인 것뿐이에요."

나는 진지하게 어깨를 으쓱하며 대꾸했다.

"성장 배경이 불우하여 비뚤어진 구석이 있어요. 하지만 또 그만큼 여린 구석이 있는 상처 많은 영혼이죠."

궁인이 또 한 번 짜증을 내려는 순간이었다. 소란이 벌어진 가운데 로버트와 이안이 달려왔다. 복도에는 내가 깬 화병이 산산조각 나 있었고 물과 함께 담겨 있던 꽃이 널브러져 있었다.

"황자님."

나는 주인을 위해 죽은 쥐를 물고 온 고양이처럼 의기양양해서 로버트를 바라보았다.

"제가 화병을 깨트리고 말았어요."

당연하겠지만 내 말에 로버트는 크게 놀라지 않았다. 대신 다정한 표정으로 내 주변을 살피며 물었다.

"아, 괜찮아. 걱정 마. 다친 사람은 없나?"

"이 사람들의 마음이 다쳤을 뿐이에요."

내가 천연덕스럽게 대답하자 로버트는 내 앞을 막아서며 부드럽게 궁인을 향해 말했다.

"안 다쳤으면 됐군. 내 손님에게 무례하게 굴지 마. 보상은 내가 할게."

"황자님, 하지만 이 화병은……."

"알아. 로이데스 2세의 유품이지. 그래도 황궁에는 비슷한 화병이 대여섯 개는 더 있지 않나. 이미 벌어진 일, 아나벨 양에게 화내지 마."

로버트는 세상 달콤한 미소를 지어 보이며 직접 깨진 화병 속에서 장미꽃들을 골라냈다. 황궁에 꽂혀 있던 꽃이라 한 송이 한 송이가 굉장히 싱싱하면서도 탐스러웠다.

"아나벨 양, 신경 쓰지 마. 내가 다 처리할 테니 말이야. 불미스러운 일은 잊고, 황궁에서 이렇게 예쁜 기억만 남겨 가기를 바라."

그러더니 자신의 품에서 손수건을 꺼내 꽃다발을 만들어 내게 건넸다. 예쁜 대사만큼이나 나를 바라보는 초록색 눈이 예쁘게 휘었다.

나는 속으로 혀를 내둘렀다.

'역시 능구렁이 같은 계략남······.'

대놓고 저렇게 유혹을 해 대다니 참 대단했다. 이제 '로버트가 아나벨에게 반해서 말도 안 되는 실수까지 무마해 주었다'라는 소문이 돌 것이다. 그리고 그래야만 이 대책 없는 사고를 무작정 넘어가 준 로버트의 행위에도 개연성이 생기고 말이다.

"네에······."

어쨌든 나는 떨떠름한 미소를 지으며 꽃다발을 받아 들었다. 궁인들이 로버트를 '사랑에 미친 놈' 보듯이 어이없는 눈빛으로 바라보고 있었다. 어차피 이미 퍼진 염문설이니 계속 도는 것은 상관없었다.

"그럼 이만 가 보도록 해. 앞까지 배웅해 주지."

로버트는 끝까지 사랑에 미친 것 같은 표정을 지으면서 나와 이안을 데리고 그 자리를 떴다. 그리고 정말로 정원까지 우리를 배웅해 주었다. 그는 주변에 아무도 없는 것을 확인하고서야 다른 어조로 비밀리에 말했다.

"원하는 곳으로 워프하는 법은 간단해. 보석을 시계 방향으로 한 바퀴 돌리고, 돌아올 때에는 반 시계 방향으로 돌리면 돼."

나는 신기하다는 눈빛으로 요리조리 반지를 둘러보았다.

"다 쓰고 난 뒤에는 보석이 깨질 거야."

로버트는 내 손에 끼워진 반지를 보며 자신의 손을 펼쳐 보였다. 어느새 그의 손에도 나와 비슷한 반지가 끼워져 있었다.

"그리고 이 반지는 나와 연결된 통신 반지이기도 해. 딱히 말을 전할 수는 없지만, 무사하다는 뜻으로 내가 신호를 보내면 그쪽에서도 신호를 보내 줄 수 있을까?"

통신 반지라면, 지난번에 썼던 것처럼 눌러서 단순한 신호를 보낼 수 있는 마법 아이템이었다.

"생각날 때마다 안부를 물을 겸 신호를 보낼게."

그러니까 딱히 소통은 못 해도 계속해서 생사를 확인하겠다는 말이었다.

"네, 알겠어요. 뭐, 무소식은 나쁜 소식인 법이니까요."

"한번 시험해 볼까."

로버트가 자신의 반지에 있는 보석을 꾹 누르는 것과 동시에 내 반지의 루비가 한 번 반짝였다.

"좋아."

그가 흐뭇하게 웃었다.

"활성화는 잘된 것 같아. 한 명까지는 동행이 가능하니 이안과 손을 잡으면 함께 이동할 수 있을 거야."

"아아, 네."

"칼론 형님은 에딜런 공국에 있지만 그 모친인 황후가 황궁에 있어."

황후는 칼론의 든든한 뒷배이자 막강한 협력자였다. 그러니 이쪽에서도 계속 신경 써야 하는 것이 맞았다.

"네가 화병을 깼다는 소문을 들으면 워프를 능히 짐작할걸. 그러니 시간 끌지 않고 빠르게 가는 것이 좋겠어."

"네. 가족들에게 얘기하고 바로 출발할 거예요."

며칠간 집을 비워야 하니 미리 말해 두어야 했다. 사실대로 말하면 걱정할 테니 절대 안 되고, 대충 둘러댄 다음 출발할 예정이었다.

"흑마법의 기원…… 정말로 형님이 연관되어 있다면 정말 심각한 문제야."

"네?"

"두 개씩이나 우연히 얽힐 리는 없지. 작정하고 흑마법의 기원을 알아보았다는 말인데, 그걸 제대로 알아보려면 악마와 거래해야 해."

하긴 신도 못 찾는 흑마법의 기원을 알아보려면 신과 정반대인 존재에게 도움을 청하는 것이 합리적이었다. 친자 검사 날, 신 역시 내게 악마가 관련되어 있다고 언급하기도 했다.

"내가 알기로 카론다는 영주가 한 번 바뀌었어. 직접 본 적은 없지만 닉 에이버슨이라고 하는데, 아무래도 작위를 산 평민 같다더군."

로버트는 신중하게 말을 이었다.

"인신매매가 계속 안 잡히는 걸 봐서 연관이 있는 것 같기도 해. 잘 살펴봐."

"예, 알겠어요."

나는 시원스럽게 대답했다. 영지가 그 지경이 된 걸 보면 영주가 어지간히 능력이 없거나 아니면 한통속이거나 둘 중 하나일 것 같았다.

"내가 따라가고 싶지만…… 칼론 형님이 언제 들이닥칠지 몰라 수도를 지키고 있어야 할 것 같아."

"네. 사실 저랑 이안이면 됐죠, 뭐."

와 봤자 방해라는 것을 에둘러 표현한 말이었다.

"그럼 아나벨…… 행운을 빌어. 모든 걸 쉽게 해결하고 오기를 바랄게."

"예. 그리고 이것도 감사해요."

나는 꽃다발을 가리키며 말했고 로버트는 씩 웃으면서 대답했다.

"감사하다면 아나벨 양의 작은 축복을 하나 듣고 싶은데."

로버트의 말은 나름 일리가 있었다.

"공정한 거래네요. 생각해 보니 저도 작은 축복이나마 남에게 한 건 황자님이 처음인 것 같으니까요."

깨진 화병에서 꽃을 주워 준 만큼의 가치를 생각하며 신중하게 덧붙였다.

"오늘 지녁 샤워할 때 물 틀었는데 한번에 딱 좋은 온도가 나오길 바랄게요."

"아아, 고마워."

"그럼 출발하지."

훈훈한 분위기가 흐르는 가운데 이안이 무뚝뚝하게 끼어들었고, 그렇게 우리는 또다시 그 이상한 마차를 탔다. 워낙에 좁은지라 나는 로버트에게 받은 꽃다발을 계속 들고 있을 수가 없었다. 가뜩이나 이안과 몸이 부딪치는데 꽃다발마저 가운데에서 눌리게 할 수는 없었기 때문이다.

"일단 여기다 놔."

꽃다발을 들고 안절부절못하고 허둥대자, 이안이 자연스럽게 내 손에 있는 꽃다발을 가져가 마차를 장식하고 있는 꽃들 사이에 쑤셔 넣기 시작했다. 그러거나 말거나 이제 내 머릿속에는 라넬라를 붙잡을 생각밖에 없었다. 그리고 흑마법의 기원을 파괴해서 더 강해질 수 있다는 욕심에 설레기까지 했다.

'이번에는 대체 뭘까……'

지금은 밑도 끝도 없어서 생각이 잘 안 나지만, 일단 가면 지난번처럼 어떤 동화가 떠오르면서 알아볼 수 있을 것 같았다.

"내일 아침 어때?"

나는 이안에게 대뜸 물었다. 최대한 빨리 출발하고 싶었다.

"난 가족들에게 대충 둘러대고 혼자 나설 예정이야."

"그렇군. 나야 어차피 그냥 볼일이 있다고 하면 되니 신경 쓰지 마."

"아, 그래."

더 이상 할 말은 없었다. 창밖으로 시선도 못 돌리고, 이안은 너무 가까워서 아무 생각 없이 새로 받은 반지만 만지작거리고 있을 때였다.

"……황자님께만 축복의 말을 해 주는 줄 몰랐군."

이안이 무뚝뚝하게 말했다.

"아, 뭐 어쩌다 보니 자잘하게 고마운 일이 좀 있어 가지고……."

"자잘하게?"

이안은 부루퉁하게 시비조로 말했다.

"그럼 나한테는?"

"응?"

"내게도 친자 검사 날, 고맙다고 했잖아. 내게는 자잘한 축복조차 해 주기 귀찮았던 건가?"

"와."

나는 순수하게 감탄하며 말했다.

"그게 언제 적 일인데…… 넌 참 네가 베푼 은혜를 잊지 않는 성격이구나."

"그건!"

"진짜 너무너무 감사한 상대에게는 소소하게 축복할 수가 없지."

정말 고마운 상대인 세시안느나 레슬리 님에게는 이렇게 소소하게 축복하지 않고 고개를 숙여서 온 마음을 담아 감사를 표했다.

"너도 잊지 않는 것 같지만, 나도 그 날을 절대 잊지 않아. 축복이라는 가벼운 말로 차마 때울 수가 없을 정도로, 내 마음 속에 깊이 새겨져 있을 정도로 감사하고 있어. 로버트 황자님하고 비교도 안 돼."

나는 폭포수같이 쏟아낸 뒤 한숨을 쉬고 덧붙였다.

"이제 됐니? 만족해? 좋아?"

이안은 나를 빤히 바라보더니 머리를 헤집었다.

"아, 진짜…… "

"왜 그래?"

흐트러진 금발 사이로 탁한 붉은 눈동자가 나를 똑바로 바라보았다.

"……좋아."

나는 처음 보는 이안의 흐트러진 모습에 순간적으로 멈칫했다. 감사한 걸 감사하다고 하는 것만으로도 저렇게 좋다고 하니, 내가 그동안 얼마나 진상이었는지 알 만한 대목이었다.

그럼 이참에 그동안 못했던 사과도 하는 것이 좋을 것 같았다. 나는 살짝 눈을 피하며 웅얼거렸다.

"어…… 음, 네게 이런저런 욕을 한 건 미안하게 생각해. 나는 이제 새사람이 되었으니 사과할게."

"그 이상한 욕들도 그럼 내게만 한 건가."

"당연하지. 리어드나 라넬라에게는 세심한 욕은 아까워서 못 해."

나는 머쓱하게 말을 이었다.

"솔직히 그마저도 네게는 심하긴 했지. 사실 그런 욕은 너한테밖에 한 적이 없어서 강도 조절이 좀 어려웠어. 미안."

이안은 괜찮다 아니다 딱히 대답이 없었다.

그때 타이밍 좋게도 마차가 천천히 멈춰 섰다.

"레인필드 저택에 도착했습니다!"

마부가 재빠르게 내려서 마차의 문을 열어 주었다.

"그럼 내일 아침 8시에 시계탑 앞에서 봐."

일방적으로 약속 시간을 통보한 나는 펄쩍 뛰어내렸다. 그대로 뒤도 안 돌아보고 집으로 들어가려는데, 문득 생각나는 것이 있었다.

"아, 꽃!"

막 닫히려는 마차의 문으로 이안이 불쑥 꽃 한 다발을 내밀며 웅얼거렸다.

"……도 돼."

"뭐?"

그의 말을 제대로 못 들어서 내가 되묻자 어이없는 대답이 돌아왔다.

"욕해도 된다고. 대신 앞으로도 나한테만 해."

문이 그대로 닫히고 마차가 출발했다. 나는 멍하니 서서 마차 뒤꽁무니를 잠시 바라보았다.

"뭐야? 왜 저래?"

고개를 갸웃하며 눈을 깜빡이던 나는 손에 들린 꽃을 보고 다시 혀를 찼다.

"이 꽃이 아닌데……."

아까 마차 사이에 쑤셔 넣더니 원래 마차에 있던 다른 꽃들을 준 게 틀림없었다. 색깔은 같은 붉은색이지만 장미가 아니라 튤립이었다.

"성의 없게 아무거나 뽑아서 주기는."

식물의 생식기관 따위 원래부터 딱히 관심이 없어서 상관은 없었다. 하지만 그 성의 없음이 괘씸해서 나는 마차 뒤에 대고 원하는 대로 욕을 한마디 퍼부어 주었다.

"물 마시는데 초파리 떠 있어라, 흥."

솔직히 별로 욕 같지도 않은 약한 욕이었다.

아무래도 이제는 그에게 심한 욕을 할 수가 없을 것 같았다.

라넬라는 카론다에 도착하여 짜증스럽게 숨을 몰아쉬는 중이었다. 그녀는 보육원에서 오랫동안 오스칼을 좋아했다. 누구에게나 착하고 친절한 라넬라는 험상궂고 말도 함부로 하는 메릴린보다 훨씬 인기가 많았다.

그래서 당연히 오스칼은 자신에게 올 줄 알았다. 그러나 두 사람의 사춘기가 끝날 무렵 그녀가 오스칼에게 고백했을 때, 오스칼은 생각지도 못한 대답을 내놓았다.

"미안해, 라넬라. 그런데 난 메릴린을 좋아해."

"……둘이 친구라고 하지 않았어?"

"그건 메릴린이 부담가질까 봐……. 네 마음은 전혀 예상하지 못했어."

그동안 오스칼과 메릴린이 붙어 다녔지만 아무도 오스칼의 마음을 눈치채지 못했다. 모두가 못된 메릴린이 소꿉친구인 오스칼을 억지로 끌고 다닌다고 생각해 왔던 것이다.

"네 고백은 받아 줄 수 없어. 나…… 곧 메릴린한테 고백할 예정이거든."

라넬라가 거기서 할 수 있는 말은 많지 않았다.

"그렇다면 어쩔 수 없지. 오스칼, 메릴린과 잘 되길 빌게."

이 소식을 들은 보육원 사람들은 모두 오스칼에게 미쳤다고 했다. 저렇게 착한 라넬라를 두고 메릴린을 좋아하다니. 라넬라는 속으로 웃으며 기다렸다. 결국 오스칼은 자신에게 올 수밖에 없을 것이라고 생각했다. 모든 사람들이 라넬라를 더 높게 평가했기 때문이다.

못돼 먹은 데다가 외양에만 관심이 많고, 주제에도 맞지 않게 화려한 드레스에만 정신 팔려 있는 메릴린과 자신의 평판은 비할 바가 못 되었다. 하지만 메릴린과 오스칼은 곧 교제를 시작하더니 성년이 되어 보육원을 나가자마자 결혼했다.

"난 정말로 둘이 잘 되길 빌었는걸. 친구 둘이 행복해지는 건데, 뭐."
"와, 라넬라는 정말 착하기도 하지……."

라넬라는 상냥하게 웃어 보였지만 속이 뒤집어지는 것 같았다. 게다가 보육원에서 나가자마자 메릴린은 수도에서 가장 유명한 의상실의 보조로 취업한 반면 라넬라는 별다른 재능도 없고 성실하지도 못했다.

"들었어? 메릴린은 한 달 만에 수석 보조가 되었다던데."

"하긴, 메릴린이 원래 센스가 있긴 했어."

"오스칼 녀석 입이 귀에 걸렸더라. 장가 잘 간 것 같대."

'착하고 상냥한 라넬라'를 '성격 나쁜 메릴린'보다 인정하던 친구들은 점점 말을 바꿨다. 더 이상 '착한 것'만으로는 인정을 받지 못하게 되었다. 사회에 나가자 '능력'이라는 요인이 생긴 것이다. 그러던 와중 메릴린이 출산을 하겠다며 자신이 일하는 공공 병원으로 온 것이다.

"아, 아이가 숨을 쉬지 않는 것 같아요! 안 돼요! 안 돼! 애가 얼마짜린데……. 세상에, 심지어 연보랏빛 머리까지 완벽한데!"

의사가 잠시 자리를 비운 사이, 케이틀린이라는 여자가 낳은 연보랏빛 머리의 여자 아이가 미약하게 이어지던 숨을 거두고 말았다. 그녀가 아베데스 후작의 아이를 임신했다는 사실은 수도에서 굉장히 유명한 사실이었다. 케이틀린이 여기저기 떠벌리고 다녔던 것이다.

라넬라는 마른침을 삼켰다. 자신의 바로 옆에서 메릴린 역시 출산을 시작하고 있었다. 지독한 난산이었고, 고통 때문에 반쯤 정신을 잃은 그녀를 보면서도 라넬라는 비상 호출 설렁줄을 당기지 않았다. 그리고 어깨 너머로 본대로 직접 아이를 받았다.

"애도 연보랏빛 머리카락의 여자 아이인데……."

라넬라는 옆에서 패닉에 빠져 있는 케이틀린에게 먼저 말을 걸었다. 케이틀린은 라넬라의 제안을 너무나 기뻐하며 받아들였다. 그날, 라넬라는 응급 상황에 의사를 부르지 않았다고 사직을 권고 받았다. 워낙에 자잘한 사고를 많이 쳤던지라 병원 사람들도 의심하지 않았다. 심지어 병원의 명예가 실추될까 봐 외부에는 라넬라의 실수를 알리지 않았다. 케이틀린에게 받은 돈도 돈이지만, 그녀는 메릴린과 오스칼이 세상 무너진 표정을 하고 있는 것을 보니 흡족하기 그지없었다.

"다 나 때문이야. 메릴린의 슬픈 표정이 생각나서, 나는 더 이상 병원에 있을 수가 없어……."
"착한 라넬라…… 그게 왜 너 때문이야."

그녀는 메릴린의 사산에 마음이 아파 견딜 수가 없다며 보육원 친구들 앞에서 울었다. 오스칼과 메릴린은 마치 산송장처럼 슬픔에 빠져 있으며, 그들이 힘들어 한다는 소식을 들을 때마다 그녀는 뿌듯한 마음으로 잠들었다.

마음 같아서야 오스칼과 메릴린이 고통스러워하는 모습을 계속 보고 싶었지만 수도에 오래 머무를 수가 없었다. 혹시라도 제가 한 짓이 들킬까 봐 멀리 떠나려던 와중, 그녀는 남부에서 좋은 기회를 얻게 되어 범죄 조직에 가담하게 되었다. 이제 충분히 오랜 시간이 흘렀으니 예전의 일이 들킬 일은 없다고 생각했고, 그래서 수도에 돌아와도 안전하다고 여겼는데.

"하…… 젠장. 노망난 대신관이 왜 오지랖을 부려서 이 난리야."

그녀는 아나벨의 친자 검사를 시행한다는 말을 듣고 난 뒤 바로 수도의 모든 것들을 정리하고 내려온 참이었다.

"이럴 줄 알았으면 좀 더 빨리 수도에 올라갈걸."

카론다에서 한탕 잘해 먹고 살긴 했지만 너무 외져서 재미가 없었다. 그래서 돈이 충분히 모이자 은퇴하고 온갖 좋은 것들이 몰려 있는 수도에 간 것이었다. 그렇게 한껏 사치를 부리며 살려고 했는데, 아쉽게도 얼마 머물지도 못하고 다시 이곳으로 돌아 왔다.

"집도 아까워 죽겠네……."

브리버즈 길의 고급 주택도 급하게 처분하느라 시세보다 훨씬 싸게 팔고 나왔다. 어차피 돈만 많은 평민 집안, 오스카와 메릴린은 별로 무섭지 않았다. 하지만 검술 대회 2등이라는 아나벨은 무서웠다. 아무리 라넬라가 날고뛰어도 검 들고 쫓아오면 도리가 없었다.

결국 그녀는 몸을 숨기기 위해 자신의 기반이 있는 카론다로 돌아온 것이다. 적어도 이곳에서는 쥐도 새도 모르게 잠적할 수 있었다. 라넬라는 어쩔 수 없이 원래 몸담고 있던 조직에 제 발로 돌아갔다. 그리고 그녀가 오랫동안 몸담고 있던 인신매매단의 주인, 레이번에게 급히 부탁했다.

"아나벨 레인필드라는 여자가 있어. 최대한 빨리 없애 줘."

레이번은 수더분하게 생긴 중년의 남성으로 카론다에서 작은 농장을 운영하고 있었다. 물론 그가 진짜로 운영하고 있는 것은 농장이 아니라 인신매매단이었지만 말이다. 그에게는 몇 명씩 돈을 싸 들고 오는 사람들이 있었고, 그 돈 중 상당한 비율이 칼론에게 들어갔다. 하지만 칼론에게 그 정도로 협조하는 건 당연한 일이었다. 칼론은 그의 흑마법을 도와주었기 때문이다.

그리고 지금 레이번의 가장 유능했던 수족, 라넬라가 은퇴를 선언하고 수도로 간 지 얼마 되지도 않아 돌아온 것이다.

"아나벨 레인필드?"

라넬라는 짜증스럽게 한숨을 쉬었다.

"수도에서 내가 한 일이 밝혀졌어."

"뭐?"

"그러니 부탁이야. 너 칼론 황태자님과도 연락하잖아. 개인적인 바람이라면서 아나벨 레인필드 좀 없애 달라고 해 줘."

"알았어."

레이번은 쉽게 대답했다. 어차피 평민 하나 없애는 것은 일도 아니었다.

그는 당장 양피지 하나를 꺼내 서신을 쓰면서 대화를 이어 갔다.

"이왕 부탁하는 김에 레인필드 일가를 다 없애 달라고 하지, 뭐. 그 정도 부탁은 드려도 되는 사이니까."

레이번이 서신을 쓰다가 흘끗 라넬라를 바라보았다.

"그런데 그래도 되겠어? 넌 오스칼을……."

"돼. 이제 레인필드라면 지긋지긋하니까."

라넬라는 퉁명스럽게 대답했다.

"이제 오스칼 안 좋아해. 다 옛날 일이야."

"허어."

레이번이 재미있다는 듯이 이죽거렸다.

"아예 닉으로 노선 바꾼 거야?"

"입 닥쳐. 어차피 그동안 성공하지도 못했잖아."

닉, 그러니까 몇 년 전에 작위를 사서 '닉 에이버슨'이라는 이름으로 카론다의 영주가 된 그는 오스칼의 쌍둥이 형이었다. 레이번이 다룰 수 있는 흑마법은 사람을 세뇌시켜 억지로 짝을 맺어 주는 것이었다. 라넬라는 그동안 레이번에게 자신도 카론다의 영주인 닉과 엮어 달라고 계속해서 요구했었다. 오스칼을 짝사랑하다 실패한 라넬라는 비슷하게 생긴 닉이라도 가지고 싶어 했다. 그래서 라넬라와 레이번은 합작하여 카론다에 정착한 것이었다.

"이젠 닉도 없애야 돼."

라넬라는 이를 갈며 말했다. 원래는 레이번 역시 영주를 꼭두각시로 만들기 위해서 닉을 라넬라와 짝지어 주려 했다. 하지만 닉은 너무나 철두철미해서 흑마법에 걸려들지를 않았다.

"그 자식은 정상이 아니야. 성격도 더럽고 의심도 많은 데다가……."

레이번은 말해 뭐 하냐는 듯이 고개를 절레절레 저었다. 완전히 독신주의자인 그는 곁에 여자는 물론 강아지 한 마리도 두지 않는 편이었다.

"원래 보육원에서도 진짜 이상했어. 닉이야 뭐, 동생이랑 똑같은 껍데기만 갖고 싶었던 것뿐이야. 근데 지금 그게 중요한 게 아니야."

라넬라는 진지하게 말을 이었다.

"아무리 닉과 오스칼이 서로 왕래하지 않는다지만, 혹시라도 연락이 닿는다면 나는 물론 너도 곤란해져. 닉이 나를 의심하기 시작하는 건 시간문제라고."

레이번은 그녀의 말에 심각한 표정을 지어 보였다. 그동안 그는 같은 보육원을 나온 라넬라와 닉의 친분을 이용하여 쉽게 정체를 숨겨 왔다. 지금은 닉의 눈을 속이며 인신매매단을 잘 운영하고 있었지만 닉이 라넬라를 추적하기 시작한다면 이야기는 또 달라질 터였다. 닉은 지금껏 카론다에 만연한 이 범행을 어떻게든 잡고 싶어 했지만 번번이 실패했다. 보육원에서 함께 자란 라넬라에 대한 믿음이 그의 눈을 가리고 있었던 것이다. 그러나 그가 라넬라를 의심하기 시작한다면 모든 것이 밝혀질지도 모른다.

"그렇다면 어쩔 수 없군."

레이번이 눈을 번득이며 스산하게 중얼거렸다.

"어떻게든 닉 에이버슨도 처리해야지."

닉이 카론다의 영주가 된 것은 아주 단순한 이유였다. 그는 돈과 권력이 좋았기 때문이었다.

보육원에서 함께 자란 일란성 쌍둥이인 닉과 오스칼은 서늘한 인상의 미남이었으나 성격은 정반대였다. 오스칼은 마음이 여리고 손으로 무언가 만드는 걸 좋아했다. 그리고 보육원에서 기가 세기로 유명했던 메릴린과 일찌감치 결혼했다. 가난하고 소박하게 살아도 둘이 함께라면 행복하다는 나약한 소리를 하면서 말이다.

물론 닉은 오스칼과 정반대의 선택을 했다. 그는 지금까지 독신이었고 악착같이 돈을 벌었다. 그리고 그 돈으로 자식이 없는 카론다 영주의 족보에 편입되어 '닉 에이버슨'이 되었다. 남부와 수도는 워낙에 먼 데다가 서로 관심도 없다 보니 오스칼과는 연락한 지도 오래되었다.

"그래서 또…… 또 그런 일이 벌어지고 있단 말이지."

결국 몇 년 전 카론다의 영주가 된 닉은 몇 년 전부터 카론다에서 벌어지고 있는 이상한 일 때문에 골머리를 앓고 있었다.

"아무리 봐도 인신매매인데…… 본인들이 아니라고 하니 방법도 없군."

미혼의 젊은 남녀들이 자꾸 행방불명되고 있었다. 그런데 이상하게도 그들은 이미 가정을 이룬 채 카론다가 아닌 다른 곳에서 살아가는 게 아닌가.

언제 어떻게 왜 행방불명되었는지, 왜 거기에서 살고 있는지 물으면 멍한 눈빛으로 대답도 하지 않았다. 가족들이 울며불며 매달려도 마치 자아가 없는 것같이 '저는 이 사람과 결혼했어요'라는 말만 반복했다.

사랑에 빠졌다는 상대는 전혀 개연성 없는 늙은이이기도 했고 말이 통하지 않는 외국인이기도 했다. 하지만 이런 식으로 카론다의 젊은 남녀가 홀린 듯 사라지는 것은 좋지 않았다. 그것도 여러모로 찝찝하게 말이다.

벌써 알 수 없는 범죄 조직의 뒤를 좇은 지 몇 년이었지만 아무런 성과도 없고 피해자만 늘어나고 있었다. 영주로서는 굉장히 신경 쓰이는 일이 아닐 수 없었다.

"어쩔 수 없지."

그래서 결국 닉은 아주 단순한, 그러면서도 굉장히 강력한 해결책을 냈다.

"앞으로 카론다에서는 외부인을 받을 때 조건을 걸겠다."

닉이 선언한 그 '조건'은 조금 우스꽝스럽지만 어쩔 수 없는 선택이었다.

"결혼했거나 결혼을 약속한 연인과 함께 온 경우만 들여보내도록 해."

그러니까 외부인과 사랑에 빠져 떠나는 듯한 모양새이니 그것을 원천 차단하겠다는 것이었다.

닉의 명령에 카론다로 들어오는 모든 길에는 사람들이 배치되었다. 그 명령을 따르기 위한 시스템 역시 순식간에 닉의 주도 아래 일사분란하게 만들어지기 시작했다. 그리고 교류가 잦은 남부 지방에 이 사실을 알렸다.

물론 멀리 있는 수도에서 갑자기 워프로 카론다의 접경에 접어든 이안과 아나벨은 그것을 도착해서야 알게 되었다.

나는 가족들에게 라넬라의 행방을 파악했다며 그녀를 추적하고 오겠다고 거짓말을 했다.

"확실하지 않으니 잠시 다녀오기만 할게요. 요 옆, 로피스 영지니까 닷새도 안 걸릴걸요."

당연히 부모님은 빠르게 아론을 내밀었다.

"혼자는 위험해. 이거라도 데려가렴."

"입수한 정보에 따르면 여성 전용 목욕탕에 있대요. 어차피 아론은 아무 도움이 안 돼요."

"……."

그렇게 나는 쉽게 아론을 튕겨 냈다.

"곧 검술 대회잖아요. 무리하지 않고 대충 조사만 하고 올게요."

가족들은 라넬라를 잡아 오는 여정에 다른 사람을 고용하고 싶어 했지만, 겨우 설득하여 나 혼자 다녀오기로 했다.

"누님, 작전은요?"

"그런 건 실력 없는 애나 짜는 거야."

"그러다가 혹시 난감한 일이라도 생기면요. 심지어 복욕탕이라면서요."

"그런 건 남의 시선을 신경 쓰는 애나 걱정하는 거야."

그렇게 나는 가족들을 물리치고 무사히 시계탑에 도달할 수 있었다.

시계탑에는 이미 이안이 나와서 기다리고 있었다. 이안은 평상시와는 다르게 평민들과 비슷한 복장을 한 채였는데, 그럼에도 불구하고 귀티가 났다. 심지어 동그란 안경까지 쓴 상태였다.

"크, 크흠. 나름 위장 수사라서 이렇게 입은 거야?"

"그렇지. 어차피 남부라면 나를 알아보는 자도 없을 테니까."

아무리 검술 대회 1위라고 해도 수도의 행사였고, 남부에서 어쩌다 누가 구경 왔다고 해도 관중석 먼발치에서만 보았을 것이다. 나야 뭐, 평민에 2위니까 남부에서 아예 존재감이 없을 터였고 말이다.

"어차피 우리가 워프할 거라고는 라넬라도 예상하지 못할 테니까 빠르게 끝내고 오자."

나는 '빨리 끝내는 작전'을 다시 한번 강조했다.

"워프라니 진짜 편하다. 마차 안 타도 되고."

이안은 나를 가만히 바라보다가 천천히 말했다.

"왜, 마차는 별로였어?"

"확실히 어제 그 마차는 좀……."

나는 한숨을 쉬며 중얼거렸다.

"같이 있으면 자꾸 이상한 생각만 들고."

"이상한 생각?"

이안의 붉은 눈이 똑바로 응시해 오자 나는 민망함에 귀를 긁적였다.

내가 계속해서 입을 다물고 있으니 이안은 천천히 손을 내밀었다.

"가자."

워프는 한 명만 동행할 수 있으며, 방법은 손을 잡는 거라고 로버트가 말했었다. 나는 자연스러운 접촉이라고 되뇌며 이안의 손에 내 손을 얹었다.

"처음부터 함께 가니 이제 당황해서 바보같이 헤맬 일은 없겠지."

"바보같이 헤매다니?"

"로노포디아 노예 암시장에서는 여러모로 예상치 못한 일이 많았으니까."

그러나 이안의 느긋한 말은 워프하자마자 사실이 아닌 것으로 판명 났다. 왜냐하면 우리는 카론다로 진입하는 길 앞에서부터 난관에 빠졌기 때문이다.

"결혼이나 약혼을 한 사이의 남녀만 들어오실 수 있습니다."

길을 지키고 있던 중년의 영지 기사가 시큰둥하게 안내하는 내용은 정말 충격적이었다.

"저희 영지 방침입니다."

나는 어이가 없어서 헛웃음을 지으며 반박했다.

"아니, 무슨 그런 이상한 규칙이 있어요? 이건 뭐, 규칙의 근본 없기가 외출 전에 거울 보지 말라는 급인데?"

"영주님이 직접 명령하신 일입니다. 싫으면 돌아가시든가요."

카론다의 영주라면 로버트가 '몇 년 전에 작위를 산 평민'이라고 언급했던 닉 에이버슨이라는 사람이었다. 아무래도 아주 이상한 사람인 것 같은데, 인신매매와 관련이 있나 의심스럽기까지 했다.

흑마법은 기본적으로 사람의 자아를 조종하는 것이었다. 영주가 직접 흑마법에 관여하고 있지 않다면, 인신매매단은 영주를 어떻게든 꼭두각시로 만들었을 것이다.

'들어가면 1순위로 조사해야지.'

물론 내 '조사'의 뜻은 검 들이밀고 대답을 강요한다는 의미였다.

"어쨌든 두 분, 결혼하셨나요?"

"아, 아뇨!"

나와 이안은 화들짝 놀라서 반사적으로 고개를 저었다.

하지만 나는 엄청난 순발력으로 재빠르게 판단했다. 두 번째인 '그러면 약혼하셨나요?'에도 고개를 저으면 영원히 카론다에 들어갈 수 없을 것이다.

"하지만!"

거짓말을 잘 못하는 이안이 두 번째 질문에도 똑같이 부정하기 전에 나는 어쩔 수 없이 그의 팔짱을 꼭 꼈다.

"결혼을 약속한 연인이랍니다."

8장

연애와
연기 사이
I

"네? 이안 님이 외출하셨다고요?"

아론은 평상시처럼 웨이드로스 기사단에 출근했다가 이안의 부재를 알고 살짝 놀랐다.

"이런, 세상에……."

그는 이안이 없는 기사단을 보며 조용히 중얼거렸다.

"……너무 좋군요."

아론의 얼굴에 슬금슬금 미소가 걸렸다.

"역시 직장에 상사가 없으면 신나는 법이죠. 하루가 순식간에 가겠어요."

입이 귀에 걸린 그는 설렁설렁 오전 시간을 보낸 뒤 레슬리와 티타임을 가졌다. 농땡이를 절대 허용하지 않는 이안이 있었더라면 이런 일과는 불가능에 가까웠다.

휴가 끝에 웨이드로스에 복귀한 사람은 아론뿐만이 아니었다. 오스칼 역시 공작가로 돌아와서 티타임의 디저트가 몹시 훌륭해졌다.

"역시."

레슬리는 눈을 가늘게 뜨며 행복한 듯 중얼거렸다.

"웨이드로스 공작 부인이 되어서 제일 좋은 건 쓸 수 있는 돈이 많아졌다는 거고, 돈이 많아서 좋은 건 오스칼 레인필드를 고용할 수 있다는 거야."

실제로 오스칼을 공작저 전용 셰프로 초빙하기 위해 레슬리는 자신에게 배정된 예산까지 탈탈 털어 넣었다.

"웨이드로스 공작 부인 자리를 노리던 수많은 여성분들이 그 말을 들으면 슬퍼하겠군요."

아론은 능청스럽게 말했다.

"물론 사랑이라는 단어를 원하셨을 공작님께서도요. 공작님께서는 공작령 시찰을 나가셨다지요?"

"응. 갑자기 날짜를 당겼더라고."

"갑자기요?"

"요새 그이가 좀 정신이 없나 봐. 어제 아침 댓바람부터 우리 데이트 마차에 꽂으며 뭐며 장식해 놓으라고 난동을 피우더니 정작 다른 마차들을 다 이끌고 나간 거 있지?"

레슬리는 걱정스럽다는 듯이 말을 이었다.

"그래서 결국 이안이 그 마차를 끌고 갔지 뭐니? 아나벨이 갔다 와서 뭐라고 안 하든?"

"딱히 별말은 없었습니다."

아론은 눈을 굴리며 대답했다.

"사실 누님은 좀 변했습니다. 훨씬 더 착해지셨어요. 예를 들면……."

그가 천천히 말을 골랐다.

"아나벨 나디트일 때에는 막무가내인 어머니만 닮아 보였는데, 레인필드에 들어오고 나서는 선량한 아버지의 피가 강하게 발현되고 있어요."

"재미는 없겠구나."

레슬리는 한숨을 쉬며 말했다.

"하지만 뭐, 변할 수도 있지. 이제 가족들에게 사랑받고 있으니 말이야."

그리고는 눈썹을 치켜 올리며 덧붙였다.

"사랑은 사람을 변하게 하잖니?"

"뭐, 그렇죠."

아론은 순순히 대답하며 턱을 괴었다.

"그럼 이안 님도 사랑을 하면 변하게 될까요?"

"글쎄. 솔직히 나를 많이 닮아서 연애에는 재능이 없을 것 같지만……."

레슬리는 눈을 깜빡이며 말을 이었다.

"정말로 원하는 여자가 생기면 갑자기 각성해서 브레이든 같아질지도?"

"공작님은 어떠셨는데요?"

"음…… 원래 우리 사이가 절대 좋지 않았거든? 아무래도 사이가 사이이니만큼. 그러니까 다짜고짜 고백하고 그러면 당연히 훨씬 더 멀어졌을 거야."

그때 어떻게 그에게 넘어가게 되었는지 자세히 생각은 안 났지만, 레슬리는 간신히 기억을 더듬었다.

"근데 아주 천천히, 차근차근 사이를 좁혀 가기 시작했던 것 같아."

"오오, 의외로 정상적인데요?"

"그동안 참 많이 알고 있다고 생각했는데도 가까워지니 아예 새로운 모습이 보이더라고."

"그럼 우리는 여기서 하나의 가설을 세워 볼 수 있겠군요."

아론이 손뼉을 한 번 치며 정리했다.

"국민노잼인 이안 님도 사랑에 빠지면 아무도 예상하지 못 한 새로운 면모를 보일 수도 있겠어요."

"무슨 모습일지는 본인도 모르겠지."

레슬리는 재미있다는 듯이 덧붙이고 깔깔거리며 웃었다.

"가짜 연애라도 한번 해 봐야 감이라도 잡을 텐데."

우리는 도착하자마자 마주한 첫 번째 난관 앞에서 진땀을 흘리고 있었다. 일단 이안에게 매달려 영지 기사 앞에서 우리가 결혼을 약속한 연인이라고 했지만, 당연하게도 그는 영 믿는 눈치가 아니었다.

"……사실입니까?"

하긴 정상적인 추론 능력이 있다면 의심하는 것이 맞았다. 조건이 말이 안된다며 짜증 낼 땐 언제고 바로 태세를 전환하는 것이 누가 봐도 수상할 것이 뻔했다.

"지금 연인 사이라고 급조하신 것 같은데."

원래 길목을 지키고 있는 영지 기사 정도면 근무에 좀 태만할 만도 한데 쓸데없이 안목이 지나치게 날카로웠다. 물론 나는 날카로운 시선 앞에 굴하지 않는 뻔뻔함을 갖고 있었다.

"진짜예요. 그렇지, 이안?"

나는 생긋 웃으며 이안에게 더 매달렸다.

'연애 비슷한 것도 못 해 봤을 텐데 대충 장단은 좀 맞출 수 있으려나.'

물론 그런 건 나도 못 해 봤지만 그래도 이안보다 더 잘할 자신은 있었다.

'넌 그냥 고개나 끄덕여라.'

이안에게 거는 기대치는 거의 없다시피 했다. 뭘 해도 발 연기일 테니 부디 최소한으로 말하기만을 빌어야 했다. 지난 노에 암시장에서의 경험상 이안은 상황 파악이 빠르고 자기 이해도 잘되는 편이었으니 그 정도는 협조할 것이라고 믿었다.

"급조한 연인이라고 의심받다니 나 자신에게 실망스럽군."

이안이 씩 웃으며 팔짱을 낀 내 손에 자신의 손을 얹었다.

"나의 벨에게 내가 충분히 다정해 보이지 않았나 봐."

이제 발 연기를 조심해야 할 사람은 내가 되었다. '나의 벨'이라니! 벨이라는 애칭도 웃긴데, 심지어 소유격이라니! 나는 당황스러움을 꾹꾹 감추며 아하하하 웃었다.

"그래. 앞으로 노력해 봐. 잘하라고!"

영지 기사는 우리를 가만히 보고 있다가 문득 물었다.

"동시에 대답하십시오. 두 분께서 만난 지 얼마나 되었습니까?"

우리는 동시에 대답했다.

"8년!"

"2년?"

8년을 말한 사람은 나고, 2년을 말한 사람은 이안이었다. 아니, 8년 전에 만났는데, 2년은 또 어디서 나온 수치인 것가. 영지 기사가 혀를 찼고, 나는 '망했다'라고 생각하기 전에 얼른 수습했다.

"아니, '만난다'라는 말이 중의적이잖아요! 처음 만난 건 8년이고 연인이 된지는 2년, 뭐 이런 뜻이에요."

"후우."

성실 근무 모범 표창장이라도 받아야 할 것 같은 영지 기사는 우리를 가만히 노려보다가 한숨을 쉬었다.

"어쩔 수 없군요. 그냥 들여보내기에는 의심스러우니……."

이안의 팔짱을 낀 내 팔이 미세하게 떨렸다. 사실 우리 둘이 합심하면 천하무적이라고 생각했는데, 맨 처음 마주친 영지 기사에게서 막히다니. 그렇다고 무고한 모범 성실 근무자인 영지 기사를 때려눕히거나 따돌려서 마구잡이로 진입할 수는 없는 노릇이었다.

유능한 검사가 난입한다는 이유로 영지가 시끄러워지는 건 원치 않았다. 혹시라도 우리 예상대로 이곳에 라넬라가 머물러 있다가 몸을 숨기기라도 하면 낭패였기 때문이다.

'못 들여보낸다고 하면 어떻게 해야 하나. 플랜 B가 없는데.'

그냥 영지에 진입해서 닉 에이버슨이라는 영주부터 만난 다음 흑마법부터 속전속결로 해결하려는 것이 작전이었는데. 왜냐하면 로버트의 조언도 그렇고, 어찌 되었건 영주가 좀 수상했기 때문이다. 처음에는 인신매매단을 전혀 못 잡을 정도로 무능한가 싶었는데, 접경 지역에 이렇게 성실한 영지 기사를 배치해 놓은 걸 보면 그것도 아닌 것 같았다. 그러니까 아무래도 흑마법에 걸려 있거나 아니면 관계자거나…….

'앞으로 작전이라는 걸 좀 자세히 짜야 하는 건가.'

그렇게 내 뇌가 준비 운동을 하고 있을 때였다.

"……동행해 주서야겠습니다. 애매한 경우 영주님이 직접 판단하시겠다는 지시가 있었으니까요."

나와 이안은 서로 눈짓을 주고받았다. 모로 가도 영주만 만나면 되는 일이었는데, 아주 좋은 전개였다.

'굳이 쓸데없는 작전을 안 짜서 다행이네. 덕분에 뇌세포 아꼈군.'

영지 기사가 뿔피리를 한 번 불자 금세 이제 여덟 살이나 되었을까 싶은 종자 소년 하나가 달려왔다.

"폴, 영주님께 안내해라. 내가 출입을 판단할 수 없는 외부인이다."

"예! 알겠어요."

붉은 머리에 주근깨가 가득한 소년 폴은 의기양양한 표정으로 우리를 바라보았다.

"따라오세요. 지름길로 안내해 드릴게요."

그래서 나와 이안은 작은 소년을 따라 오솔길을 걸었다. 나는 별생각이 없었는데, 이안은 뭔가 이상했는지 소년에게 말을 걸었다.

"왜 너같이 어린 종자한테 이런 임무를 주지? 우리가 어떤 사람일 줄 알고."

"아."

폴은 중대 임무를 맡은 그 나이대 소년답게 신나서 말했다.

"여기서는 젊은이들이 제일 위험하거든요. 언제 어떻게 이상해질지 몰라서 중요한 임무는 안 줘요."

나와 이안은 눈빛을 교환했다.

"이상해진다고?"

그러고 보니 접경을 감시하던 영지 기사도 중년의 나이였다. 흑마법은 사람의 자아를 희미하게 하는 마법이었다. '이상해진다'라는 건 아마도 흑마법의 영향이 틀림없었다.

"영주님은 어떠셔?"

나는 심각하게 물었다.

"혹시 영주님도 이상하고, 막 그렇지는 않아?"

"영주님이라면 특별히 이상해지시지는 않았어요. 왜냐하면 원래부터 이상하셨거든요."

폴은 재잘거리며 대답했다.

"처음부터 영주 성에 사용인을 딱 두 명만 두셨어요. 그리고 자기 물건, 자기 식사, 자기 신변 무조건 다 직접 관리하세요."

보통 영주라면 많은 사용인을 거느렸다. 성 살림은 물론이고 개인의 호위를 위해서라도 말이다.

"자기 한 몸 잘 건사하실 만큼 살림꾼이시고, 검술로는 남부에서 제일 뛰어나실걸요. 약간 그 검술이 근본 없다는 게 중론이지만요."

남부는 원래 타 지역과 교류가 적은 만큼 마찰도 없어서 검술이 잘 발달하지 않았다. 그러므로 남부에서 뛰어나다고 해도 그저 그럴 확률이 높았다.

"하지만 영주씩이나 되어서 굳이 살림도 직접 하고 호위도 안 둔다고?"

"돈이 아까우시대요. 다 혼자 할 수 있으시다던데요."

다른 영주들이 그걸 혼자 못 해서 사용인을 두는 것이 아닌데…….

의아한 내 표정을 눈치챈 폴이 히죽 웃으면서 덧붙였다.

"좀 많이 짠돌이세요."

"……"

평민 출신으로 작위를 샀다더니 대단히 돈을 아끼는 수전노인가 보다. 나는 이안에게 '이상한 사람은 맞나 봐'라고 속삭이려다가 멈칫했다. 루비 반지가 반짝이고 있었다. 로버트가 수도에서 안부를 물어 오는 것이었다.

나는 반짝이는 반지를 보며 무심코 중얼거렸다.

"도착한 지 얼마나 되었다고……"

얼른 루비를 꾹 눌러 이쪽에서도 잘 있다는 신호를 보내던 차였다. 문득 이안의 시선 역시 반지에 박혀 있는 것을 발견했다.

"되게 신경 쓰이시는 모양이네."

내가 아무 생각 없이 그에게 말을 걸었을 때였다.

"그러게, 벨."

폴을 따라 오솔길을 걷는 내내 자연스럽게 우리는 팔짱을 낀 상태였다. 그런데 그가 반지를 낀 내 손을 다시 잡아 왔다.

"내가 옆에 있는데."

심지어 느긋한 어조로 말하며 손깍지까지 끼는 것이 아닌가. 손가락 사이로 낯선 체온이 느릿하게 얽혀 들었다.

"어련히 잘 있을까 봐. 너도 수도는 신경 꺼."

부드러운 손길에도 불구하고 나는 숨이 막힐 것처럼 놀랐다. 내가 경악에 찬 얼굴로 이안을 바라보니 그가 턱 끝으로 앞을 가리켰다.

"다 왔어, 카론다의 영주 성."

"아."

벌써 눈앞에 꽤 커다란 성이 자리 잡고 있었다. 이제 영주인 닉을 만날 테니 본격적인 연인 행세를 하려는 거였다. 나는 귓가에 달라붙었던 다정한 속삭임을 잊으려고 애쓰며 고개를 끄덕였다.

우리 앞에서 팔랑거리며 종종걸음을 치던 폴이 뒤를 돌아보며 말했다.

"제가 지름길로 안내한다고 했잖아요."

폴은 뿌듯한지 씩 웃었다.

"제게 감사하시게 될 거예요. 다른 길로 왔다면 한 시간은 더 걸렸을걸요?"

하긴 안내하는 숲길이 몹시 외진 것을 보아 사람들이 잘 모르는 길임이 틀림없었다. 그래도 나는 아이들이 으스댈 때 바로 칭찬해 주는 타입이 아니었기 때문에 일부러 어깃장을 놓았다.

"한 시간 정도야, 뭐…… 그냥 영지 구경도 할 겸 둘러봐도 괜찮았는데."

"모르시는 말씀."

폴은 전혀 기가 죽지 않고 당당하게 말했다.

"한 시간 늦었다가 하루 늦어질걸요?"

"……하루?"

의아하다는 내 말에 폴은 키득대며 대답했다.

"네. 형이나 누나처럼, 자격이 되는 외부인인지 아닌지 헷갈리는 사람들을 모두 영주 성으로 데려오라고 하셨거든요."

폴이 신나서 설명을 이었다.

"근데 워낙 꼼꼼히 살펴보시는지라 한 커플당 몇 시간씩 걸린대요. 그래서 대기가 꽤 길어요."

"대기가 걸릴 정도인데 그걸 혼자 보고 있단 말이야? 나눠서 보면 안 돼?"

내가 경악하며 묻자 폴이 냉큼 말했다.

"중요한 일이라서 남을 믿을 수가 없대요. 그런데 원래 영주님은 아무도 안 믿고 좀 괴팍하세요."

폴은 고개를 갸웃하며 말을 이었다.

"젊었을 때 엄청 잘생기셨을 것 같은데 독신이신 게 하나도 이상하지 않아요. 성격이 워낙 특이하셔서……."

애초에 돈 아깝다고 이 큰 성에 사용인을 두 명 둔다는 것부터가 특이했다.

"사용인이 두 명이라고 했지? 어떤 사람들이야?"

"마구간지기 한 명하고 집사 한 명이요. 두 분 다 할아버지들이세요."

영주들 중 이렇게 단출하게 사는 사람은 없을 것 같았다. 내가 질렸다는 표정을 지어 보이자 폴이 다소 편을 들어 준다는 것처럼 말했다.

"그래도 영지 관리는 정말 잘하시는데……. 영지가 이상해지기 시작하면서 스트레스를 많이 받으시는 것 같아요."

"그렇구나."

만일 영주가 흑마법에 걸린 것이 아니라면 좀 불쌍했다. 외부인을 직접 다 만날 정도로 영지를 관리하는데 인신매매가 몇 년째 안 잡힌다면 말이다.

폴은 성문 앞까지 우리를 안내했다.

"오도르 할아버지! 여기 두 분, 결혼할 사이의 외부인이래요!"

성문 앞에는 백발의 노인 하나가 앉아서 꾸벅꾸벅 졸다가 우리를 보고 눈을 게슴츠레 떴다.

"원래 마구간지기이신데, 요즈음 문지기도 하고 계셔요. 그럼 여기서 안내받으세요."

폴은 재빨리 말하고 딱히 인사도 없이 사라졌다.

마구간지기는 우리를 흘끗 보더니 이안에게 열쇠 하나를 건넸다.

"대기가 많아서 내일 오후 정도나 되어서야 영주님을 뵐 수 있을 거요."

어차피 내일 오후까지이니 대충 버텨야겠다고 생각한 나는 이안의 옆에서 재빨리 손을 내밀었다.

"뭐요?"

마구간지기는 내 손을 보며 퉁명스럽게 물었고 나는 당연하다는 듯 대답했다.

"제가 묵을 방 열쇠도 주셔야죠."

내 말에 마구간지기가 미간을 찌푸렸다.

"무슨 소리요?"

마구간지기는 항의를 원천 차단한다는 듯이 단호하게 말했다.

"지금 다들 하나씩 배정하고 있는데. 둘이 쓰기에 충분히 넓은 방이오."

그가 눈을 가늘게 뜨며 말했다.

"지금 안 그래도 방이 부족한데 누구는 방 하나를 주고, 누구는 방 두 개를 줄 수는 없소."

"하, 하지만……."

이안과 나는 놀란 티를 내지 않기 위해 필사적으로 노력해야 했다. 왜냐하면 마구간지기가 의심의 눈초리로 우리를 바라보았기 때문이다.

"어차피 결혼할 사이라고 하지 않았소. 한방 쓰는 거야 별일 아니지. 312호 라고 적힌 방을 쓰면 되고, 집사 양반이 부를 때까지 거기서 기다리시오."

여기서 절대 같은 방은 쓸 수 없다며 방방 뛸 수야 없었다. 게다가 저 멀리 길에서 아이 한 명이 외부인으로 보이는 사람들을 데려오고 있었다.

"뭐 문제 있소?"

"아, 아뇨……."

나는 어쩔 수 없이 고개를 끄덕이고 말았다. 애초에 먼저 연인 행세를 하자고 한 건 나였으니 누구를 원망할 수도 없었다.

"아예 카론다 밖으로 떠나는 것이 아니라면, 영주님의 허가가 떨어질 때까지 성을 나갈 수는 없소."

"그럼 식사는 제공해 주는 겁니까?"

이안이 공손하자 물어보자, 마구간지기가 부루퉁하게 대답했다.

"1층에 주방이 있으니 만들어 먹으소. 재료도 많이 구비해 놓았다오."

갑자기 불길한 예감이 들었다. 나는 조심스럽게 끼어들었다.

"그런 빨래와 청소는……."

"여분 옷은 옷장에 들어 있고 필요한 용품이 있다면 집사한테 요구하시오."

하긴 여기는 영주도 스스로 자기 몸을 건사하는 곳이었다. 그렇게 우리는 열쇠 하나만 가지고 영주 성에 입성했다.

우리는 312호라고 적힌 방에 들어간 뒤 잠시 침묵을 지켰다. 마구간지기의 말대로 두 명이 쓰기에 딱 좋은 방이었다. 어쩌지도 못하고 멍하니 서 있는데 노크 소리와 함께 문이 열렸다. 아주 피로해 보이는 노년의 남성이 우리를 무심하게 바라보며 인사했다.

"영주님을 뵈러 오신 외부인이시군요. 저는 이 성의 집사입니다."

늙은 집사는 무미건조하게 말을 이었다.

"아마 내일 오후…… 운이 나쁘면 내일 저녁쯤에 영주님을 뵐 수 있을 겁니다. 그러니 별일 아니라면 그냥 카론다를 나가 주십시오."

"죄송해요. 별일이라서요."

내 말에 집사가 모든 희망이 꺼진 얼굴로 한숨을 푹 쉬었다.

"알겠습니다. 혹시 질문이 있으시다면 저기 설렁줄을 당기십시오. 하지만 저는 몹시 바쁘니 되도록 알아서 해결해 주시길 바랍니다."

"어…… 네."

"순서가 되면 제가 다시 안내하러 오겠습니다. 그럼 이만."

그토록 지쳐 보이는 노인을 마주하고 난 후 절대로 설렁줄을 당기지 않겠다고 다짐했다. 집사는 퀭한 얼굴로 방을 나갔고, 우리는 또다시 둘이 남았다.

"아하하."

나는 어색하게 이안을 올려다보며 웃었다. 일단 그 순간만 모면하려고 연인인 척을 했는데 이런 결과가 나올 줄은 생각도 못 했다. 지은 죄가 있어서 어떻게 하면 용서를 구할 수 있을까 눈을 굴리고 있는데, 이안이 생각에 잠긴 눈으로 말했다.

"생각보다 여기 영주가 괜찮은 사람 같군."

"응?"

"저들에게 확실한 매뉴얼을 줬잖아. 판단할 수 없다면 자신에게 보내라고."

"그게 왜?"

"무슨 일이 생겼을 때 책임 소재를 남에게 두지 않겠다는 거지. 바빠도 자신이 다 책임지겠다는 거야. 아랫사람으로서는 편하지."

역시 기사단을 이끌고 있어서 그런지 집단의 생리에 대한 통찰이 빨랐다. 확실히 영지 기사들에게 '네가 판단해서 들여보내거나 쫓아내라'라고 지시했다면 아까와 같은 경우 그들은 몹시 난감해졌을 것이다. 하지만 '잘 모르겠으면 넘겨라'라고 명령함으로써 그들은 편해지고 영주인 닉은 매우 번거로워진 셈이었다. 그 예로 벌써부터 그가 만나야 할 외부인들이 잔뜩 밀려 있으니 말이다.

"이런 일이 벌어질 것을 예상했는지, 생각보다 체계도 잘 잡아 놓고……."

그도 그랬다. 사용인은 둘밖에 없는데 업무 분장을 확실하게 해 놓았고, 방마다 호텔처럼 호수를 매겨서 대기하기도 좋게 만들어 놓았다. 물론 오랫동안 사용하지 않은 방이라 그런지 썩 상태가 훌륭하지는 않았다.

"만일 흑마법에 조종당하고 있다고 하더라도 여러모로 안타까운 인재군."

"그래도 좀 이상한 인간 같아. 그런데 2년은 뭐야?"

나는 미간을 찌푸리며 아까 묻고 싶었던 것을 물었다.

"우리 8년 전에 처음 만났잖아. 갑자기 2년은 어느 맥락에서 나온 거야?"

"그때 둘 다 성인이 되지 않았나."

이안은 너무 당연하다는 듯이 말했다.

"결혼을 염두에 둔 교제를 신청하려면 당연히 성인이 되고 나서……."

"와…… 진짜 상식적이고 지나치게 모범적인, 그래서 참 재미없는 이유다."

그 이유를 짐작조차 못한 내가 쓰레기로 느껴지는 순간이었다.

그때였다. 또 한 번 내 손에 자리 잡고 있던 루비 반지가 반짝였다.

"이…… 음."

나는 머쓱하게 중얼거렸다.

"생각날 때마다 안부를 확인하시겠다더니, 또 우리 생각 중이신가 보네."

이안은 군은 표정으로 내가 반지의 보석을 누르는 것을 바라보고 있었다. 그러더니 한숨을 쉬며 몸을 돌렸다.

"일단 너는 여기서 대기하고 있어. 혹시라도 무슨 일이 있을지 모르니까."

나는 문밖으로 나가려는 그를 보며 급하게 물었다.

"어? 어디 나가게? 성 밖으로는 못 나간다고 아까 마구간지기가……."

"점심 식사 해야 할 것 아냐."

그는 무뚝뚝하게 말했다.

"대충 만들어 올게."

"……네가?"

지금, 이안 웨이드로스가 내 식사를 만들어 온다는 말인가?

너무 예상외의 상황이라 눈을 깜빡이고 있는데 그가 툭 내뱉었다.

"그럼 먼 길 함께 온 애인을 굶겨?"

9장

연애와
연기 사이
II

그는 그 말 한마디로 내 말문을 막아 버리고는 정말로 나가 버렸다. 나는 얼떨떨하게 다소 빛이 바랜 침대 위에 앉아서 기다릴 수밖에 없었다.

문득 아론이 예전에 이안에 대해서 한 말이 생각났다. 이안 웨이드로스는 검술 천재로 태어났지만, 훈련에도 그 누구보다 성실하다고 했다. 작은 초식 하나에도 최선을 다하며 뭐 하나도 허투루 하는 것이 없다고…….

'그래, 이안은 이 세계 최고의 모범생이지.'

갑자기 엄청난 가설이 떠올랐다.

'그럼 지금…… 저 인간, 나와 연인 행세도 정말 성실하게 할 모양인데?'

과연 이안은 얼마 되지도 않아 트레이에 식사를 가져왔다. 샐러드에 스테이크, 구운 감자와 과일이었다. 대단한 솜씨를 요하는 요리는 없었으나 딱 영양학적 균형이 맞는 식단이었다.

"어…… 음…… 네가 직접 구운 거야?"

나는 알맞게 익은 스테이크 한 조각을 먹으며 어색하게 물었다.

"이런 걸 네가 할 일이 있나?"

"기사단 모두가 비상시를 대비하여 이 정도는 할 줄 알아. 임무에 따라 야영 같은 것도 해야 할 때가 있으니까."

그는 내 앞에서 함께 식사를 하며 말했다.

"오스칼의 음식을 매일 먹을 테니 맛은 없겠군."

"맛없지 않아. 진짜야."

나는 냉큼 고개를 저으며 대답했다.

"리어드 개자식과 살 때는 거의 매일 퍽퍽한 이퍼 고기만 먹었는걸. 그거에 비하면 이건 만찬이야."

이안이 나를 흘끗 보고 나서 한숨을 쉬었다. 그러고는 정말 무뚝뚝한 목소리로 말했다.

"저녁 식사는 닭고기로 하려고 하는데 어때? 주방이 한산하다면 버섯튀김을 곁들이도록 하지."

"음…… 저녁도 해 주려고?"

"아침은 원래 잘 안 넘어가니 스튜가 좋을 것 같군. 토마토와 칠면조가 있었던 것 같은데……."

내일 아침 식사 식단까지 고민하는 걸 보면 아예 식사 전담을 할 모양이었다. 내가 혼란스러운 표정으로 이안을 바라보자 그가 담담하게 말했다.

"이퍼 고기나 먹으며 자란 애인에게 삼시 세끼 잘 먹일 생각을 하는 건 당연한 것 아닌가?"

"……."

"브로콜리 골라내지 말고 다 먹어."

나는 조용히 골라내었던 브로콜리를 다시 샐러드에 섞을 수밖에 없었다.

"잠시. 레몬은 씨를 빼야지."

나는 직접 내 접시에 있는 레몬 슬라이스의 씨를 빼 주는 이안을 멍하니 바라보았다. 부모님조차도 이렇게까지 세심하게 내 식사를 살피지는 않았다.

'아무래도 먹는 것을 챙기는 데 진심인 것이…… 레슬리 님을 닮았네.'

무관심 속에 자라난 어린 새싹 같은 나는 또 그 관심이 싫지 않았다. 그 대상이 아무리 성실한 메서드 연기 중인 이안이라고 할지라도 말이다.

"옷장 안에 실내복이 있다더군. 욕실에서 갈아입고 있어."

이안은 식사가 끝나고 나서 접시를 들고 나갔다. 그의 말대로 옷장을 뒤져 보니 저렴한 기성복이지만 나름 질이 나쁘지 않은 실내복이 있었다.

"대단하군."

나는 혀를 차며 중얼거렸다.

"여기 영주…… 일을 뭐 이렇게 잘해? 완전 호텔을 만들어 놨네."

호텔이라고 하기에는 셀프로 해야 하는 것들이 꽤 많았지만, 어쨌든 굉장히 철저하게 하나하나 계획해 둔 것이 눈에 보였다. 욕실에서 실내복을 다 갈아입 고 나오니 또 희한한 광경이 눈앞에 펼쳐져 있었다.

"……뭐 해?"

"침대에 먼지가 너무 많이 쌓여 있어서."

이안이…… 그러니까…… 웨이드로스 공작가의 장남이자 검술 대회 1위인 그 이안 웨이드로스가 암팡지게 청소를 하고 있었다.

"확실히 사용인들이 없어서 방 관리가 엉망이군."

나는 시트를 털고 있는 그를 또 멍하니 바라보았다.

'귀하신 몸이라 이런 곳에서는 잘 수 없나 보다'라는 가설과 '저 귀하신 몸이 왜 청소를 직접?'이라는 의문이 충돌했다.

"그나마 청소용품은 요청하니 바로 가져다줘서 다행이었어."

"어…… 응, 그래."

나는 소파에 엉거주춤 앉으며 어색하게 물었다.

"청소는 또 어떻게 할 줄 아는 거야?"

"그냥 하는 거지."

그는 무뚝뚝하게 대답하며 어디선가 가져온 하얀 베갯잇을 갈기 시작했다.

"애인의 잠자리 청결 정도는 당연히 직접 신경 써야 하는 거니까."

잠자리 청결이 당연한 애인의 의무인 줄은 몰랐는데, 그냥 이안의 기준이 아주 독특한 모양이었다.

방에 침대는 하나뿐이었다. 두 명이 잘 정도로 커다란 크기였지만, 이안이 열과 성을 다해 청소하는지라 당연히 그가 직접 자신의 잠자리를 체크하고 있는 줄 알았다.

"애인…… 그러니까 내 잠자리라고?"

"나는 소파에서 잘 테니 걱정 마."

"아, 아냐."

나는 재빨리 손을 내저었다. 그리고 마침 앉아 있었던 소파에서 몸을 흔들어 보이며 말했다.

"어차피 나, 리어드 개자식이랑 살 때 진짜 구리고 낡은 매트리스에서 잤었어. 일어나면 허리 아프고 막 그랬는데 그것보다 이 소파가 훨씬 나은데?"

"……."

이안은 잠시 한숨을 쉬었다.

"그 말에 애인을 소파에 재울 남자는 없으니 더는 논쟁하지 않기로 해."

"어차피 둘뿐인데 굳이 그렇게 애인 소리를 계속……."

"우리 사이에 논쟁은 지금껏 아주 충분했던 것 같은데. 8년이라는 시간이 부족했나?"

그 말은 언제나 논쟁의 이유였던 내 입을 다물게 하기에 충분했다.

내가 잠시 멈칫한 사이 이안이 재차 물었다.

"베개 높이는 이 정도면 괜찮은가? 이불 두께는 어때? 잘 안 맞으면 바꿔 오게 와서 봐 봐."

결국 나는 아까부터 마음에 걸리던 것을 이야기하고 말았다.

"……사실 베개는 좀 높은 것 같아."

"역시."

"이불도 좀 두껍고."

"알겠어. 잠시 기다리고 있어 봐."

아무래도 이안은 애인의 수발을 아주 살뜰하게 드는 타입인 것 같았다. 기사단을 철저하게 관리하던 그 버릇 어디 안 가고 애인에게까지 이렇게 지극정성이라니…… 참…….

'음…… 이거 좀 편한데?'

계속 애인 행세를 하면 굉장히 불편할 거라고 생각했는데 정반대였다. 그래서 나는 굳이 그의 애인 소리를 막지 않기로 했다.

칼론은 에딜린 공국에서 제국으로 돌아갈 채비를 하고 있는 중이었다. 황태자인 그가 굳이 이런 소국의 사절단을 자원한 이유는 한 가지였다.

"라기안 벨리시스, 마지막으로 다시 한번 묻겠다."

칼론은 그의 옆에 서 있는 거구의 사내를 바라보며 말했다.

"진정으로 아나벨 나디트…… 아니, 아나벨 레인필드를 꺾을 수 있다고?"

라기안이라고 불린 사내는 구릿빛 피부에 근육이 잘 잡힌 전사였다. 그는 고개를 끄덕이며 대답했다.

"저는 어릴 때부터 제국의 검술 대회를 참관해 왔습니다. 제국인이 아니어서 참가할 수는 없었지만 4년에 한 번씩 매번 가장 앞자리에서 그들을 봐 왔죠."

라기안은 백발을 쓸어 올리며 푸른 눈을 빛냈다. 커다란 체구와 잔뜩 달라붙은 근육이 보기만 해도 위압감을 불러일으키는 외양이었다.

"아나벨 레인필드 정도는 쉽게 이길 수 있습니다. 확신합니다."

"아나벨 정도는 쉽게 이긴다?"

"자세히 보면 어릴 때부터 쌓아 온 나쁜 습관들이 있을뿐더러 민첩성도 떨어지고 자신의 기척도 완전히 숨길 줄 모릅니다. 타고난 재능을 적절하게 다듬지 못한 결과지요."

라기안이 물 흐르듯이 말하며 혀로 윗입술을 훑었다.

"그 정도는 쉽게 이깁니다."

"이기는 것이 중요한 게 아니야."

칼론은 팔짱을 끼며 느긋하게 말했다.

"없애야지."

황후를 닮은 검은 머리카락이 길게 늘어져 있었다. 그는 로버트와 똑같은 초록빛 눈동자를 가지고 있었으나 훨씬 더 눈매가 날카로웠다. 외관상 황제를 빼닮은 로버트와는 분위기 자체가 달랐다. 칼론은 로버트를 향한 황제의 신임에는 황제를 닮은 외형도 한몫한다고 생각하고 있었다. 어쨌든 여러 가지로 마음에 들지 않는 이복형제였다. 그리고 그 이복동생에게 지금 상당히 귀찮은 사냥개들이 붙은 것이 틀림없었다.

그는 리하르트에게서 로노포디아 노예 암시장 소식을 듣고 난 뒤 바로 에딜런 공국으로 향했다. 제국에서는 이안이나 아나벨을 이길 자가 없었다. 즉, 사고로 위장하여 없애고 싶어도 없앨 방도가 떠오르지 않았다. 그래서 에딜런 공국에서 천재 검사가 나왔다는 말에 직접 만나러 사절단에 지원한 것이다.

천재 검사, 라기안은 다행히 돈으로 쉽게 움직일 수 있는 자였다. 그는 이안 웨이드로스를 이길 자신은 전혀 없다고 못 박았으나, 아나벨 레인필드의 이름이 나오자 혐오의 눈빛을 숨기지 못했다. 그리고 이안과 아나벨이 요즈음 함께 행동하고 있다는 말을 듣자마자, 어떻게든 아나벨 레인필드를 가만두지 않겠다고 호언장담하며 열의를 보이기 시작한 것이다. 예전에 악연이라도 있었나 싶을 정도로 열성적인 태도라서 칼론은 살짝 부담스럽기까지 했다.

"그럼 더 쉽겠군요."

라기안은 씩 웃으며 말했다.

"아나벨 레인필드를 없앨 수 있다니 정말 개인적으로도 많이 기쁩니다."

186

"사람 죽이는 건 사실 잘못하면 역풍이 불수도 있어서…… 신중하게 타이밍을 봐야 해. 여러 가지 변수도 생각해 봐야 하고. 몹시 거슬리는 건 사실이지만 당장 죽이게 해 주겠다는 말은 못하겠군."

칼론은 무심하게 느릿느릿 말했다.

"어차피 평민 집안의 여자애 하나야 로버트에게 이용 가치가 없으니 곧 버려질 테니까."

사실 그는 평민 여자애 하나에 큰 에너지를 쏟고 싶은 마음이 없었다.

"조금만 머리를 굴릴 줄 안다면 적당히 몸을 사리겠지. 그래도……."

그가 입꼬리를 끌어 올리며 말을 이었다.

"……방해한 것이 괘씸하니 그냥 빨리 없애고 싶기도 하고……. 제국에 돌아가서 결정해야겠군. 어쨌든 그럼 제국으로 동행하도록 하지."

칼론이 라기안에게 선금으로 보석 몇 개를 내밀었을 때였다. 비둘기 한 마리가 그에게 도착했다. 짧은 쪽지를 받아 본 그의 미간이 선연히 찌푸려졌다.

「아직 나머지 한 가지는 찾지 못했습니다. 죄송합니다.」

"……무능하기는……."

칼론은 곧바로 쪽지를 찢어 버렸다.

"맞지 않는 자리까지 올라가도록 뒤를 봐주었는데 도움이 안 되는군."

'나머지 한 가지'라 함은 이 세계에 있는 마지막 흑마법의 기원이었다. 그는 황실의 비밀 서고에서 우연히 '흑마법의 기원'에 대하여 알게 되었다. 이 세계에 존재하는 흑마법의 기원은 모두 세 개였다. 그중 두 개는 악마에게 제물까지 바쳐내 찾아냈다. 그리고 그것을 잘 이용할 수하들까지 꽂아 두었다. 그들은 흑마법의 기원을 다루며 인간의 자아를 없애 큰돈을 벌어다 주었다. 칼론에게는 그 돈이 필요했다.

황제는 로버트를 아꼈고, 로버트 역시 무슨 일이든 잘해 냈다. 아무리 황태자라고 할지라도 불안했다. 로버트의 최종 목표가 황위라는 것을 눈치챘기 때문이다. 로버트와 비교하면 여러모로 부족한 능력을 어떻게든 채우려면 돈으로 뒷공작을 하는 수밖에 없었다.

예를 들어 라기안을 고용하는 것만 해도 천문학적인 금액이 들었다. 물론 그만한 가치가 있는 자인 것은 확실했다. 대동하고 온 몇 명의 검술 전문가들은 라기안을 직접 보더니 '확실히 아나벨 레인필드보다 실력자입니다'라고 입을 모았다.

전문가들을 동원하는 데에도 돈이 든 것은 당연한 일이었다. 지금 유능한 황태자의 지위를 지키고 있지만, 사실은 돈으로 사람과 상황을 구매하여 위태롭게 유지하고 있는 것이나 마찬가지였다. 요즘은 황가나 귀족가라고 해서 모두 부유하지 않았다. 귀족보다 부유한 평민들이 많아지면서 신분제에도 자잘한 격동이 생기는 시대였다.

"에딜런 공국까지 보낸다는 쪽지 내용이 이따위라니."

칼론은 혀를 차며 이를 갈았다. 로노포디아 경매장을 운영하던 흑마법의 기원 하나가 사라졌으니 결국 카론다에 심어 놓은 하나만 남았다. 아직 찾지 못한 나머지 하나를 얼른 확보해야 향후 자금 조달에 문제가 생기지 않는다. 지금만 해도 재무부에서 장부 조작을 통해 간신히 급전을 돌렸기 때문이다.

그런데 신전의 조력자가 무능하기 짝이 없어 마지막 흑마법의 기원을 오랫동안 찾아내지 못하고 있었다. 이제 악마에게 바칠 제물도 더 이상 남아 있지 않았기에 신전의 도움이 절대적이었다. 역설적으로 악마에 대해서 가장 연구가 잘 되어 있는 곳이 신전이기 때문이었다.

그때였다. 또 한 마리의 비둘기가 날아왔다. 카론다에 심어 둔 그의 수하, 레이번에게서 온 쪽지였다. 쪽지를 읽은 칼론의 눈이 가늘어졌다.

"라기안, 아까 말을 정정하도록 하지."

"예?"

"제국에 도착하면 아나벨 레인필드를 없애 줘야겠어."

"세시안느, 내일까지 대기도실을 모두 청소해 놓으래."

"응?"

세시안느는 주방을 정리하고 오는 길에 청천벽력 같은 소리를 들었다.

"내일? 설마 나 혼자서?"

"그런 것 같아……."

말을 전해 준 룸메이트 성녀 역시 불쌍하다는 듯이 말꼬리를 흐렸다.

"아무래도 대신관님께서 너를 요주의 인물로 찍으시는 바람에."

세시안느는 한숨을 푹 쉬었다. 오리안스 대신관의 은퇴식 날, 견습 성녀였던 세시안느는 자신의 엄청난 신력을 수도 전반에 알린 것이나 마찬가지였다. 친자 검사란 아무나 할 수 있는 것이 아니었기 때문이다.

문제는 오리안스 대신관이 은퇴하고 난 다음에 벌어졌다. 새로운 대신관 자리에 오른 벨리녹 라킨스는 그다음 날부터 친자 검사를 부탁하는 온갖 서신에 시달리게 되었기 때문이다.

벨리녹은 그동안의 관례를 들어 모두 거절했다. 그러나 신전 내에서는 벨리녹이 왜 친자 검사를 무작정 거절하는가에 대해서 슬금슬금 다른 의견들이 오가고 있었다.

사실 벨리녹은 대신관이 되기에는 신력이 꽤 부족했다. 그래서 그가 다음 대대신관으로 지목되었을 때 의아하게 생각하는 사람들이 많았다. 그러니 세시안느가 사람들 앞에서 친자 검사를 성공한 이후, 신전에서는 말이 돌 수밖에 없었다.

"견습 성녀인 세시안느가 더 신력이 강할 것 같은데……."

"신력으로만 치면 세시안느에 비할 바가 아닐걸요. 그날 세시안느가 친자 검사 하는 것 봤죠? 사실 제대로 된 신탁이나 받을는지."

문제는 벨리녹이 그런 말을 듣고 한 귀로 흘릴 만큼 마음이 넓지 않았다는 점이다.

"네가 레인필드의 아들과 교제 중이라며."

벨리녹은 신전 사람들을 다 모아 놓고 세시안느를 불러 냉담하게 말했다.

"애초에 레인필드의 재력을 탐내어 친자 검사를 해 준 것이지? 신력을 그렇게 사사로운 감정에 이용해도 되나?"

하지만 세시안느는 아닌 것은 아니라고 말하는 정직한 성격이었다. 비록 그 자리에 많은 사람들이 있더라도 말이다.

"대신관님, 친자 검사는 행할 때까지 누가 누구의 자식인지 시행하는 사람조차도 모릅니다."

벨리녹의 얼굴이 붉으락푸르락했지만, 그녀는 끝까지 진실을 말했다.

"한낱 견습 성녀의 신력이 강하여 견제하려고 하시는 마음은 잘 알겠으나…… 제가 레인필드의 재력을 탐내어 친자 검사를 했다는 건 전제가 잘못된 추론입니다."

신전 사람들은 애써 웃음을 참았고, 벨리녹은 세시안느의 말에 뒷목을 잡고 숨만 헉헉 내뱉었다. 그 이후 벨리녹은 다시는 많은 사람들 앞에서 그녀를 부르지 않았다.

다만 그다음 날부터 세시안느에게는 온갖 잡일이 내려오기 시작했다. 레인필드처럼 속세에 물든 사람들과 어울리니 단순 업무로 마음을 정화해야 한다는 것이었다. 세시안느는 그 일을 다 해내느라 신전의 공식 행사에 참가할 수조차도 없었다.

"대신관님은 아마 너를 신전 사람들의 기억에서 잊히게 하고 싶은가 봐."

룸메이트가 세시안느에게 말했다.

세시안느는 한숨을 쉬며 정직하게 말했다.

"그러게…… 하지만 그게 잊힌다고 해서 잊히는 일인가, 뭐."

"근데 세시안느, 그거 들었어? 이안 웨이드로스 님이 어쩌다가 흑마법의 기원을 부수었다는 거."

"아, 응……."

"대신관님은 그걸 알 수 있을까?"

"그게 뭔지는 신도 모르서."

실제로 신 역시 이 세계를 관장하기에 다른 세계에서 온 흑마법의 기원이 뭔지 정확히 몰랐다.

"다만……."

하지만 세시안느는 선천적으로 타고난 풍부한 신력 덕분에 다른 사실은 알 수 있었다. 신력이 일정 수준 이상 몸에 차오르자 다른 길이 본능적으로 느껴졌기 때문이었다.

"엄청난 신력을 악마에게 바치면…… 알 수 있을지도 모르겠어. 어차피 흑마법의 기원은 악마들로 인해 이 세계로 넘어오니까."

"악마에게…… 신력을?"

"아마 다른 방법도 있겠지만, 일단 성직자들이 할 수 있는 방법은 그거 하나뿐이야."

세시안느는 신중하게 덧붙였다.

"하지만 이미 악마에게 신력을 바치는 것 자체가 흑마법을 번영시키겠다는 뜻이니까 우리에게 해당이 되지는 않지."

성직자가 악마와 거래했다는 것은 이미 내세를 포기했다는 뜻이었다. 아마 환생의 굴레를 거칠 때 극심한 패널티를 받게 될 것이다. 그러니 악마와 계약하는 것은 다음 생을 포기하는 어리석은 선택이었다.

"내 신력을 악마에게 모두 바치면 간신히 하나 정도는 알 수 있을지도……."

"와……."

룸메이트가 감탄했지만 세시안느는 딱히 대답하지 않았다. 지난번 받은 신탁에 따르면 아나벨이 그걸 알아보는 눈을 가졌다는데…….

물론 아나벨은 신력이 조금도 없으니 자신이 말한 방법과는 아예 다른 방식일 것이다. 단번에 알 수 있는 것도 아니고, 그나마 직접 보아야만 짐작할 수 있는 것 같던데.

세시안느는 아무리 정직해도 그 사실만큼은 이야기하지 않기로 했다. 사랑하는 남자의 누나가 위험해지는 것은 절대 안 될 일이었다.

'어쩌면 정말 아나벨 님만이 온전하게 이 세계의 흑마법을 뿌리 뽑을 수 있으실지도.'

그렇게 생각하면 아무리 신력이 넘쳐도 아나벨 앞에서 겸손해졌다.

세시안느는 생각난 김에 손을 모으고 아나벨을 위해 기도했다.

"부디, 걷고 있는 바른길에 편안함과 안락함이 깃들기를……."

그 기도는 아주 효과가 있었다. 아나벨은 지금 이안과 함께 있으면서 아주 편안하고 안락했기 때문이었다.

이안과 단둘이 있으면 몹시 불편할 거라고 생각했는데, 예상외로 지금 나는 아주 편했다. 나를 둘러싼 모든 환경이 그 어느 때보다 쾌적했고 심지어는 유익했다.

"마지막으로 이렇게 마무리하면 돼."

"오오……."

"이걸 꾸준히 해 주면 좋아. 나는 매일 아침 하고 있어."

"우와…… 알겠어."

나는 이안에게 검 손질법까지 배웠다. 이안이 들고 온 가방에는 검을 손질하는 아이템들이 들어 있었는데, 그가 내 검을 손질해 주니 날에서 아주 번쩍번쩍 빛이 났다.

"검 손질법을 제대로 배워 본 건 처음이야."

나는 이안이 손질해 준 검을 이리저리 둘러보며 감탄했다. 이제 닉 에이버슨이라는 그 영주를 기다리는 일만 남아 있었다. 그 말인즉 이 방에서 둘이 그냥 죽치고 있어야 한다는 뜻인데, 사실 정말 할 것이 별로 없었다. 그렇다고 해서 나름 잠입 수사인데 정원으로 나가 우리의 실력을 뽐내며 훈련을 할 수도 없고……. 그래서 우리는 한나절을 그냥 붙어 있었다.

그동안 나는 8년 동안 보지 못한 이안의 모습을 확인했다. 그는 나를 완전히 때려눕히던 야무진 손끝으로 온갖 방을 청소하고 요리를 하며 온갖 수발을 다 들었다. 방은 반짝반짝 윤이 났고 이제 하다 하다 내 검까지 빛나고 있었다.

"왜 아론은 이런 걸 안 가르쳐 줬지?"

"아론은 너보다 실력이 아래잖아."

이안은 무덤덤하게 말했다.

"검에 대해 이래라저래라 할 만한 군번이 못 되지."

"하긴……."

원래 검사들의 세계야말로 힘의 논리가 최우선이었다. 내 검이 아무리 엉망이어도 아론은 내게 딱히 조언을 하기 어려웠을 것이다.

"그럼 이건 이 세상에서 너만 해 줄 수 있는 거겠네."

내가 눈을 깜빡이며 다시 한번 검을 유심히 보자 이안이 헛기침을 했다.

"크흠, 뭐…… 그래 봤자 제국 내 검술 대회니까. 외국에는 나보다 더 훌륭한 검사가 있을 수도 있지."

"그런 검사들이랑 마주칠 일이 뭐가 있겠어."

나는 부루퉁하게 말한 뒤 검을 검집에 집어넣었다. 이제 또 할 일이 없어서 괜스레 뻘쭘했다. 이안은 주위를 둘러보다가 정말로 더 이상 손을 댈 곳이 없는 것을 확인하고 나서 내게 물었다.

"검 손질 말고, 또 배워 보고 싶은 건 없어?"

아마 이제는 마지막으로 내게 손을 대고 싶은 듯했다.

"검술은 자존심이 있으니 내게 배우겠다고 하지는 않겠지."

"내 스승님은 레슬리 님이야. 그 자리를 넘보지 않았으면 좋겠어."

나는 새침하게 대답하고 나서 미간을 찌푸리며 생각에 잠겼다. 모든 걸 다 잘하는 이안이라면 어떤 분야든지 최고의 과외 선생님이나 마찬가지였다.

'지금 할 일 없을 때 뭐라도 뽑아내야 해. 뭐라도. 애인 연기에 취해서 뭐든지 다 해 줄 때 막 질러야 한다고.'

나는 마음속 위시 리스트를 죽 훑다가 그럴듯한 것을 찾아 냉큼 대답했다.

"있어, 배워 보고 싶은 거."

"뭔데?"

"춤."

내 말에 이안이 의외라는 듯이 눈을 크게 떴다.

나는 머쓱하게 어깨를 으쓱하며 구구절절 설명을 늘어놓았다.

"왜…… 귀족들은 막 황실 연회에 가서 춤추고 그러잖아. 나도 옛날에 귀족이 될 거라고 생각했을 때 무도회 상상을 하고 그랬거든."

"왜 하필 무도회지?"

"왜냐하면 난 운동 신경이 아주 뛰어나니까 춤도 엄청 잘 출 것 같아서."

"…….'

나는 약간 꿈꾸는 듯한 목소리로 말을 이었다.

"몸으로 하는 것들 중에 춤이 가장 예쁜 거라고 생각해."

사실 오페라를 관람했을 때에도 노래보다는 무용수들의 움직임이 눈에 더 들어왔던지라 더더욱 춤을 한번 춰 보고 싶었다. 아버지가 눈물 바람으로 '역시 귀족이 되고 싶었던 거니…….' 같은 소리를 할까 봐 이제는 춤을 배워 보고 싶다는 말도 못 꺼내고 있었다.

"사실 나도 예쁜 거 좋아하거든. 그동안 예쁜 짓 한 번 안 하고 살았지만."

"알긴 아는군."

"어쨌든 한 번은 춰 보고 싶더라고. 근데 내가 귀족도 아니고 굳이 춤 선생을 부를 일은 아니어서."

"…….'

내 말에 이안은 침묵을 지키며 미간만 찌푸리고 있었다.

나는 문득 염치없이 너무 친한 척을 했나 싶어 쭈뼛쭈뼛하며 웅얼거렸다.

"시, 싫어? 미안. 근데 또 딱히 부탁할 사람이 너밖에 없어서."

"아냐."

내 없어 보이는 웅얼거림에 이안은 아주 심각한 표정으로 말했다.

"커리큘럼 생각하고 있었어. 네 수준과 신체적 조건에 맞춰서, 기초부터 심화까지."

그렇게 나의 '춤 한번 춰 보고 싶다'라는 소망은 '춤을 마스터하고 싶다'라는 빡센 목표로 나도 모르게 변질되었다. 뭐 그렇게까지 할 건 아니라고 만류하려는데, 이안이 모든 생각을 끝냈는지 천천히 일어나 내게 손을 내밀었다.

"자, 그럼 시작할까."

이 손을 잡으면 왠지 돌이킬 수 없는 길에 접어들 것 같은데.

"나밖에 없다는데, 최선을 다해야지."

"음…… 너무 최선을 다하면 부담스러운데……."

"검만 들어도 충분히 예쁜 것 같지만, 굳이 다른 방식으로 예뻐 보이고 싶다고 하니 최선을 다해야지."

그 무심한 말에 왜 귀 끝에 열이 오르는지 모를 일이었다. 이상한 설렘을 무시하려고 나는 일부러 아무렇지도 않게 그의 손에 내 손을 덥석 얹었다.

솔직히 내 생각에도 좀 어이없는 요구였다. 매일같이 등 뒤에 검을 들이대며 온갖 욕을 퍼붓다가 춤을 가르쳐 달라니.

'애인 대접 좀 해 줬다고 기고만장해서 이안한테 못 할 짓 하고 있는 거지.'

뻔뻔함이 좀 심하다는 생각이 들었지만, 나는 언제나 이안에게 뻔뻔했다. 그 생각을 하면 딱히 특별할 것도 없는 일이라서 좀 위안이 되었다.

"기본 스텝은 이렇게. 여덟 박자. 허리 펴고."

처음에야 생각보다 접촉이 많아서 좀 부끄러웠지만, 몸을 움직이는 일이라 또 쉽게 집중했다.

"사람 후려치려는 눈빛이 아니라 좀 그윽하게."

내가 잘 따라가자 수업은 거의 하드 트레이닝으로 변질되었다.

"아랫입술 깨물지 말고 미소. 못 하겠으면 적어도 이를 악물지는 마라."

중간에 이안이 차려 준 저녁 식사도 한 번 하고, 밤 10시가 넘어서야 춤 수업은 끝이 났다. 이안은 쉬는 시간 없이 혹독하게 가르쳤는데, 왜 웨이드로스 기사단이 빡세다고 하는지 충분히 이해가 갔다.

"객관적으로 말해 줘."

온갖 춤을 다 배우면서 하얗게 불태운 나는 헉헉대며 말했다.

"이 정도 추면 귀족들 사이에서는 어느 정도의 실력이야?"

이안 역시 쉬지 않고 가르쳐서 숨이 차는지 심호흡을 몇 번 하고 대답했다.

"……상위 10%."

상위 10%라는 평가에 나는 나름 만족스러워서 배시시 웃으며 대답했다.

"확실히 배우는 데 익숙하긴 하더라. 그동안 하도 많이 부대끼는 바람에 우리 몸이 서로 친해서 그런가 봐."

"몸이 친하다니. 논란의 여지가 있는 말을 그렇게 함부로 하지 마."

"마음이 친한 건 아니잖아? 그리고 그 말 해석을 이상하게 할 사람이 여기 어디에 있어? 우리 둘밖에 없는데."

이안은 옅은 한숨을 한 번 쉬고 욕실로 들어갔다. 몸을 움직인 바로 다음이라 씻으러 갔나 했는데, 시간이 좀 지나자 그가 그대로 나왔다.

"목욕물 온도 확인해."

"어? 내가 왜?"

"네가 할 목욕이니까."

"혹시…… 지금 내 목욕물 받아 준 거야?"

"그럼 안 씻으려고?"

"뭐, 음, 그래."

나는 냉큼 욕실로 들어가서 정말 딱 알맞은 온도의 목욕물을 보고 다시 한번 감탄했다. 이안 웨이드로스가 모든 걸 다 잘하는 줄은 알았지만, 수발까지 이렇게 잘 들 줄은 몰랐다.

'하녀로 태어났다면 최고 연봉을 받을 수 있었을 것을…….'

정말 부질없고 쓸데없는 상상을 하며 씻고 난 뒤 욕실에서 나오자 테이블 위에 레몬소다까지 한 잔 놓여 있었다.

"목욕하면 목마를 것 같아서 시원한 걸로 준비했어."

이안은 무뚝뚝하게 말했고 나는 나도 모르게 그를 보며 중얼거리고 말았다.

"와, 최고의 하루야."

"뭐?"

"기대하지 않은 싸구려 과자를 우연히 먹었다가 인생 단맛 찾은 기분이야."

나는 되는대로 말했다가 이안의 얼굴을 얼핏 보고 재빨리 덧붙였다.

"아, 네가 싸구려라는 얘기는 절대 아니고 그만큼 의외라는 뜻인데, 음, 한마디로……."

나는 횡설수설하다가 박수를 치며 정리했다.

"너랑 애인 하니까 진짜 좋다."

이안은 대답하지 않고 황급히 내 눈을 피했다. 그러곤 즉시 욕실로 향하다가 그답지 않게 휘청거리기까지 했다.

이안은 씻고 나온 뒤 잘 준비를 끝낸 아나벨을 보며 조심스럽게 말했다.

"같은 방을 쓰는 게 마음에 걸리면, 아무래도 내가 밖에 나가서……."

"그냥 자. 괜찮아. 뭐 어때."

"넌 지금 남녀가 한방에서 밤을 보내는데 그게 아무렇지도 않아?"

"아무렇지도 않은데?"

그녀는 냉큼 침대에 올라가 누우며 눈을 깜빡였다. 그 모습이 조금 귀여운 것 같아 이안은 더 어이가 없어졌다. 이런 모습을 다른 남자에게 보이는 게 아무렇지도 않다는 것이 은근히 신경에 거슬렸다.

"아니, 이게 아무것도 아닌 일이란 말이야?"

묘하게 가시가 선 이안의 말에도 아나벨은 태연했다.

"뭐…… 아무리 내가 자고 있다고 해도, 내 털끝 하나라도 건드릴 수 있는 남자는 이 세상에 너밖에 없는데……."

그녀는 지척에 놓인 그녀의 검을 툭툭 치며 말했다.

"너는 안 건드릴 거잖아. 그러니 아무렇지도 않지."

"아무리 그래도 세상에 믿을 놈 하나도 없다는 말이 있는데 어떻게……."

"아 몰라, 나는 너 믿는단 말이야. 이 세상에서 가장 상식적이고 신사적인 사람이잖아."

아나벨이 하품을 하며 못을 박듯 말했다.

"성인이 되기 전까지는 결혼을 염두에 두지도 않는다는 사람이 퍽이나 별 사이 아닌 여자를 두고 이상한 생각을 하겠다."

이안은 차마 대답하지 못하고 얼어 버렸다. 그리고 5분도 되지 않아 아나벨은 침대에서 대자로 뻗어 잠들었다. 색색거리는 숨소리가 규칙적인 것을 보아 숙면을 취하고 있는 것이 분명했다. 아무리 그래도 남녀 둘이 한방을 쓰고 있는데 조금의 경계심조차 없는 것 같았다.

이안은 소파에 누워 뒤척거렸다. 몇 번을 망설이고 나서야 슬쩍 고개를 들어 달빛에 비친 아나벨의 얼굴을 훔쳐보았다.

'미쳤군. 뭘 또 본다고.'

그는 빠르게 시선을 다른 곳에 두었다가, 결국 참지 못하고 또 한 번 그녀의 얼굴에 눈길을 주었다. 잠든 그녀의 얼굴은 아기처럼 평온했고 가슴이 규칙적으로 들썩거렸다.

춤을 가르쳐 달라니…… 그런 이상한 제안을 할 줄은 몰랐다. 감겨 오는 몸이 친숙하면서도 낯설어서 꽤 긴장했다. 그녀가 알아챌까 봐 오히려 수업에 집중해서 온갖 춤을 마스터하게 한 건 코미디 아닌 코미디였다. 아나벨이 그녀의 말 그대로 몸을 움직이는 데에는 천부적이어서 가능한 일이기도 했지만.

그녀와 춤을 추면서 아주 이상한 생각을 하기도 했다. 그녀는 평민이고 연회 같은 곳에 갈 일이 없었다. 그러니 이 아름다운 춤도, 가까운 거리에 느껴지는 숨소리도, 감겨오는 달콤한 몸도 그만의 것으로 남을 것이다. 그게 미치도록 기분이 좋아서 그는 자기 자신이 한심할 정도였다.

자세하게 회상하지 않으려 애쓰며 이안은 한 번 더 몸을 뒤척였다. 하지만 자꾸만 떠오르는 목소리는 몸을 뒤척인다고 해서 지워지는 것이 아니었다.

"너랑 애인 하니까 진짜 좋다."

이안은 한숨을 푹 쉬었다.

"하여간."

그러곤 어이없다는 듯이 중얼거렸다.

"잠 안 오게 하는 데에는 선수지."

"성인이 되기 전까지는 결혼을 염두에 두지도 않다는 사람이 퍽이나 별 사이 아닌 여자를 두고 이상한 생각을 하겠다."

아무래도 아나벨은 그를 좀 잘못 알고 있는 것 같았다.

닉은 수면 부족에 시달리고 있는 상태였다. 애초에 카론다에 방문하는 외부인이 많지는 않았지만 그의 성격상 대충대충 보고 넘어갈 수가 없었다. 그래서 자신들이 커플이라고 주장하는 외부인들을 몇 시간씩 면담하다 보니 피로가 쌓여 힘들었다.

"하, 이제 나이가 있으니 힘들군."

닉은 한숨을 쉬며 피곤한 눈을 쓸었다. 그는 이 자리까지 오르기 위해 산전수전을 다 겪었기 때문에 거의 아무도 믿지 않았다. 영주 성에서 방도 하나만

썼고, 몇 개 안 되는 소지품도 다 직접 관리했다. 그리고 방 깊숙한 곳에는 금화가 가득 쌓인 금고까지 숨겨 두었다.

"라넬라라도 있으면 도와 달라고 했을 텐데."

그나마 조금이라도 믿는 사람이 라넬라였다. 보육원에서 어릴 때부터 봐 왔기 때문이었다. 라넬라는 그들이 자란 보육원에서 손꼽히게 착한 애였다. 사람을 돕는 게 좋다며 돈도 안 되는 공공 병원 의사 보조로 취직하기까지 했다.

"오스칼이 미쳤지. 순한 라넬라를 두고 괴팍한 메릴린에게 꽂히다니."

어리석은 선택만 반복하던 오스칼이 이제 어떻게 살고 있는지는 알 수 없었다. 쌍둥이 동생인 오스칼의 소식을 전해 준 사람도 20여 년 전 남부에서 우연히 만난 라넬라였다.

"오스칼과 메릴린의 아이를 받는 걸 내가 도와주었거든……. 근데 사산이었어. 아는 사람들이 슬퍼하고 있는 모습은 도저히 못 보겠더라. 그래서 다 그만두고 남부로 내려왔는데 너를 만나다니! 신기하네."

"그럼 그 둘은……."

"공공 병원에서 아이를 낳다가 생긴 일이라면서, 돈에 집착 중이야."

"그렇다면 굳이 내가 연락하지 않아도 되겠군. 돈 버는 데 방해만 되겠지."

그 후로 라넬라는 닉과 계속 연락하고 지냈다. 그리고 그가 작위를 사서 영지를 갖게 되자 조용히 터를 잡고 싶다며 카론다에 정착했다. 라넬라는 맨 처음 영주 성의 하녀장 자리를 부탁했으나 닉은 줄 돈이 없다며 거절했다. 물론 그 당시에도 닉의 방에는 금화가 가득한 금고가 있었다. 자신에게 거절당한 후 라넬라는 근처의 동물 농장에서 일자리를 얻어 나름 잘 살았다. 얼마 전, 나이가 들자 수도에 올라가 살고 싶다며 떠났지만 말이다.

"영주님."

한 커플을 세 시간 정도 취조한 결과 가짜라는 것을 밝혀낸 닉이 잠시 숨을 좀 돌리고 있을 때였다.

"다음 외부인들을 들일까요? 312호 사람들입니다."

"아, 그래."

더 이상 영지에서 일어나는 수상한 인신매매 건을 두고 볼 수 없었던 닉은 특단의 조치를 내린 것은 물론 그에 대한 철저한 대비까지 해 놓았다. 바로 영주 성 자체를 호텔처럼 만들어 모든 외부인들을 직접 상대하는 것이었다.

'몇 달만 고생하면 된다. 몇 달만 깐깐하게 하면, 더럽고 치사해서 안 온다는 사람들이 늘게 될 거야. 카론다가 뭐 그렇게 대단한 곳도 아니고.'

그리고 닉은 '더럽고 치사한' 역할이라면 전문이었다.

"들어오라고 해."

닉이 피곤한 어조로 말하자 저 멀리서부터 티격태격하는 남녀의 목소리가 들려왔다.

"브로콜리 왜 안 먹었는데. 접시 뒤에 숨긴 것 설거지하면서 봤어."

"인간적으로 너무 많았다고. 어젠 다 먹었잖아. 그리고 브로콜리 안 먹어도 잘 살 수 있어."

"브로콜리는 비타민 C가 레몬의 두 배나 된다고. 그러고 보니 너 과일도 잘 안 먹던데."

"내 몸 구성에 관심 꺼."

"어떻게 그런 심한 말을 해?"

"심한 말이라니?"

"네 말에 따르면 오랫동안 친하게 지낸 몸인데 어떻게 관심을 꺼?"

"그렇게 내적 친분이 가득한 몸이어서 어제 밤늦게까지 빡세게 굴렸니? 숨 돌릴 시간도 없이."

"좀 무리였나……? 오늘 아침을 더 잘 챙겨 먹일 걸 그랬군."

"됐어. 뭐 단둘이 방에 있으면서 딱히 하고 싶은 다른 일도 없었잖아. 덕분에 정말 오랜만에 녹초가 돼서 잠들기도 했고."

집사가 한숨을 쉬며 고개를 저었다.

"요즈음 젊은이들은 참 남들이 듣는데도……."

적나라한 대화에 닉 역시 헛기침을 했다.

여자의 부루퉁한 목소리가 이어졌다.

"비타민 C가 부족해 걱정이라면 오늘 밤 레몬소다 두 잔 마시면 되겠네."

"무슨 계산법이 그래? 깐깐하게 따져 보면……."

"아바바바바바 안 들린다 아바바바바 잔소리는 안 들린다 아바바바바……."

"고개 흔들지 마. 머리카락 단추에 걸렸잖아. 이리 와 봐. 빼 줄 테니까."

닉은 속으로 이번에는 두 시간 정도만 질문 공세를 퍼붓고 허가해도 될 것 같다는 생각을 했다.

'서슴없는 스킨십, 자연스러운 잔소리, 오랜 시간 함께한 것 같은 편안한 말투…… 얘네는 진짜군.'

마음속으로 평가를 내린 닉이 관자놀이를 문지르며 새로 들어온 외부인들을 관찰했다. 연보라색 머리카락을 가진 호리호리한 젊은 여자가 종종거리며 먼저 들어왔다. 그리고 종알거리는 잔소리를 하며 꽤 곱상하게 생긴 남자가 따라 들어왔다. 안경을 쓴 금발의 체격 좋은 남자였다.

그리고 두 사람 다, 닉의 얼굴을 보자마자 눈이 휘둥그레졌다.

카론다의 영주라는 닉을 마주하고 난 뒤 나와 이안은 그대로 굳어 버렸다.

'아, 아버지?'

너무나 익숙한 이목구비의 중년 남성이 피곤에 찌든 얼굴로 우리를 내려다

보고 있었다. 눈을 깜빡이고 자세히 보니 미묘하게 다르긴 했다.

'음…… 눈매가 좀 더 날카롭고 인상이 훨씬 더 더러운데.'

"나 쌍둥이야. 형도 보육원에서 자랐는데, 일찌감치 뛰쳐나갔어."

조금 놀랍긴 했지만, 이게 어떻게 된 일인지 알 것 같았다.

이안이 뻣뻣하게 얼어 있다가 정신이 들었는지 내게 속삭였다.

"어떻게 된 일이야? 이것도 흑마법이야? 왜 오스칼 레인필드가 저기 있어?"

"아, 내 생각에는……."

나는 재빠르게 소곤거리며 대답했다.

"우리 아버지의 쌍둥이 형 같아."

"오스칼이 쌍둥이였다고?"

"응. 먼 지방에서 작위를 바꾸고 성을 갈아서 볼 일 없을 거라고 들었는데 이렇게 만나네."

우리가 목소리를 죽이며 속닥거리고 있자 닉, 그러니까 큰아버지가 미간을 찌푸리며 냉담하게 쏘아붙였다.

"둘이서 대화할 시간은 충분히 많지 않았나? 이제 여기 온 목적에 충실해지는 게 어때?"

"여기 온 목적이요?"

"너희들의 관계를 내게 증명해 봐야지. 둘만의 속삭임은 그만하고."

나와 이안은 가만히 큰아버지를 바라보았다. 사실 큰아버지가 하고 있는 말은 잘 들리지도 않았다. 지금까지 영주가 흑마법과 관련이 있다는 가설을 세워 왔는데, 당사자가 바로 내 혈육이었다니 몹시 난감했다.

"흑마법과 연관된 사람일까?"

우리는 둘만의 속삭임을 이어 갔다.

내 질문에 이안이 심각하게 대답했다.

"그렇다기엔 흑마법을 예방하고자 하는 것들이 너무 철저한데……."

이안은 아무래도 이틀 동안 여기에서 지내면서 영주의 능력을 높이 평가하게 된 것이 틀림없었다.

"차라리 흑마법에 걸렸다는 가설이 맞을 것 같은데."

나는 이안의 말에 고개를 저으며 대답했다.

"일단 눈빛으로 사람 몇 죽일 것 같은 게, 노예처럼 완전히 자아가 잠식된 건 아닌 것 같아."

우리가 로노포디아 암시장에서 본, 흑마법에 걸려 자아를 상실한 노예들은 눈이 다 흐리멍덩했다. 그 사실을 떠올리며 속삭인 내 말에 이안이 고개를 끄덕이며 작게 대답했다.

"매니저들은 어땠지? 흑마법의 수하가 된 매니저들은 멀쩡해 보였는데."

생각해 보니 매니저들과 일반인을 구별할 수 있는 방법은 없었다. 나는 진지하게 작전을 짰다.

"먼저 한 대 쳐 볼까? 흑마법을 쓰는지 안 쓰는지?"

물론 내 작전은 '최대한 빠르게 끝장내기'에서 크게 벗어나지 않았다.

"근데…… 흑마법 없애는 것에 진심 같긴 해. 인신매매를 막겠다고 이렇게 철저하게 외부인들을 감시하고 있는 걸 보면."

그때 큰아버지가 참다 참다 못 참겠는지 호통을 쳤다.

"무례하기 짝이 없군! 바빠 죽겠는데 지금 영주 앞에서 장난하는 건가?"

"무례하긴 했지만, 장난은 아니었어요. 중요한 이야기를 하고 있었거든요."

나는 나도 모르게 대답해 버렸다. 아버지가 아닌 걸 알지만 아버지의 얼굴과 똑같으니 기분이 아주 이상했다.

"너희한테나 중요한 이야기겠지! 바빠 죽겠으니 이제 질문을 시작하겠다."

"질문이요?"

"너희가 사기꾼들인지 아닌지, 진짜 결혼할 예정인지 아닌지 내가 직접 판단하겠다고!"

큰아버지는 버럭 화를 내며 이안을 손가락으로 가리켰다.

"일단 남자 쪽부터. 처음 만났을 때부터 최대한 자세히 세세하게 있었던 일을 모두 읊어."

지목당한 이안은 살짝 당황한 표정을 지어 보였다. 그리고 '먼저 한 대 쳐 보는 작전'은 일단 보류하기로 했는지 느릿하게 말하기 시작했다.

"8년 전 경쟁하는 입장으로 처음 마주했고……."

그의 낮은 목소리가 천천히 이어졌다. 그러니까 8년 전, 둘 다 얼네 살 때 검술 대회에서 마주친 순간을 이야기하고 있는 것 같았다.

"검 사이로 눈을 마주친 순간을 아직 기억합니다."

그의 목소리는 담담하면서도 회상에 젖어 있는 듯이 느릿해서 은근히 몰입이 잘되었다. 한심하다는 표정으로 우리를 바라보고 있던 집사의 눈마저도 가늘어질 정도였다.

"진지한 얼굴 뒤쪽으로 흩날리는 머리카락이 예쁘고, 검을 쥐고 있는 자태가 진지한 것이 아름다워 관중들의 함성 소리도 들리지 않았습니다."

당연히 거짓 연인 행세이니만큼 거짓말일 것이 뻔한데 이상하게 발끝이 간질거렸다.

"최선을 다해 달려드는 그 투기에 어딘가 모르게 감동했고, 이기고 나서도 왠지 가깝게 지내고 싶었는데."

내 볼이 발갛게 달아오르기 시작했다. 이안과의 첫 만남이라면 나 역시도 기억하고 있었다. 물론 우리의 첫 만남은 이안이 기억하는 것처럼 저렇게 아름답지는 않았다. 아베데스 후작가 형제에게 비난받고 난 뒤 악에 받쳐서 이안을 마주했다. 그리고 처참하게 패하고 말았다. 쓰러진 내게 열네 살의 이안이 손을 내밀었고, 그때 나는…….

"좋은 대련이었⋯⋯."

"꺼져, XX. 너한테나 XX 좋은 대련이었겠지."

그의 손을 툭 쳐 버린 후 욕설을 내뱉었었다. 신사적인 승자에게 굴복하지
못하는 전형적인 악당의 모습이었다. 내가 흑염룡 시절 과거를 회상하며 한숨
을 쉴 동안 이안의 말이 이어졌다.

"그건 첫인상뿐이었고, 완전 진상에 다짜고짜 욕하고 공격하는 게 추잡하여
무시하게 되었습니다."

은근히 현실 고증이 잘된 거짓말이라서 민망할 지경이었다.

"그러던 시간이 쌓이고 쌓여서 언젠가부터는 처음 마주친 그 떨림조차도 잊
었습니다."

나는 어설프게 웃으며 볼을 긁었다.

"그런데 어느 날 욕설 수준이 조금 더 낮아지고, 막무가내로 억지 부리며 비
겁하게 공격하는 횟수가 줄고⋯⋯."

칭찬이 아닌 것은 분명한데, 왜 마음이 두둥실 떠오르는지 모를 일이었다.

"그러다 보니 생각보다 나쁜 애는 아니었나 싶고, 점차 마주칠 일이 줄어 가
니 궁금하고, 궁금하다 보니 자꾸 신경이 쓰여서 더 관찰하게 되고⋯⋯."

이안은 내 쪽을 바라보지 않으면서 말을 이어 갔다.

"관찰하다 보니 눈에 박히게 되고, 보이지 않는 날도 생각이 나서⋯⋯."

"평범하게 우매한 족속 중 하나군."

이안의 말이 다 이어지기도 전에 큰아버지가 한숨을 푹 쉬며 끼어들었다.

"어리석은 인간들은 착했던 사람이 한 번 화내면 '쟤 왜 저래?'라고 욕해."

"어⋯⋯ 음⋯⋯."

"반면 늘 진상이던 사람이 한 번 잘해 주면 감동을 받는단 말이야."

심지어는 세상 냉소적인 표정으로 이안을 비웃기까지 했다.

"멍청하게도 그중 하나인 모양이네."

그동안 살짝 붕 뜬 것 같았던 기분이 와장창 깨졌다. 꽤 로맨틱했던 서사를 한순간에 어리석은 인간의 멍청함으로 압축시켜 버리다니. 멀쩡하게 생겨 가지고 지금까지 독신인 것이 바로 납득되는 순간이었다. 약간 몰입해서 듣고 있던 집사 역시 큰아버지를 보면서 질렸다는 듯한 표정을 지어 보였다.

"어…… 그게……."

이안마저도 살짝 당황한 기색이었는데, 그 순간 내 오른쪽 손에 있던 반지가 반짝였다. 그러니까 로버트의 연락이 또 온 것이었다. 거의 몇 시간마다 한 번씩 와서 이제 귀찮던 차였다.

그것을 바라보고 있던 이안이 덥석 내 손을 잡았다.

"그렇다고 할지라도 어쩔 수 없습니다."

'연기가 좀 과한데? 지금 큰아버지를 상대로 승부욕을 발동하고 있는 건가?'

내 생각을 아는지 모르는지 이안은 낮게 덧붙였다.

"날 함부로 대하는 건 괜찮아도, 다른 사람과 더 각별한 건 못 보겠으니까."

"뭐?"

"관심을 독차지하고 싶다는 말입니다. 그것이 미움과 혐오일지라도."

나는 이안의 말을 귓등으로 흘리면서 큰아버지에게 들킬까 빠르게 보석을 눌러 신호를 보냈다. 마법 아이템을 지니고 있다는 걸 알릴 필요는 없었다.

'로버트는 왜 굳이 이렇게 쓸데없이 자주 연락을…… 잠깐. 로버트…….'

나는 로버트를 떠올리다가 불현듯 어떤 사실을 깨달았다. 그때 매니저들은 예전 일을 기억하지 못해서 심문하지 못한다고 했다. 그래서 굳이 리어드를 심문하겠다고 하다가 내게 빚을 진 것 아니었나. 아무래도 큰아버지를 먼저 한 대 치는 막되어 먹은 짓은 하지 않아도 될 것 같았다.

나는 눈을 굴리다가 대뜸 큰아버지를 향해 물었다.

"영주님, 혹시 피도 눈물도 없는 성격의 오스칼 레인필드를 아시나요? 순진

하고 마음 여린 메릴린 레인필드는요?"

내 말에 큰아버지가 어이없다는 듯이 짜증을 냈다.

"뭐야? 여기서 걔네들 얘기는 왜 나오는데? 그리고 한참 잘못 알고 있군."

뭐 특별할 것도 없었다. 왜냐하면 큰아버지는 내내 짜증을 내고 있었으니 말이다. 다만 그 내용만큼은 주목할 만했다.

"한여름 눈사람처럼 눈물이나 질질 짜는 오스칼 레인필드와 성격이 철갑상어보다 센 메릴린 레인필드겠지."

나는 속으로 고개를 끄덕였다. 정말 과거를 정확히 기억하고 있었다. 이건 대충 껍데기만 뒤집어쓴다고 해서 보일 수 있는 반응이 아니었다. 정말 두 사람을 정확히 알고, 과거를 똑바로 기억하고 있는 것이 틀림없었다.

"혹시 수도에서 왔어? 돈에 미쳐 살고 있다더니 잘 있나? 뭐, 둘 다 손끝이 야무지니 잘 살고들 있겠지."

나는 나도 모르게 이안의 손을 꽉 잡은 채로 예를 갖추어 인사했다.

이제 굳이 숨길 이유가 없었다.

"어…… 안녕하세요. 이렇게 만나 뵐 줄은 몰랐지만……."

아무리 생각해도 흑마법에 걸리지 않은 이상, 큰아버지가 라넬라와 한패일리는 없었다. 오히려 라넬라가 한 일을 전달하면 길길이 날뛰지 않을까 싶었다. 왜냐하면 부모님의 이름을 말하는 큰아버지의 눈에 숨길 수 없는 걱정이 스쳐 지나갔기 때문이었다.

"아나벨 레인필드라고 합니다. 그러니까……."

내 이름을 듣자마자 큰아버지의 눈이 커졌다.

나는 머쓱하게 덧붙였다.

"……처음 뵙겠어요. 큰조카입니다."

나는 큰아버지에게 자초지종을 설명했다.

"그러니까 너희는 가짜 연인이고."

내 설명을 모두 듣고 나서, 큰아버지는 팔짱을 낀 채로 날카롭게 말했다.

"우리 영지의 인신매매를 조사하러 왔다는 말이지? 흑마법과 연관되어 있는 것 같다고?"

"예."

나는 또 큰아버지에게 구구절절 그동안 있었던 사연들을 다 말했다. 물론 이안의 정체나 로버트 황자가 뒤에 있다는 사실은 굳이 말하지 않아도 될 것 같아서 숨겼다. 모든 문제를 해결할 때까지는 매사에 조심하는 것이 맞다고 여겼기 때문이다.

"그리고…… 라넬라가 너와 죽은 다른 아이를 바꿔치기했다고."

"예."

"그걸 내가 어떻게 믿지? 네가 오스칼과 메릴린의 아이라는 사실을 어떻게 믿느냐 말이다."

과연 합당한 질문이었다.

"라넬라는 남부에 20여 년을 있었어. 내가 영주가 된 이후에도 우리 영지의 작은 농장에서 일하며 꾸준히 나와 친밀하게 지냈지."

나는 속으로 혀를 찼다. 우리가 예상한 대로 이곳에 라넬라가 있었다. 아마 흑마법과도 관련이 있을 것이 뻔했다. 카론다의 영주가 흑마법과 관계가 있다고 추측한 것도 어느 정도 맞았다. 그녀는 보육원에서의 친분을 이용하여 큰아버지 눈을 속이며 실컷 나쁜 짓을 하고 있었던 것이다. 등잔 밑이 어둡다는, 뭐 그런 말에 딱 맞게 말이다.

"잠시만요. 작은 농장이요?"

딱 봐도 작은 농장이 아니라 커다란 흑마법 사업장일 것 같은데.

"혹시…… 이 영지에서 벌어지고 있는 이상한 일에 대해서 설명해 주시겠어요? 그건 저를 안 믿어도 말씀해 주실 수 있는 거잖아요."

큰아버지는 수심이 가득 찬 얼굴로 한숨을 섞어 대답했다.

"어느 날 갑자기 혼기가 다 된 젊은이들이 사라져. 쥐도 새도 모르게 사라지니…… 다들 단순한 실종이라기보다는 인신매매라고 추측하고 있지."

아까 폴이 했던 '젊은이들이 가장 위험하다'라는 말의 의미를 알 것 같았다.

큰아버지가 천천히 말을 이었다.

"그중 대다수를 찾지 못했어. 그런데 기적같이 다른 곳에서 찾아낸 사람들도 있는데, 다들 아주 이상해져 있다고 하더군."

"이상해졌다면요?"

"거의 다 외지에서 가정을 이루고 살고 있어."

외지에서 가정을 이루는 것 자체는 평범한 일이었다.

하지만 수심에 가득 찬 큰아버지의 말이 이어졌다.

"그런데 언제 어디서 어떻게 카론다를 떠났는지도 기억 못 한 채, 그냥 자신은 이 사람과 살고 있다는 말을 앵무새처럼 반복해. 마치……."

나는 심각하게 반문했다.

"마치 자아를 잃은 사람들처럼요?"

"……그래."

확실했다. 이것은 무조건 흑마법이었다. 그리고 카론다에서 이 일을 주도하고 있는, 건방진 '흑마법의 기원'이 무엇인지도 알 것 같았다. 시점만 살짝 바꾼다면 어디서 많이 들어 본 레퍼토리였으니까.

"혹시 라넬라가 일했다는 그 작은 농장 말인데요."

나는 큰아버지의 눈을 보면서 반쯤은 확신에 차서 물었다.

"혹시 동물도 키우고 있나요?"

"동물이야…… 당연히 농장이니 몇 마리 키우지. 하지만."

다시 화제가 라넬라로 옮겨 가자 큰아버지의 목소리가 냉랭해졌다.

"나는 라넬라와 보육원에서 어린 시절 내내 함께했으니까 실제로 봐 온 시간만 해도 30년이 넘어가."

그는 나를 빤히 바라보며 덧붙여 말했다.

"그런데 지금, 생전 처음 보는 수상한 애인 너를 믿으라고?"

상식적으로 생각해 보면 그는 나와 초면이었고 당연히 경계할 수밖에 없었다. 물론 나는 여기에 친척을 찾으러 온 것이 아니었기 때문에 별달리 마음 상하지는 않았다.

"굳이 믿지 않으셔도 돼요. 라넬라를 붙잡아 온 뒤에 알아보시면 되죠."

나는 시원스럽게 대답했다. 심지어 쉬운 길이 있어 보였다.

"그런 의미에서 라넬라 좀 불러 주세요. 저희가 왔다는 건 비밀로 하고요. 다 같이 모여서 밝혀 보자고요."

친밀하게 지냈다니 함정 파기 딱이었다.

하지만 내 묘수는 바로 박살 났다.

"얼마 전에 수도에 갔어."

큰아버지가 미간을 찌푸리며 말했다.

"그 이후로 돌아오지 않았는데."

그 말을 들은 나와 이안의 표정이 동시에 굳었다. 우리는 서로 눈짓을 한번 교환한 후 똑같은 생각을 하고 있음을 알았다. 항상 남부에 있었던 라넬라가 다른 곳에 몸을 숨길 리가 없다. 게다가 카론다의 인신매매단은 아직 잡히지 않았다. 당연히 카론다에 숨어 들어왔을 테고 그 사실을 큰아버지에게 알리지 않은 것에 대해서 두 가지 추론을 할 수 있었다.

첫째, 라넬라는 언젠가 내 부모님과 나에 대한 일을 알 수도 있다고 생각했는지 더 이상 큰아버지 앞에 나타나지 않기로 했다는 사실이었다. 둘째, 그건 큰아버지가 더 이상 라넬라에게 효용성이 없다는 뜻이었고, 어쩌면 그래서 더 위험해질 수도 있다는 것이었다.

"큰아버지, 있잖아요……."

내가 급하게 말을 꺼냈을 때였다. '큰아버지'라는 호칭에 그가 살짝 놀랐는지 헛기침을 했다.

"크, 크흠. 큼. 크, 크, 큰아버지?"

"이건 큰아버지가 위험할 수도 있다는 뜻이에요."

나는 그의 헛기침을 무시하면서 진지하게 말했다.

"혹시라도 독을 섭취하고 계실지도 몰라요. 어디 불편하신 곳은 없으세요? 의사를 불러 보는 게 좋겠어요."

"그럴 필요는 없다. 어차피 영주 성에 들어오는 식재료는 다 꼼꼼하게 내가 직접 검수하니까."

"독살이 어렵다면 암살을 계획했을 텐데…… 제가 일찍 와서 다행이네요."

"크흠."

큰아버지는 짐짓 목을 한 번 더 가다듬으며 민망한 표정으로 말했다.

"어차피 핏줄이라고 해도 초면인데 그렇게까지……."

"제가 불행한 성장 배경 탓에 핏줄을 아주 소중하게 여기게 되는 부작용이 생겨서요."

나는 그를 바라보며 안도의 웃음을 지어 보였다.

"아직 별일 없어서 정말 다행이에요."

"뭐."

큰아버지가 콧김을 내뿜더니 툴툴거리며 덧붙였다.

"그래도 아직 나는 널 믿지 않아. 그렇게 웃으면서 내 안위를 걱정해도!"

"굳이 믿으라고 한 말은 아니었는데……."

"우리는 초면이라고, 초면! 게다가 나는 지금까지 내 첫 조카가 죽었다고 생각하며 살아왔어!"

큰아버지는 과장되게 소리 지르더니 갑자기 이안에게 고개를 돌렸다.

"그런데 너 말이야! 너!"

그러고 나서 눈을 부릅뜨며 이안에게 호통을 쳤다.

"일단 내 조카인 것 같은 애에게서 떨어져! 어차피 가짜 연인이라며! 얼른!"

큰아버지가 눈을 부라리는 바람에 나는 빠르게 이안의 손을 놓았다. 갑자기 이야기가 왜 이렇게 튀는지 약간 어안이 벙벙했다.

"너, 내 놀라운 감에 의하면 검 좀 잡아 봤다고 깝죽대는 얼뜨기 같은데, 이 기회를 틈타 집적대지 마라."

나는 큰아버지가 왜 라넬라에게 30년 넘게 속아 왔는지 알 것 같았다. 정말 놀랍도록 감이 좋지 않았다. 큰아버지가 이안에 대해서 한 말 중에 사실과 일치하는 것이 단 하나도 없었다.

그때였다. 갑자기 내가 있던 알현실의 문이 벌컥 열리면서 누군가가 뛰쳐 들어왔다.

"영주님! 저희 리나를 찾았습니다!"

중년의 여성이 어딘가 초점이 멍한 젊은 여자를 끌고 왔다.

"세상에, 애 아빠가 아릴라스에 갔다가 우연히 발견했다고 해요. 그런데 애 상태가……."

리나라고 불린 젊은 여자가 중얼거렸다.

"집에 가야 해요. 남편이 기다려요."

"남편은 무슨 남편! 네가 언제 결혼을 했다고! 그놈은 예전에 네가 차 버린 뒷골목 깡패잖아! 쳐다보기도 싫다면서 갑자기 왜 그 망나니와……."

"결혼했어요. 그 사람과 같이 살아야 해요. 카론다에서는 살 수 없어요."

보기만 해도 속이 터지는 광경이었다. 이 상황을 전혀 이해하지 못하는 어머니와 어느 날 갑자기 잡혀 와서도 '가야 한다'를 반복하는 딸이라니.

"마침 타이밍이 좋군요."

나는 예전부터 일관적으로 외쳐 온 '빨리 해치우는 작전'을 이제 시행하기로 마음먹었다.

"이 리나라는 분을 계속 관찰하면 흑마법이 완전히 깨지는지 아닌지 알 수 있겠어요."

로노포디아 노예 암시장의 경우를 생각해 보면, 흑마법이 깨지면 세뇌도 풀렸다. 노예들이나 매니저들은 아예 자아가 없어서 죽어 버렸지만, 이 경우는 어머니도 알아보고 그러는 걸 봐서 자아가 아예 없는 건 아닌 듯했다.

'하지만…… 흑마법이 풀린다는 건 또 다른 비극의 시작이겠지.'

그럼에도 불구하고 계속 저렇게 자기 의사 없이 살게 할 수는 없는 일이었다. 나는 내 앞의 모두를 바라보며 말했다.

"다들 함께 가 보죠."

어제 검도 아주 잘 손질했겠다, 못되어 먹은 짐승 한 마리 명줄 끊어 놓기에 딱 좋은 날이었다.

"그 빌어먹을 작은 농장으로 지금 당장 갑시다. 앞장서세요, 큰아버지."

레이번의 농장은 카론다에서 손꼽힐 정도로 작았다. 수더분한 농사꾼인 레이번은 일하는 사람도 라넬라 하나만 두었다. 남들이 다 조금 더 규모를 키워 보라고 해도 레이번은 늘 그다지 욕심이 없다며 허허 웃었다.

라넬라도 다른 사람들이 더 좋은 곳으로 가라고 했지만, 농장 일이 즐겁다며 고개를 저었다. 새끼를 잘 치지도 못하는 짐승 몇 마리와 한 사람이 한나절 정도 관리해도 될 정도의 밭 정도가 농장의 재산 전부였다.

물론 그것은 잘 꾸며 놓은 외부용 이미지일 뿐이었다. 절대로 수더분하지 않은 레이번과 농장 일을 전혀 즐기지 않는 라넬라는 오두막에서 대화를 나누고 있었다.

"황태자님께 지금 막 비둘기가 왔어. 아나벨 레인필드를 없애 주시겠다네."

레이번은 흐뭇한 어조로 말하며 쪽지를 라넬라에게 건넸다.

라넬라는 반색하며 쪽지를 받아 들었다.

"아나벨 레인필드보다 훨씬 더 실력이 뛰어난 검사를 데려온다는데?"

그녀가 쪽지를 읽으며 눈을 깜빡였다.

"제국 내에는 이안 웨이드로스밖에 없을 텐데…… 에딜런 공국에서 구하셨나 봐. 그 김에 아론 레인필드도 없애 주시면 좋겠는데. 그 놈도 은근히 검을 잘 쓴다고 해서 신경 쓰인단 말이야. 물론 메릴린과 오스칼은 그냥 둬. 살아 있는 게 더 지옥일 테니."

"뭐…… 레인필드야 뭐 한낱 평민인데 언제라도 해치울 수 있지."

레이번이 시가를 물며 말했다.

"그래서 이제 만족해?"

"그럴 리가."

라넬라가 쪽지를 테이블에 소리 나게 올려놓으며 신경질을 냈다.

"여기서 숨어 있는 거, 정말 지긋지긋해. 이제 나도 돌아다니고 싶다고."

그녀는 혹시라도 닉과 오스칼이 연락을 했을까 봐 계속해서 농장에 몸을 숨기고 있었다. 그녀가 레이번에게 칭얼대듯 독촉했다.

"얼른 닉부터 처치해."

"기회를 보고 있어. 외지인으로 위장해서 성으로 들여보낸 다음에 암살하려고. 근데 이 근방에서 닉보다 검을 잘 쓰는 사람이 드물다 보니 명단을 추려도 얼마 안 되는……."

말을 이어 가던 레이번은 문득 느껴지는 싸한 감각에 벌떡 일어나 창문으로 달려갔다. 창문을 연 그는 눈앞에 펼쳐진 광경에 아연하여 입을 벌렸다. 그들의 오두막을 둘러싼 작은 밭이 활활 타고 있었다.

"뭐야? 불이야?"

라넬라가 놀라서 소리를 질렀다. 농장에서 키우고 있던 동물들이 놀라서 제 멋대로 나와 날뛰고 있었다. 그리고 그들 또한 날뛰지 않으면 오두막 안에서 그대로 불탈 위기였다.

"안 돼!"

결국 레이번이 벌떡 문을 열고 나왔을 때였다.

"그래."

오두막 문 앞에서 기다리고 있었던, 훤칠한 금발의 남자가 고요하게 말했다.

"너희는 죽으면 안 되지."

"누구…… 커헉!"

레이번은 별다른 저항도 못 해 보고 그대로 남자에게 급소를 맞아 기절해 버렸다. 그리고 수도 생활을 해 본 라넬라는 갑자기 나타난 남자의 얼굴을 보고 덜덜 떨면서 뒷걸음질을 치고 말았다.

"이, 이, 이안…… 웨이드로스가 왜 여기에……."

물론 라넬라 역시 말을 더 이상 잇지 못했다. 둔탁한 충격을 받아 몸이 무너지는 와중, 라넬라의 시선이 창밖을 향했다.

"아…… 안 돼……."

불길을 피해 뛰쳐나온 짐승들 사이로 아나벨이 뛰어들고 있었다. 그리고 그녀의 검이, 열심히 불길이 없는 쪽으로 뛰고 있던 사슴의 목에 정확히 박혔다.

그러니까 카론다에서 일어나는 이상한 일을 듣고 나서 내가 떠올린 동화는 바로 〈신녀와 나무꾼〉이었다. 미혼의 남녀들이 갑자기 사라진 뒤 다른 영지

217

에서 살림을 차리고 있다니 시점만 바꾸면 완전 그 전래동화의 선녀의 사연 아닌가. 선녀는 날개옷을 빼앗기고 졸지에 인간 세상에 눌러앉아 나무꾼과 살게 된다. 솔직히 선녀 입장에서야 마른하늘에 날벼락 아닌가. 물론 나무꾼도 나빴지만 여기서 주목해야 할 대상이 있었다. 바로 선녀의 날개옷을 빼앗으면 된다고 나무꾼을 부추긴 사슴이었다. 자기를 살려 줬다고 해서 선녀의 인생을 통째로 팔아넘긴 아주 못된 짐승이었다.

결국 날개옷을 되찾은 선녀는 하늘로 날아가 버리기 때문에 나무꾼 입장에서도 해피엔딩이라고 볼 수 없었다. 하지만 사슴은 그 이후 이야기에 나오지 않는다. 신이 말한 '흑마법의 기원' 조건에 딱 맞아떨어지는 짐승이었다. 인간이 아니면서, 인간의 못된 본능을 부추겨 비극을 만드는 것 말이다. 그리고 이야기에서 쏙 빠져 버리는 것까지. 이 경우 사슴은 나무꾼의 '정상적인 상황이라면 나를 원하지 않는 배우자를 얻고 싶다'라는 본능을 부추긴 셈이었다.

뛰쳐나온 짐승들 중에 사슴은 한 마리밖에 보이지 않았다. 나는 사슴을 발견하자마자 검을 들고 달려들었다.

"꽤애애애액!"

사슴 하나 잡는 것은 내게 별로 어려운 일이 아니었다. 나는 발밑에 쓰러진 사슴을 내려다보았다. 아주 통통하고 때깔도 좋은 것이 그동안 정말 대접 잘 받으며 산 것이 틀림없었다.

"어떡해! 레이번네 농장에 불이 났네그려!"

불길을 보고 달려온 영지 사람들이 열심히 물을 길어 나르기 시작했다. 사실 우리는 애초부터 바로 불길을 진압할 수 있을 정도의 사람들을 끌고 오긴 했다. 명령을 받은 사람들과 선의로 달려온 사람들까지 합쳐져서 불길은 금방 잡히기 시작했다. 그래서 결과적으로는 농장 주변에는 영지 사람들이 잔뜩 모이게 되었다.

이 방화는 내가 낸 계책이었다. 조금 과격하기는 했어도 어쩔 수 없는 선택이었다. 농장의 정확한 구조도 모르는데, 사람도 아니고 짐승을 일일이 찾아다 닐 수는 없었으니까 말이다. 그리고 짐승을 뛰쳐나오게 하는 가장 좋은 방법은 불이었고 말이다.

나는 사슴을 죽인 뒤 농장 밖의 안전한 곳에 있던 일행들에게 돌아갔다. 집 사와 큰아버지, 억지로 끌려온 리나라는 여자와 그 모친이었다. 내가 제대로 흑마법의 기원을 없앤 했는지, 리나의 눈에 초점이 돌아오기 시작했다.

"여, 여긴…… 레이번 아저씨네 농장 아니에요?"

리나는 눈을 천천히 껌뻑이며, 아까와는 다른 또렷한 목소리로 말했다.

"정신이 드니? 아니, 아까도 들긴 들었는데……. 대체 어떻게 된 거야!"

리나의 모친은 리나의 손을 덥석 잡으며 오열했다.

"대체 이게 무슨 일인지…… 네가 어느 날 갑자기 없어져서 우리가 얼마나 찾아 헤맸는지 아니!"

"아…… 어머니? 어머니세요?"

"그래! 리나, 정말 우리 리나 맞지? 그렇지?"

"제가…… 제가 미쳤나 봐요."

리나가 덜덜 떨면서 털썩 주저앉았다. 그제야 밀려 들어오는 기억에 고통스 러운 모양이었다.

"제가 왜…… 왜 그랬을까요? 그냥, 그냥 그 남자랑 살아야 한다는 생각만 들 었어요."

리나의 볼에 눈물이 줄줄 흘러내리는 것을 보면서 나는 차분하게 말했다.

"아가씨가 미친 거 아니에요. 자책하지 마요. 이건 흑마법이었으니까요."

흑마법이라는 말에 모두가 깜짝 놀란 표정으로 눈을 끔뻑거렸다. 일반인들 에게 아직 흑마법은 익숙하지 않은 단어였다.

"흐, 흐, 흑마법이요?"

"네. 사람의 자아를 조종하는 아주 나쁜 마법이죠. 지금 제가 흑마법을 깼고, 그래서 정신이 돌아오신 거예요."

나는 상냥하게 설명했다. 그리고 아까부터 생각했던 가설을 확인하기 위해 추가로 물었다.

"혹시 옷 같은 걸 잃어버린 적이 있지 않나요?"

"어……? 네. 빨래를 널어놓았다가 없어진 것이 있긴 해요. 하지만 싸구려 에이프런이었는데…….'

"아마 그게 흑마법 발동의 조건이었을 거예요. 표적이 되는 대상의 옷가지를 가지고 흑마법을 걸었겠죠."

선녀도 날개옷을 빼앗기고 나무꾼과 살았으니 그것이 매개임에 틀림없었다. 나는 아연실색한 표정으로 넋 놓고 있는 큰아버지를 흘끗 바라보았다. 그는 나를 이곳으로 안내할 때까지만 해도 불신의 표정을 감추지 못했고, 내가 다짜고짜 불을 지를 때에는 미친 애를 보듯이 날뛰었었다.

"아마 큰아버지가 첫 번째 표적이셨을 텐데…… 도저히 옷이나 소지품을 훔칠 수가 없어서 실패했을 거예요."

그러니까 사용인을 두지 않고 자신의 물건을 스스로 철저히 관리한 덕분에 흑마법에 걸리지 않은 셈이었다.

"이럴 수가……. 설마 그래서 라넬라가 처음부터 영주 성의 하녀를 하겠다고 했나……."

큰아버지의 얼굴이 참담하게 변했다.

"아, 하녀를 하겠다고 했어요?"

"그래. 고용할 돈이 아까워서 안 된다고 했지만."

"훌륭하군요. 이게 다 큰아버지의 짠돌이 정신 덕분이죠. 참 다행이에요."

나는 큰아버지를 칭찬하고 나서 주위를 한 번 둘러보았다. 불이 나기도 했고 해서 영지 사람들이 와글와글 몰려서 구경 중이었다. 어리둥절한 표정의 사람들을 보면서 나는 뒤늦게 자기소개를 했다.

"저희는 음, 수도에서 내려온 흑마법…… 수사관, 뭐 그런 거예요."

어차피 일반인들은 흑마법에 대해 아무것도 모르고, 이곳 사람들은 수도와도 단절되어 있으니 막 질러도 될 것 같았다. 그리고 아예 거짓말도 아니었다.

"아아아! 귀한 분이셨군요!"

리나의 어머니가 눈을 동그랗게 뜨며 말했고 나는 볼을 붉으며 중얼거렸다.

"귀한 분까지는 아니고 조금 능력 있고 멋있는 분 정도……."

내가 신중하게 대답하자 큰아버지가 끼어들었다.

"귀한 분이지!"

그는 눈에 힘을 주고 사람들을 둘러보며 말했다.

"내 조카이기도 해. 알겠어? 귀하고 능력 있고 멋있는 이 자랑스러운 애가 내 큰조카라고!"

그 말에 사람들이 술렁이기 시작했다.

"어, 영주님의 조카라고요?"

"조카가 있었어요? 아니, 그럼 형제도 있었나요?"

"그런데 이렇게 아무 왕래도 안 하고 살 수 있나?"

큰아버지는 내 어깨를 툭툭 치며 말했다.

"나와 내 동생은 돈 버느라 바쁘다고! 연락할 시간 없어!"

그 말에 모두가 고개를 끄덕이며 수긍했다. 나는 큰아버지의 다른 말에 약간 마음이 울렁거렸다. 자랑스럽다니.

"내 조카야, 조카! 다들 잘 봐 둬. 수도에서 중요한 일을 하는, 내 조카!"

우리 부모님이 '너는 존재만으로도 자랑스럽다'라며 다독어 준 것과는 다른 문제였다. 남들 앞에서 멋있는 모습만 보여서 누구에게나 자랑하고 싶은 혈연이 된다는 건 좀 짜릿한 기분이었다. 거짓말 조금 보태서, 왜 이안 웨이드로스가 이렇게 정의롭게 사는지 알 것 같은 느낌이었다.

가끔 이안처럼 모두의 인정을 받으면 너무 부담스럽지 않을까 혼자 생각한 적이 있었는데 정말 하등 쓸데없는 걱정이었다. 칭송, 관심, 찬양, 뭐 이런 걸 받는 기분은 정말이지 아주 좋았다.

"저…… 이제 조카로 인정받은 건가요?"

나는 얼떨떨한 표정으로 작게 말했고 큰아버지는 고개를 절레절레 저으며 대답했다.

"이 꼴을 보고 네가 내 조카인 걸 안 믿는 머저리도 있냐!"

다행히 큰아버지는 머저리가 아닌 모양이었다.

"크흠…… 처음에 의심해서 미안하다."

"아녜요. 처음 본 조카 경계하는 건 지극히 정상이죠. 혈연이라 주장하는 사람들을 덮어 놓고 믿지 않아야 한다는 것에 대해서 저보다 더 처절하게 느낀 사람도 없을 거예요."

그때였다. 오두막의 문이 벌컥 열리고 이안이 의식 없는 두 인영을 발로 차 굴려서 밖으로 내보냈다. 둘 중 한 명은 한때 어머니의 의상실에서 얼굴을 확인했던 라넬라였다.

"라, 라넬라…… 분명 어제 아침에 레이번에게 물었을 때, 라넬라는 돌아오지 않았다고 했는데."

큰아버지는 어이가 없다는 듯이 중얼거렸고, 나는 달려가서 일단 의식이 없는 두 사람을 힘껏 걷어차 주었다.

이안은 내가 그들을 잘 찰 수 있도록 정렬해 주며 말했다.

"죽이고 싶겠지만 죽이면 안 돼. 심문해야 하니까."

"알고 있어."

나는 분이 불릴 때까지 걷어찼고, 그때마다 이안은 올바른 각도로 다시 잘 원위치해 주었다. 그렇게 실컷 분풀이를 한 뒤 아주 거칠게 밧줄로 그들을 동여맨 나는 씩씩거리면서 말했다.

"그리고 라넬라, 이 인간만큼은 우리 부모님 앞에 무릎 꿇릴 거야."

"그건 말리지 않겠다."

고개를 끄덕인 이안이 잠시 그들을 바라보더니 물었다.

"그런데 아나벨, 이들이 안 죽을 것이라고는 어떻게 확신했지?"

"응?"

"로노포디아에서는 흑마법과 관련된 이들이 모두 죽지 않았었나."

"아아."

흑마법의 기원을 눈치챈 뒤 급히 오느라 나는 이안에게 자세한 이야기를 하지 못했다. 이안의 입장에서야 궁금한 점이 많을 수밖에 없을 것이었다. 이 모든 계획을 짠 나는 대수롭지 않다는 듯 설명해 주었다.

"모리엇의 경우, 자신이 제일 잘생겼으면 좋겠다는 욕망에 잠식된 사람이었어. 그런데 이 둘은 딱히 배우자가 없다고 아까 큰아버지가 그러더라고?"

"그랬지."

"그래서 이들은 정말 돈만을 위해 움직이는 사람들이라는 생각이 든 거야. 그럼 흑마법의 영향을 받은 게 아니고 그걸 이용만 하고 있다는 뜻이니까."

사실 틀릴까 봐 미리 말하지 못한 추론이었다. 결국 다 맞았다는 것을 확인하고 나서야 자신 있게 이야기할 수 있었다.

"게다가 라넬라는 다 그만두고 수도까지 왔었잖아. 흑마법에 잠식된 것 같지는 않다는 생각을 했어."

"네 논리에 따르면 지금 그대로 죽은 이들은…… 억지로 배우자를 갖고 싶다며 흑마법을 의뢰한 사람들이겠군."

"뭐, 그렇지."

나는 조금 침울해져서 고개를 끄덕였다.

"흑마법 때문에 홀려 있던 사람들이 제정신을 차리면…… 또다시 지옥이 펼쳐지겠지. 아무리 세뇌당했어도 그동안 사랑하는 가족이라며 납치범을 믿고 살아왔을 테니까."

이안 역시 그 말에는 동의하는지 음울하게 침묵을 지켰다. 하지만 그럼에도 불구하고 깨트려야 하는 세뇌였다. 어쨌든 우리는 계획대로 모두 잘해 낸 셈이 었다. 나는 흑마법의 기원을 파괴하고, 이안은 라넬라와 레이번을 생포하고.

"……고마워."

나는 이안을 바라보며 말했다.

"여기까지 함께 와주고, 또 도와줘서."

불길이 치솟는 가운데 오두막에 직접 들어가 두 사람을 즉시 제압하는 건 보통 담력으로 할 수 있는 일이 아니었다. 물론 화재의 진압을 미리 계획해 두고 있었다지만 일이 어떻게 될지 모르는 거고, 불은 무서운 거니까. 흑마법의 기원을 없애는 것만큼이나 두 사람을 끌어내는 것도 중요했는데, 어쨌든 이안이라서 믿고 맡길 수 있었다.

타닥타닥하는 소리와 함께 이 근방을 다 삼킬 것같이 너울거렸던 불길이 차차 사그라들고 있었다. 농작물이 타는 냄새와 매캐한 연기 속에서 우리는 머쓱하게 서로를 바라보았다.

"뭘 도와줘. 당연히 할 일을 한 건데."

느릿하게 중얼거린 이안이 천천히 손을 들어 내 볼을 만졌다. 볼에 닿은 손가락 감촉 때문에 놀라서 어깨를 움츠리니 그가 내 눈을 바라보며 말했다.

"……재가 묻어서."

내가 뭐라고 대답할 새도 없었다.

"뭐야, 뭔데!"

큰아버지가 우리 사이로 뛰어 들어왔다.

"너, 가짜 애인 주제에 내 조카한테 집적대지 마라! 오스칼은 이 사실을 알고 있어? 엉?"

"무, 무슨 사실요?"

"이 기름장어같이 생긴 놈이 자기 딸한테 이상야릇한 분위기 풍기는 거!"

어차피 큰아버지가 내 앞을 가로막는다고 해도 이안의 키가 훌쩍 커서 가려지지도 않았다. 그래도 큰아버지는 최선을 다해서 손을 휘젓기까지 했다.

나는 한숨을 푹 쉬었다. 이상야릇이라니, 이안만큼 금욕적인 분위기를 풍기는 남자가 어디 있다고. 그는 항상 자세가 곧았고 표정도 거의 없었다. 물론 나와 있을 때에는 황당한 상황이 많아서 그런지 그나마 안면 근육이 일하는 편이지만 말이다. 어벙하게 보이는 안경 하나 썼다고 큰아버지는 그 위장술에 너무 잘 넘어간 듯싶었다.

"딸한테 이런 얼굴만 멀끔한 놈이 작업 거는 거 알고 있냐고!"

"얼굴만 멀끔한 건 아닌데……."

"제기랄, 내가 미쳤지. 왜 돈 아깝다고 무조건 한방을 쓰게 해서……."

역시 형평성이고 뭐고, 그냥 돈 때문에 외부인 커플에게 무작정 한방을 준 것이 틀림없었다. 아무래도 성으로 돌아가자마자 이안의 정체를 밝혀 주어야 할 것 같았다.

이안은 그 어디서도 이런 대우를 받아 본 적이 없을 텐데. 정작 당사자인 이안은 별다른 감정의 동요도 없이 서류 한 뭉치를 큰아버지에게 내밀었다.

"남부에서 검 좀 쓰는 뒷골목 깡패들 명단입니다. 외부인으로 영주의 성에 진입시키려는 계획이 뒤에 적혀 있어요."

심지어 여전히 공대를 쓰기까지 했다. 하여튼 이안은 권위에 초탈한, 아주 올바른 권위자였다.

"……뭐?"

"아나벨 날처럼 영주님의 암살을 계획했다는 뜻입니다."

큰아버지는 심각한 표정으로 서류를 뒤적거리기 시작했다. 이안과 나는 큰아버지를 놔두고 다시 붙어서 서로에게만 들릴 목소리로 소곤거렸다.

"그새 자료까지 다 뒤졌어?"

"불길을 진입할 때까지 시간이 있어 보이기에."

225

"너 진짜 대단하다."

"글쎄."

하지만 이안의 표정은 전혀 좋아 보이지 않았다.

"하지만 칼론 황태자와 연관되어 있다는 증거는 딱히 찾지 못했어. 아무래도 칼론 황태자가 그쪽은 철저하게 관리한 것 같아."

"그래? 이런……."

"이따가 한 번 더 세세히 뒤져야겠지만 일단 느낌은 그래."

나는 옅은 한숨을 쉬었다.

"그것보다."

내게 다시 한번 말을 거는 이안의 붉은 눈이 한층 더 가라앉아 있었다.

"……이걸 읽어 봐."

나는 그가 건넨 쪽지 하나를 받아들었다.

「부탁대로 아나벨 레인필드를 없애 주지. 그녀보다 뛰어난 검사를
데리고 간다.」

그러니까 살인 예고 쪽지였다. 슬프게도 그 대상이 나였지만 말이다.

"이안."

쪽지에서 눈을 떼지 않으며 내가 진지하게 물었다.

"혹시 암살자로 전직했어?"

나보다 뛰어난 사람이라면 이안밖에 없어서 물어본 말이었다. 물론 이안은 대답할 가치도 못 느꼈는지 심각하게 대답했다.

"쪽지를 접은 방식을 보니 비둘기를 이용한 전달 같아, 추측이지만."

정말 농담이라고는 모르는 인간이었다. 아론이었다면 '100골드에 고용되었으니 101골드만 주시면 배신하겠습니다' 정도의 대꾸는 할 수 있었을 텐데. 왜

아론이 뒤에서 '국민노잼'이라고 욕하는지 알 것 같았다.

"비둘기라면……."

내가 심각한 표정을 지어보이자 이안은 내가 잘 몰라서 그런다고 생각했는지 친절하게 설명을 시작했다.

"황족들은 마탑에서 특별히 훈련받은 비둘기를 공급받거든. 나도 로버트 황자님께 종종 받아 보았다. 그래서 알아볼 수 있었지."

"허, 참. 이쯤 되면 황족 전용 스페셜 에디션이 너무 많은 것 아니야?"

"마탑이 황성 소속이니까. 어쨌든……."

내 불퉁스러운 말에 이안은 무거운 표정으로 말을 이었다.

"칼론 황태자라는 심증이 있는데 이걸로 밝혀내기는 어렵겠군. 하지만 이게 진실이라면 네가 위험해."

"……."

나는 가만히 쪽지를 바라보고 있었다. 몸 사리고 가만히 있는다고 해서 봐줄 것 같지 않다던 내 예상은 맞아떨어졌다. 뇌세포 혹사시키지 않으려고 하는데 나는 은근히 추론에 재능이 있나 보다. 하지만 지금 나의 숨겨진 재능에 감탄할 때가 아니었다.

"일단 칼론 황태자와 연결되어 있다는 증거를 좀 더 찾아보기로 하지."

이안은 내 어깨를 한 번 툭, 치더니 오두막 안으로 사라졌다. 같이 가 봐야 했으나, 지금은 함께 뒤질 의욕도 나지 않아 한동안 가만히 서 있었다. 그의 앞에서 농담을 던지며 실실거리긴 했으나 사실 좀 충격적이기는 했다.

'그러니까 제국 이인자가 나를 죽이려고 한단 말이지…….'

원래 내가 전생에서 읽었던 책의 기억에 따르면, 실제로 로버트는 칼론의 뒤를 계속 쫓지만, 결정적인 증거를 찾아내지 못한다. 사실 원작대로라면 카론다 역시 지금 해결되는 것이 아니었다. 조금 더 시간이 흐른 후에 남부 전체로 인신매매가 퍼져서 훨씬 더 힘들고 복잡한 고난을 겪는다. 몇 년이 흘러서야 다시 열린 로노포디아 노예 경매장에서 대놓고 현장을 덮쳐서 제국민들 모두에게 칼론과 흑마법의 관계를 폭로한다.

'하지만 로노포디아 노예 경매장은 내가 난입하면서 완전히 없어졌잖아.'

그 말인즉 혹시나 여기서 증거물 수집을 제대로 못 하면 원작을 이용해서 칼론을 잡기란 어렵다는 뜻이었다.

'근데 리어드를 잡기 위해서 그때는 어쩔 수 없었어……. 게다가 원작처럼 밝혀지길 기다리면서 노예상이 번영하는 걸 계속 두고 볼 수도 없고.'

그때 워낙 리어드를 죽이고 싶었기 때문에 미래를 박살 낸 것 자체는 후회되지 않았다. 하지만 칼론이 모든 상황에서 서류를 남기지 않는 철저한 습성을 갖고 있다면 더더욱 그를 감옥행 열차에 처넣는 건 암담해 보였다. 만일 그렇다면 이제 방법은 라넬라와 레이번을 취조해서 칼론의 이름을 말하게 하는 것밖에 없었다.

'최악의 상황을 대비는 해야 하는데.'

물론 이안이 빼도 박도 못하는 증거를 가져오거나, 라일라와 레이번이 술술 불어 준다면 좋겠지만 왠지 일이 그렇게 간단히 풀릴 것 같지가 않았다.

'생각보다 더 사악한 인간인 것 같아.'

내가 뭐 어쨌다고, 이안이나 로버트보다 훨씬 더 미약한 존재였는데. 그런데 별것 아닌 나를 이렇게 빨리 없애려고 하다니 생각보다 약자에게 지나치게 강한 사람이었다.

'나보다 강한 사람을 고용했다고…….'

거울을 깨트렸을 때 내 실력이 확연히 올라간 것은 나 스스로가 제일 잘 알았다. 이번에 사슴도 죽였으니 이제 더 실력이 좋아졌을 것이다.

'어느 정도의 인간을 고용했는지는 모르겠지만, 이제 난 더 강해졌는데.'

사실 내가 정말로 걱정하는 건 나 자신이 아니었다. 딱 보니 암살을 생각하고 있는 것 같지는 않았다. 나를 몰래 죽이려면 다른 방법들이 많았다. 로버트에게 혹시라도 책잡히지 않게 대놓고 죽이겠다는 건데, 대충 그 방법이 짐작 갔다. 그러니 내 안위 그 자체보다는 혹시나 가족들에게 민폐가 될까 봐 그것이 훨씬 더 걱정이었다. 레인필드는 돈만 많은 평민이었기 때문이었다.

'아무래도 칼론과 나는 같은 하늘 아래서 숨 쉴 수 없는 운명인가 보다.'

이미 흑마법의 기원을 셋 중 둘을 파괴해 버렸다. 남은 것은 하나였고. 원작에서도 딱히 언급한 적이 없었다.

'혹시라도 이번에도 칼론을 엮어 내는 데 실패하면 나머지 하나를 반드시 이용해서 꼭 없애야지.'

칼론은 흑마법과 긴밀한 사이이므로 나머지 하나와도 연결 고리가 있을 것이 뻔했다. 만일 서류로 증거를 남기지 않는 타입이라면 현장을 덮쳐야 했다.

"……저기, 아나벨."

이안이 오두막 안으로 사라지고 난 뒤, 혼자 남아서 생각에 잠겨 있던 내게 큰아버지가 천천히 다가왔다.

"다시 한번 고맙다. 살려 줘서."

괴팍하기만 했던 그동안과는 달리 진심이 담뿍 묻어 있는 말이었다.

"네? 아……."

"아무리 나라도 이런 사람들이 한 번에 달려들면 살아남지 못했을 거야."

큰아버지는 깡패 명단을 흔들어 보이며 말했다.

"정말…… 고맙구나. 나는 지금껏 한 번도 오스칼과 혈연이라서 좋다는 생각을 해 본 적이 없었는데 오늘부로 좀 바뀌었다."

아버지와 똑같은 얼굴이시만 확연히 다른 사람이라는 것이 느껴졌다. 왜냐하면 아버지는 지금과 같은 상황에서 이미 울고 있었을 것이기 때문이다.

"네가 내 조카라서 정말 다행이구나."

"어…… 음. 예, 뭐."

나는 민망함에 볼을 긁었다.

수도와 멀리 떨어져서 소식을 전혀 모르고, 그래서 나의 개차반 과거를 모르는 친척. 말 그대로 좋은 모습만 보고 혈연이라서 기쁘다고 평가해 주는 사람이었다. 가족들 역시 내게 따뜻했지만, 그래도 늘 마음에 걸리는 것들이 있었다. 내 망나니 시절을 알고 있다는 것 자체가 언제나 부끄러웠기 때문이다.

'뭐든 과거와 엮이지 않고 새로 시작하는 건 참 좋구나.'

그래서 나는 칭찬에도 떳떳할 수 있었다. 부모님이 '살아 있어 준 것만으로도 고맙다'라며 어화둥둥 해 주는 것과는 조금 결이 다른 당당함이었다.

"저 망할 놈들은 일단 영주 성 감옥으로 옮기기로 하자. 그리고 이제 곧 밤이 오는데 내일 떠나는 게 어때."

워프로 와서 굳이 아침에 떠날 필요는 없었지만, 큰아버지에게 그 사실을 밝힐 필요는 없었다.

"네, 뭐. 그럼 내일 아침에 떠날게요."

나는 선선히 고개를 끄덕였다. 수도에 올라가기 전, 둘만 있을 때 이안에게 부탁할 말도 있었기 때문이다.

라넬라와 레이번은 의식을 잃은 채로 영주 성의 감옥에 갇혔다. 그렇게 영주 성에 다시 도착하여 모든 일을 끝내고 나서야 우리는 정체를 밝혔다.

"사실 저희는 로버트 황자님이 파견한, 음…… 수사 인원 같은 거고요."

"화, 화, 황자님께서 직접? 이 촌구석에 파견을 친히 명하셨다고?"

권위를 사랑하여 촌구석까지 내려와 작위를 산 큰아버지는 황자라는 단어만 들었는데도 깜짝 놀랐다.

"이쪽은 사실 웨이드로스 공작가의 후계자인 이안 웨이드로스예요."

그리고 내 설명이 이어지자 큰아버지는 눈앞의 대귀족을 보며 더 아연실색한 표정으로 입을 떡 벌렸다. 제국에 공작가는 셋뿐이었고 아무리 수도의 귀족을 잘 모른다고 해도 일단 '공작'이라는 이름이 가지는 파급력이 있었다.

"웨, 웨, 웨이드로스 공작가?"

"예. 웨이드로스 소공작이죠. 검 좀 잡아 봤다고 까부는 얼뜨기가 아니라요."

"죄, 죄송합니다!"

큰아버지는 어쩔 줄 몰라 하며 바로 두 손을 모았다. 물론 이안은 너무 훌륭한 인간이라 이런 일에 당연히 너그럽게 대답하는 사람이었다.

"개의치 말게. 어차피 신분을 숨길 때 당연히 각오한 일이었으니."

"아니, 그래도……."

"괜찮아요, 큰아버지."

나는 싱긋 웃으며 끼어들었다.

"말씀하신 대로 깝죽대는 기름장어는 아니지만 제 애인도 아니니까요. 너무 신경 쓰지 않아도 돼요."

장난스러운 내 말에 큰아버지의 얼굴이 새삼 다시 한번 파랗게 질렸다. 큰아버지는 다시 한번 이안에게 사과했다.

"……죄송합니다."

"어쨌든."

더 이상 말했다가는 큰아버지의 허리가 접힐 것 같아서 나는 빠르게 상황 설명을 시작했다.

"수도에 올라가면 정식으로 황실 기사단을 파견할 거예요."

모두 사전에 로버트와 협의한 것들이었다.

"왜냐하면 증거가 되는 것들이 모두 카론다에 있어서, 기사단의 공식적인 조사가 필요하거든요."

사실 더 복잡한 계략이 숨겨져 있었지만 일단은 이렇게 말해 두는 것이 큰아버지에게 부담되지 않을 듯했다.

"저희가 달랑 몸만 데려가 봤자 공신력이 없어요. 그때까지 감옥을 잘 감시해 주세요."

"그래."

큰아버지는 결연하게 대답했다.

"내가 직접 관리하마."

다른 사람도 아니고 20여 년 동안 양말 한쪽 도둑맞지 않은 큰아버지라면 믿고 맡길 수 있을 것 같았다.

"수도로 무사히 연행할 수 있도록 절대로 자살하지 못하게 하고, 무엇보다 다른 놈들에게 당하지 않도록 해야 해요. 반드시 온전한 상태로 수도에 보내 주세요. 그때 큰아버지가 동행해 주시면 더 믿음직스러울 것 같은데 부탁드려도 될까요?"

나는 이를 갈며 덧붙였다.

"그러려고 제가 지금 숨을 끊어 놓지 않았으니까요."

"맡겨 둬라. 아무래도 그동안 모아 놓았던 금을 좀 쓸 때가 되었군."

큰아버지가 고개를 끄덕였다.

"이제 영주 성에 많은 사람을 고용해 모두 감옥만 지키도록 해야겠다. 내 목숨값에, 동생 가족들의 비극까지 얹었으니 뭐가 아깝겠느냐?"

"돈이 아깝겠지요."

"……그렇기는 하지. 하지만 정말로 맡겨 둬라. 내 모든 걸 걸고 절대 네 노력이 헛되지 않도록 할 테니까."

나는 씩 웃으며 고개를 끄덕였다. 1박 2일간 카론다에 묵으면서 큰아버지의 철저한 일 처리를 몸소 겪어 본 바에 의하면 믿어도 될 것 같았다.

"내 자랑스러운 조카의 앞날에 방해가 될 수는 없는 일 아니냐."

큰아버지의 눈이 '조카'라는 말을 꺼낼 때마다 기쁨으로 빛났다.

"다들 조카가 예쁘다, 예쁘다 하더니 이런 느낌이었군. 핏줄이 막 당긴다."

"제가 영지의 흑마법을 해결해 드려서는 아니고요?"

"그것도 있겠지만 어쨌든 뭐, 크흠."

나는 장난스럽게 웃고는 이안의 팔을 잡아끌면서 말했다.

"그럼 저희는…… 일단 방에 가서 자료 좀 확인할게요."

"저녁은 함께 먹자. 식당으로 내려오렴."

큰아버지는 이안에게도 공손히 말했다.

"누추하지만 만찬을 준비해 놓겠습니다."

이제 내일부터 큰아버지는 몹시 바빠질 것이 뻔했다. 흑마법이 풀린 카론다의 젊은이들이 돌아올 것이기 때문이었다. 영지가 얼마나 아비규환이 될지 상상하기도 버거웠다. 그러니 오늘 저녁이 여유 있게 대화하며 식사할 수 있는 마지막 시간이었다.

큰아버지는 감옥을 한 번 더 살펴봐야겠다며 지하로 내려갔고, 나와 이안은 방으로 올라왔다. 나는 심호흡을 하고 방문을 닫았다. 그동안은 내색하지 않았지만, 이안에게 긴히 할 말이 있었다.

"얼핏 뒤져 봤는데……."

이안은 참담한 표정으로 말했다.

"칼론 황태자와 연결되어 있다는 증거 서류로 쓸 만한 것은 없더군. 다시 한번 보겠지만 너무 기대는 하지 않는 게 좋을 것 같아."

"……그렇구나."

영주 성으로 돌아오는 길에 이안의 얼굴이 평소보다 어두운 것을 봐서 이미 짐작하고 있던 사실이었다.

어제 하룻밤을 같이 지낸 이 방에 또다시 둘이 남았다. 일이 하나 해결되었지만 어제보다 훨씬 더 무거운 마음이었다.

"필체도 모두 다르고, 표현도 애매한지라 아무래도……."

나는 이어지는 이안의 말을 끊었다.

"이안…… 정말 염치없지만……."

지금 그것보다 더 중요한 것이 있었다.

"부탁 하나만 해도 될까……."

나는 그동안 이안을 마주했던 시간들 중 가장 무거운 마음으로 느릿하게 말했다. 그 역시 이토록 기가 죽은 내 모습을 처음 봐서 그런지, 놀란 눈으로 나를 가만히 바라보았다.

레슬리와 브레이든은 둘이서 오붓하게 저녁 식사를 하고 있었다.

"이안은 외박이라고?"

"응. 어디서 정의롭고 재미없는 일을 하고 있겠지, 뭐."

이안을 걱정하는 것은 아무 의미가 없는 일이었기에 그들은 딱히 행선지를 궁금해하지 않았다. 어차피 자기 한 몸은 알아서 잘 건사할 것이 분명했다.

"어제 아론과 티타임을 가지다가 이안이 연애하면 어떻게 변할지 모르겠다는 얘기를 했어."

레슬리가 무심하게 말하자 브레이든이 눈을 빛내며 열성적으로 즐거운 화제에 응답했다.

"그래? 하긴 나도 그게 늘 궁금했지."

브레이든은 포크까지 놓고 진지하게 말을 이었다.

"우리가 생각보다 이안에 대해서 아는 게 없네."

"근데 우리 잘못은 아니야."

레슬리는 어깨를 으쓱하며 말했다.

"왜냐하면 본인도 모를 거거든. 예를 들어 술버릇 같은 거지. 이안의 주사를 아는 사람은 아무도 없잖아."

그 말은 맞는 말이었다. 왜냐하면 이안의 주량이 어쩌나 센지 지금까지 한 번도 취해 본 적이 없었기 때문이다. 물론 본인도 술을 별로 즐기지 않았기에 억지로 많은 술을 마시지도 않았다.

"그러게. 우리는 아들의 주사도 모르는구나."

"나는 술이 약하니…… 자기를 닮았겠지, 뭐."

레슬리는 브레이든을 보며 대수롭지 않게 말했다. 한 잔의 술에도 얼굴이 벌게지는 레슬리와는 달리 브레이든은 확실히 술이 셌던 것이다.

"자기 주사가…… 아마 기억상실이었지?"

"응."

브레이든은 어지간하면 취하지 않았지만, 지금까지 딱 두 번 취했는데 둘 다 똑같은 증상을 보였다.

"참 신기한 주사인데, 엉망진창으로 취하면 갑자기 과거로 시간이 돌아가는 것 같더라고. 최근 몇 년의 기억이 아예 나지 않고 말이야."

"이안의 주사도 비슷하겠지, 뭐. 그러고 보니 이안은 아무래도 자기를 더 많이 닮은 것 같네."

레슬리는 눈을 반짝이며 말했고 브레이든 역시 고개를 끄덕이며 다시 '이안의 연애'로 화제를 옮겼다.

"이안은…… 대충 그럭저럭 마음에 드는 여자를 만난다면 그냥 재미없고 상식적이게 연애하다가 끝나겠지."

브레이든은 눈썹을 치켜올리며 덧붙였다.

"하지만 정말로 사랑하는 여자가 생기면 확 달라질 것 같지 않아?"

"흠, 당신을 닮았다면 그렇겠지?"

레슬리는 고개를 갸웃하며 말했다.

"이안은 정의로운 검사지만 전략적인 전술가이기도 하니까…… 아마도 서서히 자신에게 빠져들도록 하지 않을까? 상대가 눈치채지 못하는 사이에."

브레이든은 과거 연애사를 떠올리며 민망한 듯 웃을 수밖에 없었다. 레슬리가 그의 방식을 거미줄을 쳐 놓고 기다리는 거미처럼 묘사했기 때문이다.

"기회가 생긴다면 어떻게 해서든 잡아채겠지. 설사 그게 약점이라고 해도 이용하고 말이야."

"흠."

브레이든이 천천히 고개를 끄덕였다.

"말을 좀 바꿀까. 약점을 이용하는 게 아니고, 상대가 힘들어서 내민 손을 기꺼이 잡아 주는 걸로."

말해 놓고도 너무 미화했다 싶었는지 잠시 침묵을 지키던 그는 다시 포크를 집어 들며 낮게 덧붙였다.

"물론 잡은 손을 절대로 놓지 않겠지만."

"놓지 않다 뿐이야?"

레슬리가 어깨를 으쓱하며 브레이든에게 곱게 눈을 흘겼다.

"도움을 청한 상대가 정신 못 차릴 정도로 잡아당기겠지."

나라고 양심이 아예 없는 인간이 아닌데, 이안에게 부탁할 마음이 쉽게 든 건 아니었다. 얼마 전까지만 해도 우리는 이 세상에서 가장 나쁜 사이 아니었던가. 그런데 최근 일이 자꾸 얽히면서 조금 가까워진 것 같기도 하고, 요 몇 번은 '협력'이라는 것도 하지 않았는가.

아무리 생각해도 방법이 하나뿐이었다.

"나도 내 몰염치함의 수준이 엄청나다는 건 알아. 너무너무 미안하고 죄스러운데……."

"됐고."

이안은 차분하게 내 말을 잘랐다.

"무슨 부탁인지나 말해 봐."

"그게……."

막상 입 밖으로 꺼내려고 하니 손이 살짝 떨렸다. 사실은 쪽지를 본 순간부터 머릿속이 하얘지며 두려움이 왈칵 찾아들었다. 그리고 생각하면 생각할수록 더 무서워졌다.

"만일…… 일이 잘 풀리지 않아서 이번에 칼론 황태자를 감옥에 넣지 못하면 말이야."

그러니까 라넬라와 레이번을 취조해도 썩 좋은 결과를 얻지 못할 때를 대비한 일이었다.

나는 천천히 이안의 앞에 무릎을 꿇었다.

"아버지와 어머니, 아론의 신변 보호를 웨이드로스 공작가에 부탁해도 될까……."

아까부터 이안과 둘이 남으면 부탁해야겠다고 마음먹었었다. 이안이 당황해서 내 팔을 잡고 일으키려 했지만 나는 그대로 그의 다리에 매달렸다.

"제발…… 내가 밉다면 그래도 그동안 레인필드와의 인연을 생각해서……."

내가 두려운 것은 나를 겨냥한 살인 예고가 아니었다. 그가 나 하나만 표적으로 삼고 끝낼 것 같지가 않아서였다. 레인필드는 웨이드로스처럼 기사단을 가지고 있는 것도 아니고, 귀족가라서 남들이 쉽게 건드릴 수 있는 집안인 것도 아니었다.

제국의 이인자, 칼론 황태자가 내 가족을 망가트릴까 봐 초조했다. 황태자의 권력만큼은 돈으로 어떻게 막아 볼 수 있는 것이 아니었다. 갑자기 레인필드에게 역모 혐의를 씌워 놓고 황실 기사단 출동을 명령할 수도 있는 일이었다.

그 와중에 사고라고 둘러대고 부모님을 없애 버려도 평민이라 어디 억울함을 호소할 수도 없었다. 아무리 지금 평민의 지위가 높아졌다고 해도 황족과 비할 바는 아니었으니까. 그렇다고 용병단을 잔뜩 고용해 놓아도 별도리는 없었다. 평민이 황실 기사단을 공격하면 그 자체가 역모였기 때문이다.

하지만 웨이드로스는 달랐다. 일단 웨이드로스 기사단은 황실 기사단보다 공공연하게 실력이 더 우위였다. 역모 혐의를 억지로 뒤집어씌웠다가 정말로 역모가 일어나는 수가 있었다.

"다시는, 다시는 네 눈앞에 나타나지 말라고 하면 그렇게 할 테니까…… 검술 대회도 기권할 테니까…… 정말 분이 풀릴 때까지 때려도 가만히 맞아 줄 테니까 제발……."

아무리 생각해도 레인필드를 믿고 맡길 수 있는 고위 귀족 가문은 웨이드로 스뿐이었다. 지금 이 순간처럼 내 과거가 후회스러운 적은 없었다. 내 가족을 맡길 단 하나의 동아줄인 것을 알았다면 절대로 그렇게 살지 않았을 텐데.

하지만 나는 끝까지 이안 앞에서 이기적이었다. 왜냐하면 내가 진심으로 보 호를 요청하면, 착하고 정의로운 이안이 들어줄 것이라는 걸 이미 알고 있었기 때문이다.

"어차피 나를 죽이려고 붙인 암살자가 있다고 하니, 나는 가족들에게서 떨어 져서 혼자 지낼 예정이야. 그러니까……."

내 말은 더 이어지지 못했다.

"아나벨, 그만. 그만 말해도 돼."

이안이 천천히 다리를 굽혀 나와 눈을 맞추었기 때문이다.

"당연히 레인필드는 보호해 줄게. 다들 서쪽 별채를 쓰면 되겠군."

당연히 내가 말한 보호는 웨이드로스의 담장 안에 넣어 달라는 뜻이었다. 무 슨 일이 있어도 웨이드로스가 얽힐 수 있도록 말이다. 나는 안도의 한숨을 쉬 며 고개를 끄덕였다.

"어차피 아론과 오스칼은 웨이드로스에 고용된 사람이야. 메릴린은 당분간 의상실 문을 좀 닫으라고 해."

"응?"

"라넬라와 레이번이 당한 것을 알고 칼론이 수도로의 송환을 얌전히 기다릴 것이라고 생각하는 건 아니겠지."

이안이 차분하게 말했다.

"신변을 보호하려면 내일 올라가자마자 당장 해야 해."

"아…… 그렇네. 맞아. 고마워. 정말 고마워. 안 믿기겠지만 정말이야. 그럼 부탁……."

"다만 조건이 있어."

내 말은 이안의 예상치도 못한 말에 끊겨 버렸다. 나는 어안이 벙벙해져서 이안의 붉은 눈을 멍하니 올려다보았다. 조건이라니, 다른 누구도 아닌 이안 웨이드로스가 조건을 걸다니! 당연히 순수한 선의로 수긍해 줄 줄 알았던 내 뒤통수가 얼얼해지는 순간이었다.

'진짜 세상에 믿을 놈 하나 없었던가!'

하지만 어쩔 수 없었다. 달아도 삼키고 써도 삼켜야 하는 것이 지금 내 입장이었다.

"뭐, 뭔데? 다 들어줄게."

"너도 들어와."

"……어?"

"혼자 지낼 생각 하지 말고 너도 오라고."

예상치도 못한 말에 나는 바보같이 눈을 깜빡였다.

"어머니도 너를 가르치며 즐거워하시고, 암살자로 나섰다는 그 실력자를 내가 마주하고 싶기도 하고."

이안은 무뚝뚝하게 말했다.

"아니, 꼭 마주쳤으면 좋겠군."

내가 경험해 본 적 없는 살기가 붉은 눈을 스쳤다. 나보다 더 실력이 뛰어난 사람이라고 하니, 진짜로 경쟁이 될 것 같은 사람에게 투지를 불태우는 건가.

"어쨌든 그 조건이야."

그 와중에 로버트와 연결된 반지가 한 번 더 반짝이기 시작했다. 아니, 이 중요한 시기에 왜 이렇게 자주 안부를 묻는 건지…….

내가 투덜대며 반지에 응답하기도 전에, 이안이 성가셨는지 반지의 보석을 꾹 눌러 버렸다.

"이딴 거 말고, 내 눈을 보면서 대답해 봐. 수도에 돌아가는 즉시……."

그러고는 한 번 더 못을 박는 듯이 말했다.

"같이 살자."

물론 내게는 선택권이 없었다.

닉은 빠르게 일을 처리하느라 바빴다. 일단 영주 성에 머물고 있던 외부인들에게 자유를 주어 모두 내보냈다. 이어서 감옥에 집어넣은 라넬라와 레이번을 감시하는 것은 어렵지 않았다. 농장 한복판에 불이 나서 영지 사람들이 잔뜩 달려와 구경한 터였다. 그 과정에서 모두가 이번 일의 전말을 알게 된 셈이었다. 물론 흑마법의 기원, 뭐 이런 자세한 것들은 몰랐지만 수도에서 온 수사관들이 어찌어찌 해결했다고 받아들인 상태였다.

그 후 아나벨, 이안과 함께 할 저녁 만찬을 준비해야 했던 것이다. 물론 그에게는 이 저녁 만찬에 품고 있는 꿍꿍이가 있었다. 닉은 직접 스테이크를 마리네이드하며 집사에게 말했다.

"내 방 금고에서 술 한 병을 꺼내 놓았어. 이따가 식사할 때 내오도록 해."

영주 성에 요리사가 있을 리 없었다. 하지만 닉은 요리에 자신이 있는 편이었기 때문에 고위 귀족 자제의 식사를 준비하면서도 딱히 긴장하지 않았다.

"금고에 있는 술이라면……."

집사가 놀라 묻자 닉이 결연한 표정으로 말했다.

"그래, 엄청 비싼 것이지. 하지만 이럴 때 쓰려고 아껴 둔 것 아니겠나."

"하긴 영지가 흑마법에서 벗어난 역사적인 날이니⋯⋯."

집사는 아까 있었던 일들을 회상하며 당연하다는 듯이 고개를 끄덕였다. 정말이지 엄청난 하루였다. 수년간 카론다를 괴롭혔던 인신매매범을 잡은 날이었으니 말이다.

"그러니까 제가 미친 것 같아요."

오랜만에 영지에 돌아온 리나의 발언이 모두를 경악하게 했다.

"갑자기 스미스를 따라가서 가정을 이뤄야 한다는 것밖에는 생각이 나지 않았어요. 카론다의 제 가족들⋯⋯ 물론 보고 싶었지만, 애초에 갈 수가 없다고 생각했어요. 왜 그랬는지는 저도 설명이 안 돼요."

스미스는 가까운 근방의 영지 출신으로 끊임없이 리나에게 구애하던 뒷골목 깡패였다. 리나는 당연히 절대 싫다며 거절했고, 그래도 리나를 포기하지 못한 스미스가 흑마법을 쓰는 범죄 조직에 의뢰한 것이었다. 그 범죄 조직의 본부가 라넬라와 레이번의 작은 농장이었다니 기함할 노릇이었다.

라넬라와 레이번은 정신을 잃은 채 좁고 추운 지하 감옥에 내던져졌다. 영지에서 가족을 잃은 사람들이 직접 라넬라와 레이번을 감시하겠다며 영주 성으로 몰려왔다. 말이 감시지 돌이라도 한 번 더 던져 보겠다는 마음이었다.

"당장 제 손으로 찢어 죽이고 싶지만⋯⋯ 그 흉악한 것들이 수도에서 죗값을 받을 때까지 기다리겠어요!"

"저 불한당들의 농장에서 이것저것 사 먹었던 생각을 하니 화가 나 죽겠네."

물론 라넬라를 직접 죽이고 싶은 사람은 그들뿐만이 아니었다. 20년 가까운 세월 동안 남부에서 믿을 사람은 하나뿐이라고 생각했던 닉도 배신감이 어마어마했다. 그나마 돈이 아까워 하녀로 고용하지 않은 것이 천만다행이었다.

아나벨의 말로는 옷가지 같은 것을 몰래 가져다가 흑마법을 행하는 것 같다 던데……. 만일 라넬라가 맨 처음 부탁했던 것처럼 영주 성의 하녀로 고용했다면 그 역시 라넬라의 꼭두각시처럼 살았을 것이었다. 지금은 이안과 아나벨이 정신을 잃게 만들어 놓았지만, 의식을 차리면 그 누구보다도 먼저 심문할 생각이었다.

그 모든 것을 지켜본 집사로서는 당연히 축하를 위해 닉이 술을 꺼내라고 하는 것으로 알아들을 수밖에 없었다.

"무슨 소리야?"

그러나 닉은 퉁명스럽게 말했다.

"웨이드로스 소공작이 내 조카에게 집적댈 여지를 없애는 데 쓸 거야."

"예?"

집사가 어안이 벙벙해서 반문했다.

닉의 금고에 있는 그 술은 이 성에서 가장 좋은 증류주였다. 비싸기도 비쌀 뿐더러 도수도 높았다. 닉은 그 술을 사다 놓고 금고에 보관하며 '정말로 중요한 날 마시겠다'라며 10년 이상의 세월을 기다려 왔다.

"웨이드로스 소공작님께 제대로 대접하실 생각이 아니라요?"

"무슨 소리야. 내가 권력에 약하기는 하지만 그래도 뒤에서 꿍꿍이를 가질 정도는 돼."

"네?"

"아무리 웨이드로스 소공작이라고 해도, 예쁘고 유능하고 나를 살려 주기까지 한 내 소중한 조카와 둘이 붙어 있는 꼴을 볼 수는 없어. 무조건 내 조카가 아까우니까."

"어…… 음……."

"뭐든지 역사는 밤에 이루어지는 법이지. 심지어 가짜 애인 행세도 했으니 분위기가 묘해질 수도 있어."

닉은 칼을 스테이크에 꽂으며 음산하게 말했다.

"오늘 일 성공했다고 둘이 뒤풀이라도 하다가 눈이라도 맞아 버리면 안 돼."

집사는 딱히 대답하지 않았지만 닉의 결연한 말이 이어졌다.

"그러니 오늘 밤만은 접대를 핑계로 내가 붙어서 잔뜩 취하게 하고 다른 방에 던져 둘 거야. 괜히 밤에 둘이서 자축하자며 감히 우리 아나벨의 침실에 찾아가지 못하게 말이야!"

나는 같이 살자는 이안의 말에 머쓱하게 고개를 끄덕일 수밖에 없었다.

'어감은 이상하지만…… 맞는 말이니까.'

어찌할 바를 몰라 눈을 굴리고 있는데 구원과도 같은 노크 소리가 들렸다.

"저녁 식사가 모두 준비되었습니다."

집사가 어제와는 다른 상냥한 어조로 말했다.

"식당으로 내려오시지요."

집사를 따라 식당으로 내려가자 꽤 훌륭한 만찬이 차려져 있었다. 맛도 아주 괜찮았는데, 굳이 누가 했는지 묻지 않아도 될 것 같았다.

'와, 핏줄의 힘이 무섭네.'

거의 모든 음식들이 아버지가 한 것들과 비슷한 맛을 내고 있었다.

"모르고 한 일이지만 실례가 많았습니다. 두 분이 방을 함께 쓰면서 불편하지는 않으셨는지요. 묵으셨던 바로 옆방에, 소공작님의 방을 준비해 놓으라고 일렀습니다."

큰아버지는 이안에게 공손하게 말했고, 나는 괜찮다는 듯 웃으며 말했다.

"괜찮아요, 큰아버지. 전혀 불편하지 않았어요."

"하지만 결혼 예정도 아닌 남녀가 한방에서⋯⋯."

"저희는 그래도 되는 사이예요. 서로 절대 안 건드릴 걸 너무 잘 알고 있거든요. 저도 아주 숙면을 취했어요."

동의를 구하기 위해 이안을 보니 은근 피곤해 보이는 것 같기도 했다.

'소파가 불편하기는 했나 보다. 하긴 귀족가 도련님이 나 같은 개차반과 함께하지 않았더라면 소파에서 잘 일이 없었겠지.'

메인 요리가 나올 무렵, 큰아버지가 이안에게 술을 권했다.

"어렵게 구한 남부의 전통 증류주입니다. 귀한 손님께 대접하게 되었군요."

어렵게 구했다면 굉장히 비싼 것임에 틀림없었다. 나 역시 기대가 되어 술잔을 들고 초롱초롱한 눈빛으로 큰아버지를 바라보았다. 하지만 큰아버지는 냉담하게 말했다.

"아나벨, 너는 마시지 마라."

"⋯⋯네?"

"도수가 세."

"저 술 센데요."

물론 내 거짓말은 그대로 묻혀 버렸다. 이안이 고개를 저으며 끼어들었기 때문이다.

"거짓말하지 마. 약하잖아."

"응? 네가 어떻게 알⋯⋯."

"술에 취해 내 말에 실려 와 우리 공작저에 널브러진 기억은 안 나나. 아, 안 나겠지. 아예 의식을 잃었을 때니까."

내 귀가 화르륵 달아올랐다. 지난 내 생일날, 로버트와 함께 디저트 와인을 몇 잔 마시고 뻗었던 기억이 이제야 떠올랐기 때문이었다.

그 말에 반응한 사람은 큰아버지였다.

"술에 취해서 남의 말을 타고 남의 집에 갔단 말이냐? 둘이 대체 무슨……."

"오해세요!"

나는 화들짝 놀라 두 손을 저었다.

"그건 그러니까 제가 술 취해서 시비를 걸다가…… 음, 아니에요. 그냥 그런 꼴 보이는 게 딱히 놀랍지도 않은 사이였으니 신경 쓰지 마세요."

"왜 말을 하다 말아? 정말 뭐 있는 거야?"

큰아버지가 심각하게 말했다. 그러더니 눈을 가늘게 뜨고 중얼거렸다.

"둘이 방을 쓰는 것도 편하다고 하고, 술 취한 꼴을 보여도 상관없다고 하고……. 내 놀라운 감에 의하면 혹시 둘이……."

나와 이안은 딱히 죄를 지은 것도 아닌데 긴장한 눈빛을 서로 주고받았다.

큰아버지가 깨달았다는 듯이 박수를 한 번 쳤다.

"우리는 절대 잘될 일 없다는, 남들 눈에 가증스럽기만 한 외침을 앵무새처럼 외치는 오래된 소꿉친구 사이인가?"

우리는 둘 다 말문이 막혀서 침묵을 지킬 수밖에 없었다.

큰아버지는 심각한 표정으로 덧붙였다.

"메릴린과 오스칼이 딱 그랬다고! 그 가증스러운 외침을 믿은 내가 잘못이지. 이제 다시는 그런 포장된 말에 속지 않아."

그러니까 그 시절부터 한결같이 놀랍도록 감이 좋지 않으신 분이었다. 괴팍한 성정과 짠돌이 정신 덕에 주변에 사람을 많이 두지 않은 게 다행이었다. 라넬라를 20여 년간 믿어 온 것도 이해가 되었고, 그렇게 믿는 사람을 고용하지 않은 것도 납득이 되었다.

"어머니와 아버지가 그런 사이였어요?"

나는 눈을 빛내며 물었고, 그렇게 우리는 식사 시간 내내 부모님의 연애사를 들을 수 있었다. 잘생겼지만 심약한 아버지를 항상 비난하면서도 늘 붙어 있던 어머니가 홀라당 채갔다는, 다소 한 쪽으로 치우친 이야기였다.

"그래서…… 고백은 어머니가 하셨나요?"

"아니, 오스칼이 했지. 오랫동안 좋아해 왔다고 말이야."

"……그건 어머니가 채간 게 아니잖아요."

어쨌든 식사가 모두 끝나고 내가 슬슬 일어나 보려고 했을 때였다.

"아나벨, 넌 먼저 올라가렴."

"네?"

"나는 웨이드로스 소공작님과 남은 술을 모두 비우고 가겠다."

"뭐, 음……."

술은 많이 남아 있었고 이안과 큰아버지는 하나도 취해 보이지 않았다. 이안 역시 군이 거절하지 않았으므로 나는 아무렇지도 않게 고개를 끄덕였다.

"네. 그럼…… 저는 먼저 들어가 볼게요."

사실 이안과 큰아버지에게 군이 말하지 않고 가고 싶은 곳이 있었다. 마침 잘되었다고 생각하며 나는 먼저 일어섰다.

내가 향한 곳은 지하 감옥이었다. 지하 감옥은 몇 겹이나 지키는 사람들로 북적이고 있었다. 정확히 말하자면 라넬라에게 돌을 던지려고 기다리는 중인 사람들이었다.

"잠시만 자리를 피해 주시겠어요?"

나는 라넬라의 앞에서 영지민들에게 공손하게 말했다.

"흑마법과 관련해서 확인할 것들이 있어서요."

보통 사람들은 흑마법에 대해서 잘 몰랐다. 물론 나 역시 그렇게 잘 알고 싶었던 것은 아니지만……. 일단 다들 내가 이 일을 해결했다는 것을 아는지라

내 말은 아주 잘 통했다.

"걱정 마세요. 이런 말도 있잖아요. 죄는 미워하되……."

나는 야무지게 말을 이었다.

"죄인은 더 미워하라는 말 말이에요."

내 말에 모든 사람들이 흡족한 표정을 지었다.

"좋습니다. 믿고 맡기겠습니다."

"예, 알겠습니다."

"얼른 나가 보겠습니다!"

"흑마법 수사관님께 협조해야지요!"

사람들이 썰물처럼 빠지고, 라넬라가 갇혀 있는 지하 감옥에는 나와 라넬라만 남게 되었다. 라넬라는 차가운 돌바닥에 쓰러져 있는 상태였다.

나는 팔짱을 낀 채로 말했다.

"일어나. 정신 차린 거 알고 있으니까."

라넬라는 미동도 하지 않았다. 아마 사람들이 몰려와서 돌을 던지고 욕설을 내뱉을 것이 뻔하니 정신을 잃은 척을 하고 있는 것이 분명했다.

나는 냉담하게 말을 이었다.

"네게 선택지는 두 개야. 나 열쇠 가지고 왔거든."

사실 열쇠를 받아 왔다는 건 거짓말이었지만 라넬라가 알 리 없었다.

"……."

"몇 대 처맞고 일어나느냐, 아니면 안 맞고 그냥 일어나느냐."

바닥에 엎어져 있던 라넬라가 즉시 눈을 홉떴다. 그러고는 구석으로 몸을 굴려 무릎을 끌어안더니 나를 가만히 바라보았다.

그녀의 눈이 표독스럽게 빛나면서 악에 받친 목소리가 피가 터진 입술에서 흘러나왔다.

"내가 대체 왜 그렇게 행동했는지 묻고 싶은가 본데……."

"아닌데?"

나는 그녀의 말을 가차 없이 잘랐다. 물론 '왜 그랬어, 대체 왜! 당신 때문에 내 인생은!'이라고 소리칠 수도 있었다. 하지만 그 말을 한다고 해서 달라지는 건 없었다.

"너 엿 됐다고 약 올리러 온 거야."

나는 씩 웃으며 차갑게 이죽거렸다.

"넌 말이야. 수도로 연행되면 바로 공개 화형이야. 흑마법 하나에만 연루되어 있다면 무기징역감이지만 두 개는 다르지."

그리고 손가락을 두 개 펴 보이며 심각하게 덧붙였다.

"하나도 아니고, 두 개씩이나 이용해서 돈을 벌어?"

"무슨 말이야?"

라넬라가 펄쩍 뛰며 화를 냈다.

"두 개라니, 무슨 말을 하는 거야? 억지로 뒤집어씌우지 마! 엄연히 이용한 건 하나뿐이야!"

"오."

나는 박수를 쳤다.

"일단 하나는 인정했군. 레이번이 시키는 대로 했다며 아무것도 몰랐단 소리는 못 하겠어."

라넬라는 아차 싶었는지 입술을 깨물었다.

물론 이 정도에서 멈출 생각은 없었다.

"하지만 두 개를 모두 이용한 것이 맞잖아. 네 오두막에 버젓이 증거가 있던데. 흑마법의 기원은 모두 세 개고, 나머지 두 개가 어쩌고저쩌고…… 뒷말은 찢겨 있었지만."

"웃기지 마. 둘 중 하나는 이미 너희가 수도에서 박살 냈잖아?"

"당연히 셋 중 나머지 두 개 말하는 건데. 너는 모르겠지만 레이번이 주고받

248

은 편지에 다 나와 있어."

"내가 아무리 미워도 거짓말로 몰아갈 생각은 하지 않는 게 좋을걸."

라넬라는 나를 죽일 듯이 노려보며 소리쳤다.

"나머지 하나는 뭔지 아무도 모르는데 뭘 덮어씌워?"

'오오. 미끼 또 물었고.'

나는 속으로 탄성을 질렀다. 사실 지금까지 나는 라넬라에게 계속 거짓말을 하고 있었다. 세 개인 흑마법의 기원 중 나머지 하나에 대한 정보를 캐고 싶었기 때문이다. 하지만 '나머지 하나는 어디 있어?'라고 물으면 절대로 말하지 않을 것이 뻔했다.

사람이 가장 말이 많아지는 것은 억울할 때였다. 나를 상대도 안 하던 이안이 그나마 대꾸라도 해 줄 때가 있었다. 바로 '네가 먼저 찾아오라고 했잖아!'라며 내가 억지를 부릴 때였다. 평소 내 말을 모두 무시하던 이안은 '내가 언제 그랬느냐'라며 버럭 화를 냈다. 그러니까 누군가가 말이 많아지게 하려면 누명을 씌워야 했다.

물론 내가 언급했던 오두막의 증거도 완전히 지어낸 말이었다. 레이번이 주고받은 편지도 나는 아직 보지 못했기에 몰랐지만, 그냥 되는대로 내뱉었다. 하지만 '흑마법의 기원이 모두 세 개'라는 것은 진실이었기에 라넬라는 그대로 넘어간 것 같았다.

'만일 오리발을 내민 게 아니라면, 저쪽도 나머지 하나는 모른다는 거겠지.'

이제 다른 미끼를 던질 차례였다.

"정말 거짓말에 도가 텄군. 레이번과의 편지에서 다 봤어."

거짓말에 도가 튼 나는 계속 '레이번의 편지'를 팔아 대며 압박했다.

"악마가 가르쳐 주는 거라고 똑똑히 적혀 있던데 두 개밖에 모른다는 것이 말이 돼? 그따위로 증언해 봤자 너는 그냥 공개 화형……."

"두 개씩이나 우연히 얽힐 리는 없지. 작정하고 흑마법의 기원을 알아보았다는 말인데, 그걸 제대로 알아보려면 악마와 거래해야 해."

로버트가 스치듯 한 말이 떠올라 냉큼 던진 미끼였다. 다행히 이번에도 먹혀들었는지 내 말이 끝나기도 전에 라넬라가 버럭 화를 냈다.

"더 이상 적절한 제물도 없고, 그렇다고 신력을 바치자니 그마저도 부족한데 그럼 어떡해?"

나는 중요한 단서를 잡아냈다는 표정을 들키지 않기 위해 그 어느 때보다도 안면 근육에 힘을 주었다. 라넬라는 '악마' 이야기를 꺼내니 내가 정말로 뭔가 많이 알고 있다고 생각한 모양이었다. 사실 그게 다였는데 말이다. 하긴 나와 이안도 로버트에게 듣기 전까지 전혀 몰랐던 사실이므로 일반인들은 잘 모르는 비밀임에 틀림없었다.

"레이번이 무슨 편지를 주고받았는지는 모르겠지만 확대 해석은 하지 마."

"음."

나는 잠시 생각에 잠겼다.

'그럼 나머지 하나는 신력을 바쳐서 알아내려고 했다는 건데.'

신력을 아무나 바칠 수는 없을 테니 신전에 협조자가 있다는 뜻이었다. 애초에 나머지 흑마법의 기원을 모른다는 건 거짓이더라도 이것만은 사실이었다.

"어쨌든 라넬라."

더 이상 캐낼 정보가 없었으므로 나는 빙긋 웃으며 뒤로 물러났다.

"하나든 두 개든, 나는 너를 공개 화형 시킬 거야. 두 개가 아니었다면 두 개로 만들어서 덮어씌울 거야."

"이런 미친……."

"내가 누구 덕분에 가정 교육을 잘못 받아서…… 정직하고 정의롭게 자라지 못했거든."

나는 싱긋 웃으며 검을 꺼냈다.

"악을 상대하는 자가 꼭 선일 필요는 없잖아?"

감옥이 넓지 않았기에, 창살 사이로 검을 든 손을 밀어 넣어 휘두르니 그녀의 뺨에 생채기가 길게 났다.

"타 죽는 것이 가장 고통스럽다던데, 다가올 화형 엔딩이나 기다리라고."

시간이 흐를수록 화형당할 날이 다가온다는 것에 그녀는 더 억울해지고 더 고통스러워질 것이다. 이 정도는 솔직히 약과였다. 수도에 올라오면 더한 짓도 해 줄 예정이었다.

내가 그녀를 죽이는 건 정말 벌레를 죽이는 것 정도로 쉬운 일이었지만, 그전에 최대한 오랫동안 고통스러운 시간을 맛보여 주고 싶었다. 물론 이용할 여지도 있었고 말이다. 그리고 무엇보다, 어떻게 해서든 우리 어머니와 아버지 앞에 무릎을 꿇리고 이 여자의 악행을 온 수도에 알리고 싶었다. 라넬라는 온갖 욕설을 다 내뱉었지만 나는 어깨를 한 번 으쓱하고 뒤를 돌았다.

'아, 나 생각보다 이런 거 잘하네. 누명 씌우기와 공갈 협박…….'

예전에는 이안에게 많이 하던 거였다. 네가 먼저 시비를 걸었다는 누명을 씌우고, 다음에 보면 가만두지 않겠다며 협박하고……. 하지만 이렇게 응용할 수 있을 줄이야. 하찮은 악역으로 산 보람이 있는 몇 안 되는 순간이었다.

나는 밖으로 나가며 사람들에게 해사하게 말했다.

"자, 라넬라가 정신을 차렸더라고요."

내가 안 때린다고 했지, 남이 안 때린다고 하지는 않았다.

"가서 보셔도 될 것 같아요. 혹시 정신 잃은 척하면 연기니까 참고하시고요."

사람들의 손에 돌과 계란 같은 것이 잔뜩 들려 있었다.

"죽으면 안 되니 머리는 피해서 던지세요. 물론 죽음보다 더 고통스럽게 처리해 드리겠다고 약속할게요. 저도 저 여자가 저지른 악행들의 엄청난 피해자거든요."

사람들은 열렬하게 고개를 끄덕였고, 나는 산뜻한 기분으로 지하 감옥을 나섰다. 새로 얻어 낸 정보를 가지고 이안과 이야기하고 싶었다. 신전의 협조자를 어떻게든 알아내야 했다.

아무래도 이안은 신전 사람들을 나보다 훨씬 더 많이 알고 있을 것이다. 게다가 로버트가 오랫동안 신전을 의심하고 있었다 하니, 이안도 무언가 얻어 들은 정보가 있을 가능성도 높았다.

물론 그 모든 이성적인 이유를 다 떠나서, 지금 당장 나의 훌륭한 심문 솜씨에 대해 자랑하고 싶은 마음도 아주 컸다.

'원래 묵던 방의 옆방이라고 했지.'

나는 신나서 이안의 방으로 향했다.

리하르트는 칼론에게서 전서구를 받았다. 다리에 묶인 쪽지를 펴 본 그는 미간을 찌푸리며 생각에 잠겼다.

"형?"

그때 엘번이 다가와 그의 앞에 앉았다.

"칼론 황태자님이서? 무슨 특별한 일 있는 거야?"

"곧 에딜런 공국에서 돌아오신다고 하는군."

"뭐, 돌아오실 때가 되었지."

"……아나벨 레인필드를 죽일 수 있는 실력자를 데려오신다고 한다."

리하르트의 말에 엘번의 눈이 커졌다. 엘번은 지난번, 열넷의 자객들 앞에서도 눈 하나 깜짝 안 하던 아나벨을 떠올리며 살짝 몸을 떨었다.

"그런 사람이 이안 웨이드로스 외에 또 있다고?"

리하르트는 엘번의 얼빠진 말에 대답하지 않고 담배를 꺼내 물었다. 복잡한 생각을 하고 있을 때의 습관이었다.

엘번은 재차 물었다.

"그럼 아나벨 레인필드를 암살하시겠다는 건가?"

"멍청하긴. 몰래 죽일 거라면 그 외에도 방법은 많다. 하지만 비밀리에 처리했다가는 잘못하면 로버트 황자에게 역풍을 맞아."

언제나 그렇듯이 모든 계략은 리하르트가 짰다. 엘번은 형의 말을 들으며 정신없이 고개만 끄덕일 뿐이었다.

"로버트 황자는 여론전에 강하니 석연치 않은 죽음이 생기면 분위기를 이상하게 몰아갈 수 있거든."

"그럼 어떻게 하겠다는 거야? 다들 알 수 있게 죽이려고?"

리하르트는 생각에 잠긴 눈으로 고개를 끄덕였다.

"서로가 합의한 정식 결투에서는 상대를 실수로 죽여도 문제되지 않아."

"……아. 결투……."

엘번은 눈을 굴리며 중얼거렸다.

과연 정당한 결투 중 실력 부족으로 죽는다면 로버트가 개입할 여지가 없었다. 문제는 아나벨을 어떻게 결투에 합의하게 하느냐는 것이었다. 자신이 도착할 때까지 그 방법을 강구해 보라는 것이 칼론의 명령이었다. 남남처럼 살아왔지만 어쨌든 리하르트는 그동안 아나벨과 계속 얽혀 있었기 때문이었다.

"무조건 칼론 황태자님의 신뢰를 얻어야 한다. 어떻게든 잘해 내야 해."

리하르트는 그 자리에서 담배를 문 채로 답장을 써서 보냈다. 아나벨 레인필드의 성격을 알고 있으니 잘 도발해 보겠다는 내용이었다. 비둘기는 리하르트의 쪽지를 매달고 바로 창문 밖으로 사라졌다.

"어떻게 하려고? 아나벨이 시큰둥하게 결투를 피하면 그만이잖아."

"다행히 아나벨은 이 사실을 전혀 몰라. 자기를 이길 수 있는 상대는 이안 웨이드로스뿐이라며 기고만장하고 있을 거다."

"아하, 그건 그래."

"게다가 열등감도 대단하고, 그러면서도 우월감까지 있어서 조금의 비난도 참지 못하지. 그러니 그걸 이용해서 함정을 파야지."

리하르트가 담배를 문 채로 싸늘하게 말을 이었다.

"불쌍하게도 많은 사람들 앞에서 개망신을 당한 뒤 죽겠군."

"……어후."

닉은 식탁에 널브러져 심호흡 중이었다. 머리가 핑핑 돌면서 혀가 꼬였다.

"술이 왜 저렇게 세……."

대접한답시고 둘이 술을 나눠 마셨고 닉은 난생처음으로 취했다. 주량에는 자신이 있었는데, 역시 거금 주고 구매한 전통 증류주는 달랐다. 먼저 쓰러질 줄 알았던 이안은 술잔을 말끔히 비우고 멀쩡히 일어나기까지 했다. 그대로 의식을 잃게 해서 자신이 직접 옮기려고 했는데 계획이 실패한 셈이었다.

"어후, 어후……. 내가 먼저 취하다니……."

"영주님, 방으로 모시겠습니다."

집사가 한숨을 쉬며 몸을 가누지 못하는 닉을 부축했다.

"일단 오늘은 주무시지요."

"우우움…… 하지만…… 소공작이……."

"걱정 마십시오. 소공작님도 자리에서 일어나자 꽤 취한 것 같았습니다."

"호오, 그래?"

닉이 게슴츠레한 눈을 들어 보이며 반색했다.

"예, 제가 방금 방으로 안내했는데 휘청거리며 숨을 몰아쉬더군요. 대답도 횡설수설하는 것이 확실히 취긴 취했습니다."

"다행이군. 그 방에서 내일 아침까지 쓰러져 있겠지. 그러므로……."

집사에게 몸을 치대며 닉은 흐뭇하게 중얼거렸다.

"내 놀라운 감에 의하면 두 사람은 절대로 오늘 밤 마주칠 일이 없을 거야. 그 멀끔한 소공작이 우리 아나벨의 방에 들어갈 일이 없을 테니까!"

집사의 말을 철석같이 믿고 자신의 방에 도착한 그는 씻지도 못하고 침대에 널브러졌다.

"그런데 말이야……."

집사도 나가고 난 뒤, 닉은 눈을 감은 채 혼잣말을 중얼거렸다. 술에 많이 취한지라 본인도 무슨 말을 하는지 모르는 상태였다.

"진짜 이상해. 내가 거짓 연인들을 정말 많이 취조해 봤는데……."

그는 결혼했거나 결혼할 예정이라고 거짓말하는 외부인을 수도 없이 취조했다. 닉 자체가 상당히 치밀한 성격이었기 때문에 거의 대부분을 걸러 냈다. 그가 가짜 연인과 진짜 연인을 걸러 내는 가장 정확한 방법은 바로 반복된 질문이었다. 시간 차를 두고 똑같은 질문을 했을 때, 거짓말로 지어낸 것들은 세부적으로 말이 달라졌다.

닉은 뛰어난 기억력으로 그 달라진 부분을 귀신같이 잡아내어 집요하게 캐물었다. 그러면 결국 지어낸 연애사는 들통날 수밖에 없는 일이었다. 그래서 그동안 그가 외부인을 심사할 때에 몇 시간씩 걸렸던 것이다.

"……그 얼뜨기는…… 말이 하나도 안 달라지네."

그는 이안과 술을 마시면서 똑같은 질문을 했다.

"우리 아나벨과는 어떻게 만나게 되신 겁니까?"

"8년 전, 검술 대회 결승에서 처음 만났는데……."

일전에 가짜 애인인지 여부를 알아보려고 질문했을 때와 대답이 비슷했다.

"기억에 남는 몇몇 인상 깊은 순간들이 있었는데, 워낙에 내게 개차반으로 굴어 잊고 있었지. 그런데 그렇게 다 안다고 생각했던 사람을 사실은 내가 잘 몰랐다는 걸 어느 순간부터 알게 되고⋯⋯."

"허어."

"궁금해지니 관찰하고 싶어지고, 그러다 보니 생각이 나고."

만일 그들이 가짜 애인이라고 끝까지 밝히지 않았다면, 닉은 아마 진짜 연인 사이라고 결론 냈을 것 같다는 생각을 했다.

"에이, 설마⋯⋯ 진짜는 아니겠지. 가짜 연인 행세를 했다는데. 뭐, 내 감이 그래⋯⋯."

그렇게 닉은 안심하고 그대로 잠이 들었다.

이안이 상당히 취했다는 집사의 말은 거짓말이 아니었다. 이안 역시 내색하지는 않았지만, 방에 도착했을 때는 제정신이 아니었기 때문이다. 그는 초인적인 힘으로 씻고 실내복으로 겨우 갈아입은 뒤 침대에 널브러졌다.

"아⋯⋯."

멀어져 가는 의식 속에서, 이안은 난생처음 본인이 취했음을 자각했다. 모든 것이 깜빡이면서 꿈과 현실이 뒤죽박죽 섞이기 시작했다.

그렇게 까무룩 잠이 들어 침대에 엎어져 있을 때였다.

문이 벌컥 열렸다.

"저기, 이안?"

그러니까 닉의 감은 또 틀린 것이다. 이안을 제정신 아닐 정도로 취하게 하여 방 안에만 있도록 하는 건 성공했다. 하지만 그는 아나벨이 이안의 방에 들어올 것이라는 생각은 하지 못한 것이다.

"할 말이 있는데⋯⋯."

아나벨의 말은 이미 의식을 반쯤 잃은 이안에게는 제대로 들리지 않았다. 하지만 그의 무의식은 환경의 변화를 분명히 인지했고, 물먹은 솜처럼 무거운 몸이 긴장하기 시작했다.

무의식 속에서 이안은 이 기적이 익숙하다고 판단했다. 그리고 이 기적이 느껴질 때면 언제나 뒤에서 막무가내의 기습이 뒤따랐다.

그는 자신에게 다가온 손을 낚아채어 곧바로 침대로 메다꽂은 뒤 꼼짝 못 하도록 위에 올라탔다.

〈3권에 계속〉

최강자 남주의 라이벌을 그만두었더니 2

초판 1쇄 인쇄 2023년 5월 15일
초판 1쇄 발행 2023년 5월 24일

지은이 유나진
펴낸이 김선식

경영총괄 김은영
IP개발 김현미 **상품개발** 신효정
엔터테인먼트사업본부장 서대진
웹소설1팀 최수아, 김현미, 심미리, 여인우, 장기호
웹소설2팀 윤보라, 이연수, 주소영, 주은영
웹툰팀 이주연, 김호애, 변지호, 윤수정, 임지은, 채수아
IP제품팀 윤세미, 신효정, 정예현
디지털마케팅팀 김국현, 김희정, 이소영, 송임선, 신혜인
디자인팀 김선민, 김그린
해외사업파트 최하은
저작권팀 한승빈, 이슬
재무관리팀 하미선, 윤이경, 김재경, 안혜선, 이보람
제작관리팀 이소현, 김소영, 김진경, 양지환, 이지우, 최완규
인사총무팀 강미숙, 김혜진, 지석배, 박예찬, 황종원
물류관리팀 김형기, 김선진, 한유현, 전태환, 전태연, 양문현, 최창우
외부스태프 gnoey(디자인)

펴낸곳 다산북스 **출판등록** 2005년 12월 23일 제313-2005-00277호
주소 경기도 파주시 회동길 490
전화 02-702-1724 **팩스** 02-703-2219 **이메일** dasanbooks@dasanbooks.com
홈페이지 www.dasan.group **블로그** blog.naver.com/dasan_books
종이 신승지류유통 **출력·인쇄** 북토리 **코팅 및 후가공** 제이오엘앤피 **제본** 다온바인텍

ISBN 979-11-306-4239-0(03810)

다산북스(DASANBOOKS)는 독자 여러분의 책에 관한 아이디어와 원고 투고를 기쁜 마음으로 기다리고 있습니다.
책 출간을 원하는 아이디어가 있으신 분은 다산북스 홈페이지 '원고투고란'으로 간단한 개요와 취지, 연락처 등을 보내주세요. 머뭇거리지
말고 문을 두드리세요.